Ursula und Katrin Busch

Zurück nach Ägypten

Eine wahre Geschichte

Bibliografische Informationen der Deutschen Bibliothek:
Die Deutsche Bibliothek verzeichnet diese Publikation in der Deutschen Nationalbibliografie; detaillierte Dateien sind im Internet über http://dnb.ddb.de abrufbar

Impressum:

Herstellung: Verlag Kern, Bayreuth
Umschlagdesign und Satz: www.winkler-layout.de
Druck: Ellwanger, Bayreuth
ISBN 978-3-939478-19-5

Ursula und Katrin Busch

Zurück nach Ägypten

Eine wahre Geschichte

VERLAG KERN

Prolog

„Ägypten ist ein Geschenk des Nils" – so lautet der Ausspruch des griechischen Geschichtsschreibers Herodot. Das erkannte er bereits vor ca. 2500 Jahren, und diese Worte bewahrheiten sich noch heute. Ich erlebte das „Geschenk des Nils" mit seinen vielen Gesichtern, ob es die sagenumwobenen und rätselhaften Pyramiden, die lebhaft bunten Basare von Kairo, Assuan, Luxor und Hurghada, die menschenleeren Wüsten und im Gegensatz dazu die üppig grünen Oasen oder die farbenprächtige Unterwasserwelt des Roten Meeres waren.
Mit Recht kann man deshalb auch immer wieder hören und lesen *„Ägypten ist eine Reise wert"*.

Ich lernte außer dieser geheimnisvollen Schönheit des Landes, auch das „Bezness" (Business mit Beziehung) in einer verlogenen und entwürdigenden Weise kennen, Machenschaften, die ich bis heute zutiefst verachte und aufs Schärfste bekämpfe.
Dieses Geschäft läuft immer nach dem gleichen Muster ab: Schon am Flughafen in Hurghada wartet der „Beznessman", immer auf der Suche nach einem guten Geschäft, auf seine Opfer. Und sie kommen in Scharen, alleinstehende und sich allein fühlende Frauen aus Europa, beflügelt von der Sehnsucht nach Wärme, Meer, Exotik; zum Erholen, zum Ausspannen.
Dabei sind diese Frauen aus den unterschiedlichsten Gründen mit sich und der Umwelt unzufrieden, brauchen eine Auszeit oder haben gar von dem vielgepriesenen Charme der Ägypter gehört. Den haben sie sicher und gut oder einfach anders sehen sie schon aus, die „ägyptischen Jäger".
Letztlich glaubt dann jede umgarnte Frau, dass sie den einzig ordentlichen, fleißigen, den liebsten und ehrlichsten Ägypter als Freund, später sogar als Ehemann, gefunden hat.
Sie bemerken nicht, dass sie meistens gezielt ausgesucht worden sind. Denn in der Gedankenwelt der Ägypter „versprechen" europäische Frauen Sex, Geld, Visa, vielleicht sogar einen Pass in das Land ihrer

Träume. Gibt doch unsere Kultur den Frauen die Rechte, die eine Ägypterin nicht hat, vor allem eine unbegrenzte Freiheit, und die in jeder Beziehung.

Wie oft musste ich die Worte hören: „Meiner ist ganz anders, nicht so borniert, so streng muslimisch, war schon in Deutschland, liebt nur mich, auch seine gesamte Familie akzeptiert mich“ und ähnliche Verblendungen.

Nicht mehr als ein mitleidiges Kopfschütteln kann man diesen Frauen geben, sie ahnen und glauben nicht, was der Mann, oft sogar seine Eltern, wirklich wollen. Sie haben sich ihre Wahrheit zusammengeträumt, ein Kartenhaus gebaut, am Ende alles in den Sand gesetzt.

Aber der „Beznessman“ hat seine klar gesetzten Ziele, nämlich das, was bei einem Großteil der Hurghada–Ägypter wichtig ist: Reichtum, nicht selbst arbeiten zu müssen, andere für sich arbeiten zu lassen, Beziehungen zur Polizei oder einen Onkel in der Regierung zu haben - ein nach diesen ägyptischen Maßstäben angesehener Mann zu sein.

Zur Verwirklichung ihrer Ziele eignen sich nun die europäischen Frauen besonders gut. Sie sind reich, geben für einen Urlaub mehr Geld aus, als ein im Tourismus Beschäftigter im Jahr auf ehrliche Art und Weise verdienen kann.

Oft sind diese Frauen auch von einer nicht definierbaren Sehnsucht getrieben. Der „Beznessman“ definiert sie.

Da die europäische Lebensweise den Frauen mehr als denen im eigenen Land erlaubt, muss „Mann“ sich daher nicht schlecht vorkommen, denn für Muslime sind wir auf Grund unserer gesunden Lebenseinstellung nur Schlampen. Also brauchen diese Männer auch keine moralischen Bedenken haben, wenn sie diese Frauen gezielt benutzen.

Und das „Geschäft mit der Liebe“ kann beginnen.

Ich schaue in die Augen meiner Tochter. Langsam kehrt das frühere Strahlen zurück, ich sehe auch die sie quälende Frage: „Warum?“ Und bevor ich sie von diesen nichtsbringenden Gedanken ablenken kann, höre ich die immer und immer wiederkehrenden Fragen: „Warum das alles, warum zerstört er sein, unser Leben? Und ich dachte, er liebt seine kleine Familie über alles. Nein, er hat Karim, unseren kleinen Sohn, und mich verraten - für Geld, vermutlich das Einzige, was er wirklich liebt. Denn alle Menschen, die mir von seinem schlechten Lebenswandel berichtet haben, können doch nicht lügen.“
Sie sieht mich hoffend an, glaubt, dass ich ihr sage, er sei ein guter Mensch, nur der falsche Umgang, eine unschöne Kindheit, seine Krankheit... seien schuld.
Nein, ich muss, um Isabell helfen zu können, die Wahrheit sagen; muss ihr sagen und beweisen, dass dieser Mann debil war, ist und es bleiben wird, was er anderen mitteilen will, sind Lügen, anders gesagt:

Seine Wahrheit. Bedauerlich...

Es war im September 2000, die Ehe meiner Tochter nicht mehr zu kitten. Stev, mein Ex-Schwiegersohn, und Isabell hatten sich auseinandergelebt.
Beide liebten ihre Tochter Laura, verwöhnten sie. Aber Laura, mittlerweile schon volljährig, fühlte sich zu Hause nicht mehr wohl und zog in eine WG. Stev und Isabell stürzten sich in ihre Arbeit, er als Kriminalkommissar und sie als Bankangestellte. Materiell war alles in Ordnung, sie hatten ein wunderschönes Einfamilienhaus, zwei schicke Autos, machten mehrmals Urlaub im Jahr.
Aber – das Miteinander war auf der Strecke geblieben.
Die Fronten verhärteten sich, neue Partner waren im Spiel. Isabell wollte sich davon ablenken, dass ihr Nochehemann anscheinend kein Interesse mehr am Fortbestand der Ehe hatte. Ich verstand damals gar nichts, für mich war eine Scheidung asozial, ich machte somit meiner Tochter das Leben noch schwerer.
Sie stellte mir den Neuen vor, ich war entsetzt, entschied mich für meinen Schwiegersohn. Später, fast zu spät, erkannte ich meine Fehlentscheidung.

So kam es, dass Isabell irgendwann nervlich am Ende war. Sie brauchte Urlaub, Ruhe, musste sich selbst finden, wissen, was sie wollte. Ok, Urlaub war eine feine Idee. Aber wohin Ende Oktober? – die Antwort war ÄGYPTEN, genauer Hurghada.
Schnell war ein Hotel in Makadi Bay, 30 km von Hurghada entfernt, gebucht. Sonnen, baden, schwimmen, schnorcheln, kurzum relaxen, sich mit der neuen Situation zurechtfinden.
Telefonate mit ihr ließen zwar Hoffnung bei mir aufkommen, dass sie sich gut erholte und für die kommende Etappe Kraft schöpfte; aber eine Mutter spürt mehr - und mein Gefühl hatte Recht.

Zu Hause angekommen, stellte ich ein glückliches Lächeln auf dem Gesicht meiner Tochter fest, ich ahnte Schlimmes.
Isabell war wie ausgewechselt, sprühte regelrecht vor Enthusiasmus, der Grund war ein Ägypter, Mahmoud, der ihr neuen Lebensmut gab. Ich konnte meine Abneigung kaum verbergen, eine Urlaubsbekanntschaft, noch dazu aus der Dritten Welt.

Verstehen konnte ich diesen Mann. Meine Tochter, eine hübsche schlanke Enddreißigerin, wirkte schon immer auf Männer anziehend. Die langen dunklen Haare umrahmten ihr ebenmäßiges Gesicht, ihre blauen, oft sündhaft dreinblickenden Augen, weckten Männerträume. Offen und ehrlich in ihrer Art fühlte sich jeder bei ihr anerkannt, geborgen.
„Das glaube ich jetzt nicht“, war meine einzige Reaktion. Aber sie glaubte an ihn und an ein Leben mit ihm in Ägypten. Unser Weihnachtsgeschenk fiel auch dementsprechend aus. „Ich schenke euch eine Reise nach Hurghada, am 27. Dezember ist es soweit. Schaut ihn euch an, verbringt eine Woche mit ihm, und du Mutter sagst mir erst dann deine Meinung“, sprudelte es aus ihr heraus.
Der nächste Schock: „Ich und fliegen? Das geht gar nicht, ich kann nicht mal Fahrstuhl fahren. Hast du vergessen, dass ich Platzangst habe?“
„Das geht schon, und Vati ist doch dabei“, versuchte sie mich zu beschwichtigen, und wer kann schon seinem glücklichen Kind etwas abschlagen.

Tage zuvor informierte ich mich über alles, so dachte ich damals. Ich druckte mir die zehn sichersten Airlines aus, nahm Medizin, brachte in unserem Haus alles in Ordnung – man konnte ja nie wissen.
Ich frischte mein Wissen über die ägyptische Kultur auf, überflog den Koran und begriff nichts, holte mir ständig aus dem Internet die neuesten Informationen über dieses mir so fremde Land.

Und dann kam der Abreisetag. Meine Tochter beneidete mich, weil ich bald bei ihrem Habibi sei. Den Flug überstand ich einigermaßen, die Landung auch. Aber was kam dann?
Eingetaucht in eine mir völlig abnorme Welt, nahm ich alles wie im Traum wahr. Überall war es furchtbar schmutzig, ein chaotisches Stimmengewirr, wir wurden hin und her geschickt, keiner half uns, das Gepäck zu tragen und dazu war es heiß. Wir waren bei –20 Grad in München abgeflogen und dementsprechend angezogen.
Aber irgendwie landeten wir dann doch in einem Bus, der uns ins Hotel bringen sollte.

Und schon wieder machte sich Entsetzen bei mir breit. Was war das, war der Krieg hier ausgebrochen? Überall bis an die Zähne bewaffnete Männer hinter tonnenartigen Gefäßen, und finster sahen die aus. Nein, es gab nur einen Weg, mit dem nächsten Flugzeug zurück!
Telefonklingeln unterbrach meine Gedanken: „Hallo, Mutti, und, ist es nicht schön dort? Wie fühlst du dich...?“ Barsch schnitt ich ihr den Redeschwall ab. „Danke, so beschissen wie jetzt ging es mir in meinem Leben noch nie und das nächste Flugzeug nach Deutschland ist meins, lass mich einfach in Ruhe.“ Endlich hatte ich etwas von meinem Unmut los.
Doch es wurde insgesamt besser. Das Hotel war wunderschön und blitzsauber. Noch nie hatte ich Ende Dezember im Meer gebadet, mich unter Palmen gesonnt, war ich durch geschmackvoll angelegte Grünanlagen spaziert, die exotische Blütenpracht bewundernd. Alles in allem, es war Luxus pur.

Und dann kam er, zwar zwei Stunden später als vereinbart, aber das sei in Ägypten normal, na ja. Ich musste zugeben, er war eine stattliche Erscheinung, ca. 1,80 m groß, Topfigur, mit seinem ebenmäßigen Gesicht erinnerte er mich an Ramses. Mit einem gewinnenden Lächeln und in einwandfreiem Deutsch hörte ich ihn sagen: „Herzlich willkommen in Ägypten. Ich heiße Mahmoud und freue mich, dass ihr da seid. Isabell hat mir schon viel von euch vorgeschwärmt.“ Seine gesamte Erscheinung wirkte angenehm auf uns. Nach einer herzlichen Begrüßung nannte er uns auch gleich Vati und Mutti, was doch etwas Verwirrung bei uns auslöste.
Mahmoud aber ließ uns nicht zum Nachdenken kommen und legte sein Ägypten–Kennenlern–Programm vor, beeindruckend. Wir waren begeistert. die sieben Tage waren toll geplant. Und wir lernten Luxor, die phantastische Farbenpracht des Roten Meeres, im Gegensatz dazu den Reiz der Wüste und natürlich IHN kennen.

„Kairo?“ - „Danke, nein, wir kommen doch wieder und haben dann auch mehr Zeit.“ - „Ok, wir unternehmen diese Reise zu viert, das nächste Mal“, antwortete er hocherfreut und drückte mich innig, da ich, wie er sagte, ein Stück von Isabell sei.

So verging unser Urlaub wie im Flug, Ägypten und Mahmoud hatten mich für sich eingenommen, vielleicht sogar verzaubert. Beim Abschied zweifelte ich nicht mehr daran, dass er gut für meine Tochter sei, obwohl ägyptisch und muslimisch. Er war weltoffen, seinen Glauben spürte man gar nicht, lediglich im „Umgang mit Alkohol", war auch gut so. Wir erfuhren von ihm, dass er einen extrem gläubigen Vater habe, der Kontakt halte sich dementsprechend im Rahmen.

Erwartungsvoll schaute mich unsere Tochter am Flughafen an: „Und?" - Ich schilderte ihr meinen positiven Eindruck, endete aber mit den Worten: „Bedenke, dass es eine völlig andere Kultur ist, unsere und deren Traditionen treffen sich in keinem Punkt. Und du als intelligente und moderne Europäerin wirst es schwer in einem männerorientierten Land haben. Du spielst eine untergeordnete Rolle, hast hauptsächlich das Recht, deinem Mann zu gehorchen."
Sie lachte mir meine Einwände weg: „Warte ab, bei mir und Mahmoud ist alles anders, wir lieben uns, haben uns frei füreinander entschieden, wurden nicht verkuppelt. Gemeinsam wollen wir uns in Hurghada eine Existenz aufbauen. Bitte, zerstöre mir mein Glück nicht."
„Nein, ich will dir dein Glück, sofern es das wirklich ist, nicht zerstören. Aber was wird mit Laura? Ich glaube, sie braucht ihre Mutter."
Isabell wurde nachdenklich. Laura, 20 Jahre alt, war schon recht selbständig. Sie als mein Engelchen, könnte natürlich auch bei Opa und Oma bleiben, für mich eine wunderbare Vorstellung. Wir beide hatten und haben eine sehr enge Beziehung.
Diese Gedanken müssen auch meiner Tochter durch den Kopf gegangen sein, als sie antwortete: „Laura ist erwachsen, sie führt bereits ihr eigenes Leben. Außerdem hat sie vor, in die Schweiz zu gehen. Hier findet sie doch sowieso keine Arbeit. Und wie ich dich kenne, fährst du doch mit ihr auf Arbeitssuche."
Und wieder hatte meine Tochter Recht. Denn Laura und ich hatten von Bekannten und aus dem Internet bereits Adressen gefunden, auch schon einen „Abarbeitungsplan" erstellt, in welchen Hotels wir vorsprechen wollten. „Geh nach Ägypten, du hast es verdient.

wieder mal glücklich zu sein. Wenn ihr, du und Mahmoud, euch eingelebt habt, kann ich ja zu Besuch kommen", entschied Laura, fügte zu meinem Erstaunen noch hinzu: „Flieg, sobald du kannst, man lässt seinen zukünftigen Ehemann nicht so lange warten. Ich habe dich sehr lieb und wünsche euch beiden alles Glück der Welt."

Im Februar 2002 entschied sich Isabell für ihr Glück.

Schnell lebte sich meine Tochter in dieser fremden Welt ein, hatte sie doch in Mahmoud den besten Lebensberater gefunden, den man sich denken konnte. Er ließ ihr Freiheiten, die man als deutsche Frau zum Glücklichsein dringend benötigt, lehrte sie aber auch, wie sie sich an der Seite eines ägyptischen Partners zu präsentieren hatte.

Mahmoud und Isabell arbeiteten fleißig, immer das Ziel vor Augen, etwas Eigenes aufbauen zu können. Ich wurde regelmäßig über die Erfolge unterrichtet, freundete mich mit der Entscheidung meiner Tochter immer mehr an, spürte bald das Bedürfnis, den beiden vor Ort zu helfen.

Dann, eines Tages, das Unfassbare. Ich war gerade einkaufen, als mein Telefon klingelte. Isabell teilte mir kurz und bestimmt mit: „Mutti, lass sofort mein Handy sperren, mach dir keine Sorgen, ich rufe dich später noch mal an." - Und aufgelegt. Ich grübelte über das Gesagte nach, beruhigte mich aber, denn mit Mahmoud konnte ihr nichts passieren.
An diesem Tag meldete sie sich nicht mehr, sicher fehlte ihr die Zeit. Denn ich wusste, dass sie auf dem Weg zu Mahmouds Eltern waren.

Am nächsten Morgen dann, so gegen vier Uhr, klingelte mein Telefon. Es war Isabell: „Mutti, setz dich mal hin, reg dich nicht auf, mir geht es soweit gut, wir hatten heute Mittag so gegen eins einen Unfall."
„Isabell, Isabell", schrie ich mit angsterfüllter Stimme durchs Telefon. „Was ist passiert? Bist du am Kopf verletzt? Wie soll das angehen, wir haben doch erst vier Uhr am Morgen."

„Mutti, es ist nicht schlimm und mein Kopf ist ok, Mahmoud und ich sind im Krankenhaus und das Zimmer hat keine Fenster. Bestimmt habe ich etwas geschlafen und nicht bemerkt, dass es schon wieder Morgen ist.“

Dann überschlugen sich meine Fragen. Ich wollte wissen, was passiert war, wie sich Mahmoud fühlte, ob die ärztliche Versorgung funktionierte, wann ich zu ihnen fliegen sollte und vieles mehr.
Sie versuchte, trotz schwerer Verletzungen, mir Sicherheit, Mut zu übermitteln und sagte: „Mutti, wir packen das schon, Mahmouds gesamte Familie ist im Krankenhaus und kümmert sich rührend um uns. Darja, Mahmouds kleine Schwester, hat mich gewaschen. Sie haben Essen gebracht...“
Weiter kam sie nicht. „Isabell, was soll das, was ist mit euch? Ich denke, ihr seid im Krankenhaus, was macht dann Mahmouds Familie dort? Was sagen die Ärzte dazu, warum kümmert sich keine Krankenschwester um dich?“, schrie ich voller Sorge durchs Telefon. „Ich geh‘ kaputt. Morgen fliege ich nach Ägypten, sag mir, was ich mitbringen soll“, befahl ich ihr.
„Mutter, komm runter“, das klang zurechtweisend. „Im Krankenhaus gibt es Ärzte und Schwestern, aber hier ist es üblich, dass sich die Familie an der Betreuung irgendwie beteiligt. Ich erzähle dir das alles, wenn ich Deutschland bin. Und jetzt bin ich müde. Ach, und eins noch. Bleib zu Hause, du darfst nicht hierher, El Minja ist für Touristen nicht freigegeben.“
Ich war am Ende, was sollte, was musste ich tun? Am besten, ich rief die Deutsche Botschaft in Kairo an. Schnell war die Nummer gefunden, ich mit Kairo verbunden. Kurz schilderte ich die Situation und glaubte meinen Ohren nicht zu trauen, als ich hörte: „Erstens ist uns kein Unfall mit deutschen Touristen gemeldet worden und zweitens rufen Sie außerhalb der Geschäftszeit an. Wir können Ihnen nicht helfen.“
Und nun, die Auslandskrankenversicherung angerufen. Hier wurde mir finanzielle Bezahlung aller Behandlungen zugesagt, aber vor Ort könnten sie nichts ausrichten und dann der alles klärende Satz: „Rufen Sie die Deutsche Botschaft in Kairo an.“

Mehr ging nicht, ich brach zusammen, registrierte wie im Traum einen Arzt, spürte einen kurzen Schmerz, dann nichts mehr. Später, irgendwann, ich lag in meinem Bett, um mich herum meine Familie, die tröstend auf mich einsprach, kam mir die furchtbare Wirklichkeit wieder ins Gedächtnis. Ich schnellte hoch: „Was ist mit Isabell? Lügt mich nicht an, sagt die Wahrheit! Ich..." - „Wenn du uns mal zu Wort kommen lassen würdest…", hörte ich meinen Mann.
„Ja, natürlich, erzähl schon!"
„Wir können Isabell in drei Tagen vom Leipziger Flughafen abholen, ihr geht es soweit gut", klang es wie Musik in meinen Ohren. „Leider darf Mahmoud nicht mit, er hat kein Visum und bekommt es auch nicht."

Aufgeregt, glücklich, ängstlich, in einem Chaos der Gefühle, wartete ich dann drei Tage später in der Ankunftshalle auf meine Tochter. Endlich, ich sah sie, konnte ein leichtes Lächeln auf ihrem Gesicht schon von weitem erkennen; und ich? Ich heulte los, brachte kein Wort heraus, hielt sie einfach nur im Arm, um sie nie wieder loszulassen und stammelte:
„Gott sei Dank, du lebst, alles andere ist halb so schlimm."
In unserer Heimatstadt angekommen, brachte ich Isabell sofort ins Krankenhaus. Die Ärzte untersuchten sie gründlich und kamen zum Ergebnis: „Ihre Tochter ist in Ägypten professionell behandelt worden. In den nächsten Wochen wird der Arm ausgeheilt sein. Dann kann mit Physiotherapie begonnen und der Normalzustand annähernd wiederhergestellt werden."
Wir waren zufrieden, konnten beruhigt nach Hause gehen. „So, nun sag endlich, wie hat sich alles zugetragen?" Und Isabell erzählte vom schrecklichen Erlebnis, mitten in der Wüste.

Beide, Mahmoud und Isabell, waren unterwegs nach El Minja, um Eltern und Geschwister zu besuchen. Die Fahrt verlief problemlos, bis zu der Stelle, die Mahmoud Isabell zeigen wollte. Man nannte sie die Todeshöhe, da hier bisher alle Unfälle für die Insassen tödlich endeten. Mahmoud wollte gerade mit seinen Erklärungen beginnen, als ihm mit hoher Geschwindigkeit ein Mercedes frontal entgegen

kam. Er schaltete schnell und fuhr, wie so oft vorher, von der Straße in die Wüste. Ein spitzer Stein ließ den rechten Vorderreifen sofort platzen, Mahmoud verlor die Gewalt über das Auto. Isabell stemmte sich gegen den Boden, hielt sich am Türgriff fest und dachte nur eins: „Wann hört das Schleudern auf, kommt das Auto wieder zum Stehen?“ Endlich, nach vier oder fünf Überschlägen, ca. 80 Meter von der Straße entfernt - Ruhe. Mahmoud, blutend am Kopf, bewegte sich nicht, gab keine Antwort.
Glück im Unglück, ein Lkw hielt an und half den beiden. Sie transportierten vorsichtig Mahmoud aus dem Auto auf den Lkw, versicherten Isabell, dass er lebte, nur infolge des Aufpralls bewusstlos sei.
Ihr fiel ein Stein vom Herzen, alles andere interessierte sie wenig. Sie kümmerte sich um Mahmoud, die Retter um ihr Reisegepäck, und das mit viel Eigennutz. Denn im Krankenhaus abgeliefert, vermisste Isabell Geld, Handys und Kleidung, Ich war empört, Isabell weniger und Mahmoud erklärte mir später: „Das ist der Preis unserer Rettung, für mich zählte nur, Isabell lebt, alles andere kann ersetzt werden.“

Der nächste Schock im Krankenhaus. Mahmoud, obwohl schwerer verletzt als Isabell, war für das Krankenhauspersonal uninteressant. In dieser Situation flippte meine Tochter aus, sie musste alle total beeindruckt haben, denn anschließend wurde Mahmoud operiert und die Familie verständigt.
„Ja“, fuhr Isabell fort, „die medizinische Behandlung ist Aufgabe des Krankenhauses, die Versorgung dann Sache der Angehörigen. Vati, Mutti, die Geschwister von Mahmoud waren bis zu unserer Entlassung im Krankenhaus, um uns zu waschen, zu verpflegen, zu unterhalten, zu trösten.“

Bereits am darauffolgenden Tag musste die Familie beide zur Weiterbehandlung mit nach Hause nehmen, unvorstellbar für mich. Für Isabell gut, sie konnte nach Hause fliegen, für Mahmoud weniger erfolgreich, da die Ärzte, auch nur auf Drängen seiner Familie, eine weitere Untersuchung vornahmen. Seine wahnsinnigen Kopfschmerzen hatten eine Ursache: Im Kopf befand sich noch ein

Glassplitter. Für eine weitere Operation war es zu spät. Vermutlich arbeiteten sie nach dem Sprichwort: *„Die Zeit heilt alle Wunden.“*

Nach ihrer vollständigen Genesung kehrte Isabell nach Ägypten zurück, um Mahmoud zu pflegen, ihn zu unterstützen.
Zum Glück steckten beide den Unfall gut weg, arbeiteten an ihrem Ziel sehr erfolgreich weiter.

In der Folgezeit besuchte ich sie, sooft es möglich war, konnte mich von Isabells richtiger Entscheidung überzeugen. Mit Mahmoud und meiner Tochter lernte ich Ägypten von Abu Simbel bis Kairo kennen und lieben.
Riesig freute ich mich auf eine Woche Kairo. Gegen drei Uhr morgens ging‘s los, immer ca. eine Stunde vor dem Konvoi fahrend. Das war notwendig, denn Mahmoud wusste nicht, ob wir jede Polizeikontrolle problemlos überstehen würden. Würde ich als Tourist aus dem Auto gebeten, könnte ich dann bis Kairo in einem Bus vom Konvoi mitfahren.
Es war eine herrliche Fahrt, meistens nahe am Roten Meer. Unvorstellbar, links Wüste und Gebirge, rechts das glasklare blaue Wasser. Mahmoud bemerkte meine Begeisterung, hielt an, ich konnte kurz baden gehen.

Nach ungefähr vier Stunden wies Mahmoud mit seinem Arm nach vorn: „Schau, dort zeichnen sich die ersten Häuser von Kairo ab. Bis zum Zentrum ist es nicht mehr weit und ich kann dich mit einer der traditionsreichsten Städte bekannt machen.“
Das sollte Kairo sein? Ich war entsetzt.
„Das kann doch nicht die Hauptstadt dieses interessanten Landes sein, farblose Häuser unter einer gewaltigen Dunstglocke“, machte ich meiner Enttäuschung Luft.
„Warte ab, nörgle nicht rum, du hast doch noch gar nichts gesehen“, wies er mich zurecht, und Mahmoud hatte Recht. Denn diese Stadt hat mich voll für sich eingenommen. Meine beiden haben in mir die Liebe zu dieser Stadt geweckt, haben mich diese wundervolle Stadt erleben lassen.

In all meiner „ägyptischen Zeit", ließ ich keine Gelegenheit aus, um nach Kairo fahren zu können. Hier fühlte ich mich wohl, irgendwie zu Hause, trotz Dunstglocke und einer nicht definierbaren Schmutzigkeit.
Ägyptens Hauptstadt, mittlerweile auf ca. 17 Millionen Menschen angewachsen, zählt zu den größten Städten Afrikas. Ihr besonderer Reiz, die Exotik und der Zauber liegen vor allem darin, dass sie sich an der Schnittstelle zwischen Afrika, Europa und Asien befindet.
Der Nil, längster Fluss der Erde, teilt die Stadt sowohl lokal als auch inhaltlich. Befinden sich auf der einen Seite vor allem moderne Bauten und Wolkenkratzer, so mutet die östliche Seite mit ihrem ungegliederten und bunt zusammengewürfelten Häusermeer eher orientalisch an.
In einem Reiseführer hatte ich gelesen, dass hier Meisterwerke der islamischen Baukunst, Museen von Weltrang, lebendige Märkte und alte Kaffeehäuser eng beieinander sind, und dass man mindestens drei Tage für den Besuch der Sehenswürdigkeiten einplanen muss.
Super, ich hatte sieben Tage zur Verfügung und den besten Reiseführer an meiner Seite. Von mir aus konnte es losgehen. Ging es nicht, denn wir mussten ein Hotel finden, einchecken, auspacken und Mahmoud wollte sich von den Strapazen der Fahrt erholen.
Das war alles nicht so schlimm, da wir in einem zentral gelegenen Hotel abgestiegen waren, in der 9. Etage wohnten. Vom Fenster aus konnte ich schon mal mit der Karte in der Hand auf Entdeckungsreise gehen.
Der „Nebel" hatte sich verzogen, die Stadt präsentierte sich strahlend unter dem azurblauen Himmel. Wie verzaubert nahm ich alles in mir auf, den breiten Fluss, seine vom Verkehrschaos überfüllten Brücken, eine grüne Insel inmitten des Nils. Später habe ich erfahren, dass sie Ende des 18. Jahrhunderts durch Ablagerungen des Nilschlamms entstanden war und schnell an Größe gewonnen hatte. Liebevoll wird Gesira „die grüne Lunge Kairos" genannt. Für mich ist sie mit dem Kulturzentrum, dem Pavillon und dem Hotel „Marriott" das Herzstück der Stadt. Alles überragt der Kairo Turm „El Borg", der in Form einer langstieligen Lotosblume gebaut ist. Und da endlich – das „Ägyptische Museum", das Kostbarkeiten

aus mehr als 4000 Jahren beherbergen soll. Es sollte die erste Station unserer Besichtigungstour sein.
Wie lange ich aus dem Fenster geträumt habe, wer weiß? Denn erst das Klopfen an meiner Zimmertür brachte mich in die Wirklichkeit zurück – Isabell und Mahmoud holten mich ab.
„Los geht's, stürzen wir uns ins bunte Treiben. Fotoapparat nicht vergessen."
Das „Ägyptische Museum" erinnert von außen eher einem europäischen Gebäude, gebaut im neoklassizistischen Stil. Die geschätzten 120.000 Ausstellungsstücke im Inneren des Monumentalbaus führen den Betrachter sofort in die ägyptische Geschichte zurück.
Mahmoud informierte uns kurz über Inhalt und Anliegen des Museums. Fragen hatte ich anschließend keine mehr, ich wollte mir alles nur anschauen, nicht jede Steinfigur erklären lassen.
Mich interessierte vor allem die 2. Museumsetage, in der der Schatz des Tutanchamun untergebracht war. Beeindruckend die Sarkophage, ineinandergestellt und aus vergoldetem Holz mit Einlegearbeiten, dienten sie als Hülle für den eigentlichen Sarg, in der die Mumie lag. Letzterer war aus reinem mit Gravuren versehenem Gold. Der Schmuck, den die königliche Mumie mit in die Ewigkeit bekommen hat, füllt heute einen ganzen Saal, die Schatzkammer.
Geheimnisvolles Dunkel empfing uns dort, die angestrahlte Totenmaske des Tutanchamun zog sofort die Blicke auf sich. Gefertigt ist sie aus massivem Gold mit Einlegearbeiten aus Edelsteinen. Ich mochte gar nicht mehr wegschauen, hatte die Welt um mich vergessen, war das eine Pracht. Da kam mir eine Idee, ich wollte sie mitnehmen – als Fotografie.
Aber wie? Zum einem wimmelte es in diesem Raum nur so von Polizisten und zum anderen stand in großen Buchstaben, dass Fotografieren verboten sei. Ich überlegte, weihte Isabell in meinen Plan ein und abgedrückt. Es blitzte kurz auf, Kamera wieder weg, mitgesucht, wer hier fotografiert haben könnte.
Noch ein paar Mal dieses verbotene Spiel wiederholt und ich hatte die wertvollen Schätze im Kasten. Nach dem Erlebnis „Ägyptisches Museum" wollte ich in mein Hotelzimmer zurück, um die Eindrücke verarbeiten zu können.

Am nächsten Tag fuhren wir kreuz und quer durch Kairo, so lernte ich die Stadt in ihrer Gesamtheit vom Auto aus kennen. Und nach dem Abendessen, das Highlight des Tages, Besuch des ältesten Basars: Khan el-Khalili. Es ist ein Markt der besonderen Art. Hier bekommt man alles, was das Touristenherz begehrt, ein Geschäft am anderen, inmitten eines Wirrwarrs von Gassen und Gässchen. Natürlich strahlten die Schmuckgeschäfte die meiste Anziehungskraft aus. Ich gönnte mir eine Kleinigkeit, eine Kartusche mit meinem Namen und einen extravagant gestalteten Ring. Den Abschluss bildete ein Besuch des Uralt–Cafés, berauschend. Einen Platz zu bekommen, schien schier aussichtslos. Aber Mahmoud glückte es Mich umschauend, hatte ich den Eindruck, als ob der kleine Muck gleich erscheinen würde. Wir wollten bestellen, bekamen aber schon einen Pfefferminztee mit echtem Nana, der deutschen Pfefferminze ähnlich, aber aromatischer, hingestellt. Ich traute meinen Augen nicht, alles verbeultes Metallgeschirr und Teetassen aus Glas Hilfesuchend blickte ich abwechselnd zu Mahmoud und auf das Geschirr.

„Ja, das ist das Besondere in diesem Café, das Geschirr ist einige hundert Jahre alt, aber sauber", klärte uns Mahmoud auf. Von diesem Schock noch nicht richtig erholt, folgte der nächste.

Ich spürte, dass jemand versuchte, mir die Schuhe auszuziehen, ich wehrte mich, war versucht, um Hilfe zu rufen. Mahmoud bog sich vor Lachen: „Lass ihm deine Schuhe, er will sie putzen, auf dem Khan el–Khalili ist es immer staubig, sauber bringt er sie zurück, ich bezahle ihn dann." So war es, zuerst nahm er meine Füße, stellte sie vorsichtig auf eine Pappe, kam nach ca. zehn Minuten zurück und zog mir meine Schuhe, die wie neu aussahen, wieder an.

In den nächsten Tagen schauten wir uns noch einige Sehenswürdigkeiten an, von besonderem Reiz war die Mohammed Ali Moschee.

Von Kairo verabschiedeten wir uns dann mit einem Besuch der Pyramiden und des Sphinx von Gizeh. Und wieder fiel mir ein Satz

aus den Erzählungen aus 1001 Nacht ein, der meine Bewunderung, mein Staunen am besten ausdrücken konnte *„Sie sind ein Bau, vor dem die Zeit sich selber fürchtet: und alles hier auf Erden fürchtet sonst die Zeit!“*
Etwas traurig trat ich die Rückreise an, nicht ahnend, dass mich ein Naturschauspiel erwarten würde.
Wir waren knapp zwei Stunden unterwegs, als plötzlich die Sonne gelb–weißes Licht verbreitete „Schnell, nehmt Taschentücher vors Gesicht, presst sie fest auf Nase und Mund, gleich ist hier die Hölle los, ein Sandsturm baut sich auf“, sagte Mahmoud und fuhr rechts ran. Ein Schauspiel, grelles Licht und Sand, Sand, Sand – überall. Man konnte nicht mal mehr die Kühlerhaube sehen.
Nach knapp zehn Minuten war alles vorbei, Sonne, Himmel alles wie vorher, die Straße frei. Wo war der Sand?
Und schon spürte ich ihn im Mund, es knirschte, eine halbe Flasche Wasser konnte mich ein bisschen von den gelben Boten aus der Sahara befreien. Trotzdem, ich war begeistert, so etwas hatte ich noch nie erlebt.

In Hurghada angekommen, schwärmte ich noch immer von den vergangenen Tagen, besonders von dieser phantastischen Stadt. Mahmoud konnte sich meiner Dankesworte kaum erwehren.
„Lass gut sein, ich hatte dir bei unserer ersten Begegnung bereits versprochen, Kairo zu zeigen, dir Sitten und Bräuche unseres Volkes nahezubringen. Erinnere dich an meine Worte von damals – du wirst dieses Land lieben, du kommst nie wieder von meiner Heimat los. Stell dir vor, ich habe noch eine weitere Überraschung für Isabell und dich, die jüngste Schwester von Hmuda heiratet, besser gesagt, wird geheiratet. Wir sind als Gäste eingeladen“, verkündete er mit einem verschmitzten Lächeln im Gesicht.
Ich freute mich darauf, hatte ich doch Hmuda als liebenswerten und intelligenten Menschen kennen gelernt. Er hatte die Hochschule besucht und ein Kapitänspatent für Hohe See erworben, verdingte sich aber in Hurghada als Schiffsführer und „Mädchen für alles“. Immer gut gelaunt, war er schnell der Liebling aller Urlauber, besonders der Frauen.

Leider konnte ich weder bei den Vorbereitungen noch bei der Hochzeit dabei sein, musste kurzfristig nach Deutschland zurück.

Im Nachhinein war ich froh darüber, denn das, was meine Tochter erlebt, mir tief bewegt erzählt hat, konnte man nicht als Hochzeit, eher als Eintritt in lebenslange Gefangenschaft bezeichnen.
Mahmoud und Isabell waren schon des Öfteren zu Besuch bei der Familie, sie waren gern gesehene Gäste. Was lag näher, als einige Wochen davor Hilfe für das bevorstehende Fest anzubieten.
Der Vater, ein Offizier bei der Marine, war vor etlichen Jahren gestorben. Eigentlich wäre nun Hmuda das Oberhaupt der Familie. Nicht nachvollziehbar, dass er sein Glück in Hurghada suchte, wollte auch nie mit uns über die Gründe dafür reden.
So trug der 12-jährige Ali die Verantwortung für seine zuckerkranke Mutter Madiha und seine Schwestern Dalia und Nesrin. Mahmoud fand, dass er diese Aufgabe gut meisterte.
Dalia, die ältere der beiden Schwestern, eine für ägyptische Verhältnisse selbstbewusste aber unartige Tochter, entschied sich kurz vor der Hochzeit gegen selbige. Sie führte ein eigenständiges Leben, arbeitete in einem Computershop, fuhr sogar ein kleines Auto.
Diese für eine „ordentliche" Ägypterin unfassbaren Freiheiten hätte sie nach der Hochzeit aufgeben müssen. Denn dann, als Besitz ihres Ehemannes, müsste sie ihm gehorchen, sich um sein Wohlbefinden kümmern, die Kinder betreuend, sich zu Hause aufhalten.
Vorbei die Verabredungen mit Freundinnen zu Café- oder Kinobesuchen, ganz zu schweigen von lustigen Shoppingtouren – nein, das wollte sie auf gar keinen Fall.
Somit konnte die lebenslustige und intelligente Nesrin ans Heiraten denken. Oft sprach sie mit Isabell über den Mann ihrer Träume, den sie irgendwann treffen und sich unsterblich in ihn verlieben würde. Dabei glänzten ihre großen braunen Augen, anmutig warf sie ihr langes dunkelbraunes Haar auf die rechte Seite und fragte Isabell: „Bin ich hübsch und begehrenswert?"

Nun war es soweit. Mahmoud und Isabell waren neugierig auf den Zukünftigen, stellten während der Fahrt die kühnsten Vermutungen an.
In Kairo angekommen, der Schock – was war das, was war mit Nesrin passiert?
Sie trug ein Kopftuch - und das in der Wohnung, begrüßte beide hölzern. Ihr schönes Lachen, der Glanz ihrer Augen – alles weg. Isabell war fassungslos, fühlte sich auf einmal hier nicht mehr wohl. Es verstrich Zeit mit sinnlosen Gesprächen.
Dann die Gelegenheit, Mahmoud hatte arrangiert, dass Isabell und Nesrin allein miteinander sprechen konnten. Sie erzählte von ihren Erlebnissen der letzten Zeit und der daraus resultierenden Angst vor dieser Ehe.
Ihr Zukünftiger, ein in mittleren Verhältnissen lebender junger Mann, entsprach ganz und gar nicht ihrem Traum. Grobschlächtig vom Äußeren her, benahm er sich auch so. Von Zeit zu Zeit besuchte er die Familie, um mit der Mutter über Nesrin zu reden, herauszufinden, welche Fähigkeiten sie besitze, vor allem, ob sie wirklich noch Jungfrau sei und somit würdig, seine Ehefrau zu werden.
Ohne bei den Besuchen Nesrin eines Blickes zu würdigen, besprach er auch mit der Mutter die Veränderungen für die Zukunft. Da Nesrin bildhübsch war, ordnete er als erstes eine totale Verschleierung an, forderte regelmäßige Gebete, verbot ihr, fernzusehen und das Haus zu verlassen.
Entsetzen machte sich in Isabell breit, sie hatte Angst um diese junge, lebenslustige Frau und riet ihr von der Hochzeit ab. Umsonst, denn wie es sogar heute noch oft in Ägypten üblich ist, haben die Eltern, besonders die Väter, bzw. die Brüder schon längst alles besprochen. Und da wird das Mädchen, wenn es alle Anforderungen, wie Jungfräulichkeit und häuslich verwendbar, erfüllt, gefügig gemacht. Und das können diese Männer, haben sogar das Recht dazu.
Für die junge Nesrin hätte es nur einen Beschützer gegeben, den Vater, aber der war tot. Außerdem wurde ihr von den anderen Ehefrauen gesagt - vorgelogen? - dass die Liebe zum Mann in der Ehe reift.

So fuhren Mahmoud und Isabell nach Hurghada zurück, ohne der Familie, besonders Nesrin, helfen zu können. Vor der Abreise musste sie der Freundin aber versprechen, zur Hochzeit wiederzukommen.

Und dann war es soweit, Mahmoud und Isabell starteten zur Hochzeit von Nesrin. „Ich bin neugierig, wie so eine ägyptische Hochzeit abläuft. Gut, Wein wird es wohl nicht geben.“
Mahmoud lachte: „Da hast du Recht, wir sind Moslems, aber Essen und Trinken gibt es reichlich, und das vom Feinsten. Hmudas Mutter ist eine phantastische Köchin. Trotzdem, es wird vieles anders sein als bei einer deutschen Hochzeit.“
Unbeirrt träumte Isabell weiter: „Ich sehe eine lange weiße Tafel, gut gekleidete Gäste, buntes Treiben, eure Musik, die ich so liebe...“
Sie war eingeschlafen.

Endlich angekommen, bot sich ihnen ein wundersames Bild. Ali hatte vor dem Haus eine kunstvolle Sandwelt, bestehend aus einer Stadt mit Menschen und Tieren, gezaubert, und das alles noch farblich gestaltet. Das Kunstwerk spiegelte die Liebe Alis zu seiner Schwester wider.
Um das gesamte Haus hatten sich viele Menschen, vor allem Männer versammelt, so dass Mahmoud Isabell riet, in die Wohnung zu den Frauen zu gehen.
Enttäuschung, keine weiße Tafel, nichts von Festlichkeit, nur schwarz vermummte Frauen. Zu Nesrin, die auf die Hochzeit vorbereitet wurde, durfte Isabell als Ungläubige schon mal gar nicht.
Außerdem wurde sie von den „schwarzen Gespenstern“ auch noch angegiftet. Eine teilte ihr auf Englisch mit, dass sie ihr langes Haar zu verdecken habe. Nun reichte es Isabell: „Ich bin keine Muslime und will es niemals sein, ich bin Deutsche. Ich habe den Koran gelesen, darin steht von diesem Unsinn gar nichts“, machte kehrte und fuhr mit Mahmoud verärgert ins Hotel.

Am nächsten Morgen im Hochzeitshaus angekommen, kämpfte sie sich mit Mahmouds Hilfe geradewegs zu Nesrin durch. Unter

Tränen fiel Nesrin Isabell um den Hals, nicht wissend, dass diese am Vortage vergeblich um Einlass gebeten hatte. Die im Raum befindlichen Frauen sprühten sie böse mit ihren Augen an, denn nur der Familie war es gestattet, bei der fragwürdigen Zeremonie von Kosmetikerin und Friseurin beizuwohnen. Die Körperhaare wurden komplett entfernt, der Körper kunstvoll bemalt. Wunderschön sah Nesrin aus, viel zu schade für diesen grobschlächtigen Mann, den sie gegen ihren Willen verordnet bekommen hatte.

Die Hochzeitsgarderobe, gebraucht und viel zu groß, versteckte die Schönheit Nesrins. Aber es kam noch schlimmer, viel schlimmer...

Nachdem Kleid, Gesicht und Haare gerichtet waren, wurde ihr ein weißes Spitzentuch umgebunden, so drapiert, dass nur noch das Gesicht zu sehen war, den Rest Fleisch verdeckten die Handschuhe. Nicht, dass Nesrin das so wollte, denn auch in Ägypten dürfen sich die Mädchen am Hochzeitstage ohne Kopftuch und schulterfrei zeigen.

Diese Tradition hatte der zukünftige Ehemann verboten.

Dann wurde die „fertige“ Nesrin in einen großen, nicht festlich geschmückten Raum gebracht und auf das Sofa gesetzt, ihren Ehemann erwartend. Also konnte das Fest eröffnet werden. Die Frauen begannen zu tanzen, amüsierten sich köstlich.

Nesrin zitterte am ganzen Körper und weinte bitterlich. Isabell war nicht in der Lage, sie zu trösten, wie auch? Sie hielt die unglückliche Braut nur fest im Arm. Der Bräutigam ließ lang, unakzeptabel und verletzend lang auf sich warten.

Dann ging es los, die Gesellschaft stieg in die Autos. Ein hilfesuchender Blick Nesrins traf Isabell, sie lächelte ihr liebevoll und aufmunternd zu, in der Annahme, sie gleich wiederzusehen.

Der Bräutigam hatte sich für die Hochzeit einen großen alten Mercedes ausgeliehen, der die Spitze der Blechkarawane bildete. Jeder wartete auf das Startzeichen, denn dann würde es laut hupend und singend durch die Straßen gehen.

Plötzlich, Absicht oder nicht, der Mercedes legte einen Blitzstart hin, keiner der anderen konnte ihm folgen.

Nun hatte auch Mahmoud genug von den Unverschämtheiten: „Isabell, es reicht nun, so lassen wir uns den Tag nicht verderben. Wir gehen erst mal schön essen, ich kenne das beste Restaurant am Nil und dann machen wir uns einen romantischen Abend auf dem Nil.“
Später teilte Hmuda beiden mit, der Mercedes habe eine Frau angefahren, diese war im hohen Bogen durch die Luft geschleudert, anschließend ins Krankenhaus gebracht worden.
Nesrin wurde verheiratet, in die Wohnung des Mannes gebracht. Wie es ihr geht, weiß heute so richtig keiner. Denn ohne Beisein ihres Mannes darf sie weder Mutter noch Bruder empfangen.
Verlegen teilte Hmuda später Isabell und Mahmoud außerdem mit: „Entschuldigt, ich kann nichts daran ändern, aber ihr dürft Nesrin niemals besuchen.“

So war Nesrin verheiratet, für Isabell für immer verloren, sie konnte ihr nicht mehr helfen, hat sie niemals wiedergesehen. Heute noch kommen Isabell die Tränen übers Gesicht gelaufen, wenn sie an Nesrin denkt, über sie sprechen will Isabell nicht mehr. Zu tief sitzt der Schmerz in ihrer Seele.

Hmuda hat inzwischen Ägypten verlassen, lebt in Italien.

Bei solchen Geschichten suche ich immer wieder nach dem Grund, warum ich in Hurghada diesen Frauen nicht helfen konnte, sie mich regelrecht ablehnten.
Dies Land ist wunderschön, warum so viele Wermutstropfen?
Nicht nachvollziehbar für mich, dass man noch heute nach einer falschen Interpretation des Korans lebt.
Beruhigend für mich, dass meine Tochter einen intelligenten und modern denkenden Ägypter geheiratet hat. Er hat mir die gesamte Breite dieses Landes am Roten Meer gezeigt. So verbindet sich meine liebste Erinnerung neben Kairo mit Assuan, der Insel Philae und Abu Simbel.

Im Frühsommer 2002 verbrachten Laura und ich eine wunderschöne Zeit in Ägypten. Und wie immer hatte Mahmoud diesen bis ins Detail geplant.

Eines Abends hieß es „Koffer packen, morgen früh gegen 6:00 Uhr geht es los. Richtet euch für eine Woche ein.“ Mehr als ein geheimnisvolles Lächeln konnten wir Mahmoud nicht entlocken. Wir rätselten, denn früh gegen 6 Uhr, das könnte doch nur Luxor sein, aber da waren wir doch schon öfters, und nach Kairo fährt man doch früher los. Neugierig warteten wir auf den kommenden Morgen.

Mit einem fröhlichen aber viel zu lauten „Guten Morgen, die Überraschung beginnt gleich“, wurden wir am nächsten Tag geweckt. Schnell in unsere Kleidung geschlüpft, schwarze Sachen wurden uns „befohlen“, saßen wir erwartungsvoll am Frühstückstisch. Nichts – kein Sterbenswörtchen erfuhren wir vom Ziel der Reise.
Gegen 6 Uhr begann die Fahrt ins Blaue. Erstaunt stellten wir fest, dass Mahmoud in Richtung Safaga fuhr.
„Also doch nach Luxor, und das eine Woche lang. Wo ist da die Überraschung?“, fragte ich ihn.
„Warte ab, alle Wege führen über Luxor“, scherzte er.
Und wirklich, wir fuhren mit Konvoi nach Luxor. „Da wäre ich doch lieber in Hurghada geblieben, nicht in schwarz aber mit Bikini am Strand“, flüsterte mir Laura zu.

Missmutig erreichten wir nach ca. 3 Stunden Luxor. An einer Kreuzung bog Mahmoud scharf nach rechts ab, den Konvoi verlassend.
„So, jetzt beginnt das Abenteuer, ohne Konvoi. Ich weiß, dass das verboten ist, aber es wird euch Spaß bereiten. Bei Polizeikontrollen schweigt ihr, Laura, muss das schwarze Kopftuch aufsetzen und die Augen schließen, so als ob sie schlafen würde. Mam, du kannst machen, was du willst, nur nicht reden. Du siehst wie eine Ägypterin aus. Alles andere regle ich.“ Diese Anordnung war klar und verständlich, aber leichter gesagt als getan.

Augen schließen war schon das Problem, wenn man eine Kontrolle richtig erleben will. Das schwierigste aber war, Lauras blonde Löwenmähne unter einem Kopftuch zu verstecken.
Wir überstanden dank Mahmouds Überzeugungskraft alle Kontrollen.

Die Fahrt ging in Richtung Süden. Wir lernten nie gekannte Landschaften kennen. Ab und an durchfuhren wir kleine Dörfer, gestikulierten mit den Einheimischen. Allein diese Fahrt war ein Erlebnis, das ich nie vergessen kann. Ich stellte fest, dass die einfachen und armen Leute ausgesprochen lieb waren. Immer wieder wurden wir zum Verweilen, Erzählen über unsere Welt und natürlich zum Essen und Trinken eingeladen.
„Igitt", sagte ich zu Isabell. „Ich kann hier nichts anrühren, schau mal, wie schmutzig alles ist."
Aber Mahmoud beruhigte mich: „Das ist kein gewöhnlicher Schmutz, das ist die Wüste. Komm, hab dich nicht so, greif zu."
Recht hatte er, ich lebe heute noch, weder Magenprobleme noch Durchfall stellten sich nach dem schmackhaften Essen von Foul über Grillhähnchen bis zu Obst und dem leckeren Dessert, Om Ali, ein.

Am späten Nachmittag erreichten wir Assuan, eine wunderschöne Stadt mit verführerischen Gerüchen, eine Welt der Gewürze. Unser Hotel „Isis Island" konnte man nur mit einem Boot erreichen. Toll und noch nie erlebt, ein Hotel inmitten des Nils.
Den ersten Abend verbrachten wir im Hotel, betrachteten das Lichtermeer auf dem Nil, sammelten Kraft für die nächsten Unternehmungen.
Am darauffolgenden Tag flüsterte mir Mahmoud beim Frühstück geheimnisvoll zu: „Heute wird sich einer deiner Träume erfüllen."
Ich staunte ihn an: „Wir fahren doch nicht etwa nach Abu Simbel?"
- „Genau, dorthin", bestätigte er mir.

Und es wurde ein Traum. Zuerst eine langweilige und zugleich abwechslungsreiche Fahrt. Wir durchfuhren ca. drei Stunden lang

die nubische Wüste, eine Betonstraße immer geradeaus, rechts feiner Sand, links feiner Sand. Aber dann das Besondere. „Schaut mal“, rief ich“, dort vorn eine Oase mit Wasser und Palmen. Ich freu mich drauf.“ - „Nein“, erwiderte Isabell, „das ist der Nasser-See, phantastisch!“
„Nichts von beidem“, berichtigte uns Mahmoud. „Ich muss euch enttäuschen, das sind alles Fata Morganas. Hier gibt es nur Wüste.“
Klar, das leuchtete uns auch ein, aber schön sah es doch aus. Und unsere Fotos, die wir als Beweis schossen, zeigten nichts außer Schatten, kein Wasser, keine Palmen...
Irgendwann waren dann Wüste, Fata Morganas, Polizeikontrollen Vergangenheit. Wir parkten in Abu Simbel, über uns schwebte so etwas wie ein Zeppelin ein und ich war enttäuscht. Sollte das mein Traum sein: parkende Autos, Flugzeuge, Schiffe, Geschäfte ohne Ende, Restaurants und Massen von Touristen.
Mahmoud sah mir die Enttäuschung an und sagte: „Nimm meine Hand und komm einfach mit.“ Wir liefen einen verschlungenen Weg entlang, der plötzlich nach links abbog. Und dann, man konnte es kaum beschreiben, man musste es erleben.

Ich fühlte mich wie in einem herrlichen Traum versetzt. Ständig kniff ich mich ins Ohr, nicht glaubend, dass es Wirklichkeit war – ich nahm den großen Tempel von Abu Simbel in mich auf.
Auf einmal - „Hör auf zu heulen“, diese Worte meiner Tochter stellten mich wieder auf den Boden, reden konnte ich nicht. Ich setzte mich auf die hinterste Bank vor diesem atemberaubenden Monument und genoss den Anblick.
Ich weiß nicht mehr, wie lange ich dort gesessen habe.
Mit seiner lustigen Art kam Mahmoud zurück: „So, genug betrachtet, nun wird mir zugehört.“
Das war aber einfacher gesagt, als ausgeführt. Denn kaum hatte Mahmoud mit seiner Privatführung begonnen, kamen die Hüter des Tempels. Überlauter Gedankenaustausch nach ägyptischer Art störte die Ruhe des Tempelinneren, Ergebnis: Wir mussten schweigend den großen Tempel besichtigen.

Mahmoud war kein angemeldeter Reiseführer, für viel Geld bot man mir einen versierten Guide, nur Arabisch und Englisch sprechend, an. Nein, danke, nicht mit mir. Und außerdem, ich hatte mich bereits in Büchern über dieses phänomenale Bauwerk im Vorfeld informiert. Die ergänzenden Ausführungen Mahmouds, natürlich auf den Bänken vor dem Tempel, machten mich für eine stumme Besichtigung fit.
Bereits die Fassade des großen Tempels Ramses‘ II. faszinierte mich. Vier sitzende Kolosse, Statuen von Ramses, zierten den Eingang. Ich erinnerte mich an Mahmouds Worte: „Damit du einen weiteren Eindruck von der Größe hast, Ramses‘ Mund ist ca. einen Meter breit.“
Das Innere des Tempels fand nicht mein Interesse. Schnell noch Fotos mit einem Lebensschlüssel tragenden Tempelhüter geschossen und wieder raus.
Ja, Abu Simbel war schon eine Reise wert. Wieder davor sitzend kamen mir die Mitteilungen über die Rettungskampagne in den sechziger Jahren ins Gedächtnis zurück, es war eine gelungene Aktion von über 50 Nationen. Damals wünschte ich mir sehnlichst, diese altägyptischen Denkmäler erleben zu dürfen. 40 Jahre später war eine Fahrt dorthin das normalste der Welt. Wahnsinn.

In Hurghada angekommen, hatte uns der Alltag wieder. Die letzten Tage dieses erlebnisreichen Urlaubs verbrachten Laura und ich nur am Strand.
In diesem Urlaub spürte ich noch etwas anderes. Isabell und Mahmoud führten ein normales, fast europäisches Leben. Sie verbrachten viel Zeit miteinander, Mahmoud ging abends nie allein weg, wie ich es häufig von Ägyptern, die mit einer Deutschen liiert waren, gehört hatte. Ich erfuhr von anderen so nebenbei, dass Männer nachts allein, zum Teil sogar mit anderen Frauen, unterwegs sein sollten.
Die eigene Frau gehört ins Haus und hat zu warten, bis der Mann nach Hause kommt, dann kann sie sich freuen und seine Wünsche erfüllen – nicht so bei Mahmoud. Er ging entweder mit Isabell in

Cafés, Shops, Billard spielen oder sie verbrachten ihre Freizeit gemeinsam zu Hause.
Ich war froh darüber, waren beide also doch füreinander bestimmt, wie mir Mahmoud ständig beteuerte.

Bei der Arbeit hatte er Erfolg. Oft wurde meine Tochter von Touristen um Rat gefragt, um Beistand gebeten. Auch bei mir erkundigten sich Freunde und Bekannte, ob sie ihren Urlaub bei Isabell und Mahmoud verbringen könnten. Und eine Idee wurde geboren: „Wir werden in Zukunft die Touristen professionell, aber vor allem individuell betreuen."

Unter dem Vorwand, diese Idee mit mir besprechen zu wollen, wurde ich nach Hurghada gelockt.
Sicher, wir erarbeiteten ein Konzept, aber das war nicht der Grund. „Habe ich was verpasst, bekommen die beiden ein Kind, klappt diese sogenannte Mischehe doch nicht mehr?" Diese Gedanken und vieles mehr bereiteten mir Kopfschmerzen. Äußerte ich irgendwelche Bedenken, hatte ich den Eindruck, als ob sich beide kaputtlachen wollten.
„Ok, mir reicht's, ich fliege nach Hause, veralbern kann ich mich alleine", wütete ich und ging Koffer packen.
Auf einmal stand Mahmoud in der Tür und kommentierte meine Abreisevorbereitungen: „Nein, den Pullover würde ich nicht einpacken, lass auch die Handtücher draußen. Vergiss aber nicht Badeanzug, leichte Sachen und festliche Kleidung mitzunehmen."
Nicht sehr freundlich schnauzte ich ihn an: „Lass mich einfach in Ruhe, ich habe es satt, den Clown für euch zu spielen.
Er lächelte und fragte, vielleicht einen Ton zu ironisch: „Ach so, willst du deinen Geburtstag etwa nicht mit uns feiern? Haben wir umsonst alles so liebevoll vorbereitet?"
Ich war baff, niemand hatte diesen Tag erwähnt, ich hatte eher den Eindruck, meine Tochter wusste vor Liebesglück gar nicht mehr, wann ich Geburtstag hatte.
„Ihr kleinen Gauner", konnte ich unter aufatmendem Lachen nur noch sagen.

Mein Geburtstag war grandios, zwei Tage weilten wir als Gäste im „Old Winter Palace“ in Luxor.
Ich wohnte in einem geschichtsträchtigen Zimmer, in dem früher einmal Farouk gewohnt haben soll.
Um mich nicht blamieren zu müssen, täuschte ich Müdigkeit vor, um in einem meiner mich ständig begleitenden Reiseführer nachlesen zu können.
Also, fand ich, auf diesen Farouk konnte das ägyptische Volk nicht stolz sein. In die Annalen war der Vorgänger von Gamal Abdel Nasser nur infolge seiner Unfähigkeit, ein Land zu regieren, und seines ausschweifenden Lebenswandels eingegangen. Ich war informiert, aber mehr als enttäuscht.
Weitaus besser war das, was mir anschließend geboten wurde.

Das Abendessen im Restaurant „Corniche“ ist nicht zu toppen. Allein das Restaurant an sich ist eine Sehenswürdigkeit, die Einrichtung geschmackvoll in Weiß, Gold und wengefarben gestaltet. Tischambiente, Geschirr und Gläser zieren ein goldenes Königswappen und die Aufschrift „Winter Palace“. Auch die Kellner - eine Augenweide. Und erst die Speisen, feinste französische Küche, der Koch ein Ägypter.
Plötzlich ging das Licht aus, singende und tanzende Kellner in schmucken Uniformen kamen auf unseren Tisch zu, ein besonders attraktiver Ägypter trug eine Torte mit Kerzen, ließ sie mich auspusten und gratulierte auf charmante Art und Weise. Und ich fühlte mich bei dieser Ehrung super gut; ach, Geburtstag konnte so schön sein, auch wenn man wieder ein Jahr älter geworden war.
Da entdeckte ich das selig lächelnde Gesicht von Mahmoud und wusste, wer der Organisator dieser gelungenen Überraschung war.
Insgesamt war dieser „Geburtstagsurlaub“ einmalig, es war wie immer eine schöne Zeit in Hurghada.

Trotzdem will ich nicht verschweigen, dass es zwischen Mahmoud und mir auch des Öfteren Auseinandersetzungen gab, er war halt ein ägyptischer Schwiegersohn. Und doch, ich spürte in allen Streitgesprächen, wie sehr er meine Tochter liebte und beschützte.

mir klar zu machen versuchte, warum er das so und nicht anders regelte. Heute weiß ich, dass er Recht hatte. Denn aus deutscher Sicht und mit der uns eigenen Denkweise kann man manches in Ägypten nicht nachvollziehen.

Und Mahmoud lehrte uns, die ägyptische Lebens- und Denkweise zu verstehen, richtig mit ihr umgehen zu können. Wir sollten erkennen, dass es wie in jedem Land solche und solche Menschen gibt.

Gern erinnere ich mich an seine „Fünf–Finger–Erklärung", wenn ich wieder mal über die Unverschämtheiten der Ägypter unglaublich empört bin.
Ich schließe die Augen, sehe ihn vor mir und höre: „Schau meine Hand an. Ich habe fünf Finger, ich brauche sie alle, aber keiner schaut aus wie der andere, sie sind unterschiedlich wie die Menschen. Merk dir das, dann hast du es in unserem Land einfacher. Oft zwingt die Armut manch ordentlichen Menschen zu Handlungen, die du als Europäerin nicht verstehen kannst. Und genau wie bei euch gibt es auch bei uns sehr schlechte Menschen. Dein Problem ist, du bist Deutsche, kannst deine Landsleute einschätzen, kannst richtig mit ihnen umgehen. Die Mentalität der Moslems kennst du nicht, deshalb machst du Fehler und schimpfst auf meine Landsleute. Das ist nicht gut. Ich werde dir helfen, hier arbeiten und leben zu können." Nach einer solchen Belehrung drückte mir den Koran in die Hand.

Oft lege ich diese Schrift empört weg, aber nach und nach komme ich zu der Einsicht, der Koran ist so gesehen nicht schlecht, es sind die Menschen, die Ägypter, die ihn nicht richtig interpretieren können oder wollen. Die Männer deuten ihn zu ihrem Vorteil.
Dies ist für mich die schlimmste Erkenntnis aus dem Gelesenen. Und wie wir Deutsche nun mal sind, wollte ich sogleich eine Frauenbewegung in Hurghada ins Leben rufen. Voller guter Ideen wagte ich mich an die Frauen.
Aber, was war das? Keine der „schwarzen Gespenster" war begeistert, sie wussten gar nicht, was ich wollte, lehnten mich ab;

ich flößte ihnen Misstrauen ein, weil ich angeblich ihre muslimische heile Welt durcheinanderbringen wollte.
Ich war sehr bedrückt, nahm mir vor, meine Umwelt genauer unter die Lupe zu nehmen. Im Ergebnis daraus kann ich kurz formulieren: „Was uns nicht tötet, macht uns stärker und härter.“
So lernte ich auch Imat, einen Reiseleiter für russische Touristen, kennen. Er musste hart für seinen geringen Verdienst, 150 LE am Tag, arbeiten, aber auch nur dann, wenn er eine Reisegruppe zugeteilt bekam. Ich rätselte, wie er damit zu einer Eigentumswohnung gekommen war, immer schicke Klamotten trug, warum er sein Leben wunderbar fand. Und ich fand des Rätsels Lösung.

Eines Tages bot uns Imat an, mit ihm und einer russischen Touristengruppe am Trip nach Luxor teilzunehmen. Mahmoud gab uns zum Abschied noch den Hinweis: „Haltet die Augen offen. Heute erhaltet ihr Antwort auf etliche Fragen.“ So war es dann auch.
Gemeinsam mit Imat übernahmen wir die Touristen vor dem Hotel „Sultan Beach“.
Aber was war mit Imat passiert!?! Der so sympathische Mensch war zum Schleimer übelster Sorte mutiert. Sein Gesicht hatte sich zu einer ewig unterwürfig grinsenden Maske verändert. In seinen wunderschönen braunen Augen, die sonst so freundlich und lieb blickten, sah ich einen Anflug von Gerissenheit, oder Geschäftssinn? Wir hatten den Eindruck, er hatte uns vergessen, erinnerten uns aber an Mahmouds Worte. Unsere Beobachtungen konnten wir nur mit ständigem Kopfschütteln verarbeiten. Imat entpuppte sich als ein Charmeur, der seinesgleichen sucht. Auf der Hinfahrt scharwenzelte er ständig, nie Komplimente vergessend, um die Touristen herum, immer wieder fragend: „Und läuft alles nach Wunsch? Sagt mir, wenn euch etwas nicht gefällt. Ich möchte nicht, dass euch was fehlt.“
Auf der Rückfahrt fehlte den Urlaubern allerhand, aber das interessierte Imat nun nicht mehr.

Los ging es beim ersten Stopp, zum Frühstücken eingerichtet, in der Nähe von Quena. Aufwändig suchte Imat in seiner Tasche, in der sich eh kaum was befand. Das Ergebnis „verblüffte“ ihn: „Oh weh, ich hab mein gesamtes Frühstück vergessen", und sah sich ratlos um. Die Russen verstanden seinen Blick und spendierten ihm ein leckeres Frühstück. Verlegen und Entschuldigungen stammelnd, speiste er vorzüglich, dieser Gauner.

In Luxor angekommen, ging's zuerst in den Karnaktempel, die Führung war einzigartig. Dieser Mann verstand wirklich sein Fach, war bescheiden, aber allwissend. Leider verstanden wir nicht alles, da er seinen Vortrag in perfektem Russisch hinlegte. Die Touristen waren begeistert, sammelten schnell etliche Dollars als Dankeschön. Beim Überreichen des Geldes dann der Schock: Der Mann, auch Ägypter, wollte das Geld nicht, da er doch für seine Arbeit vom Museum bezahlt würde.
Meine Tochter und ich griffen ein, konnten ihn, teilweise Arabisch sprechend, überzeugen, dass er sich das Geld redlich verdient habe und Allah bestimmt nichts dagegen hätte. Nach dem wohlschmeckenden Mittagessen kam dann Imats große Zeit, Besichtigungen einer Alabaster- und einer Papyruswerkstatt waren angesagt.
Nach kurzen Erklärungen über Rohstoff, Herstellung und Bedeutung dieser Kunstwerke durfte, besser gesagt, sollte gekauft werden, da es angeblich nur hier die besten und preiswertesten Stücke gab. Alles lief bei etwas zu lauter, aber dennoch schöner arabischer Musik ab, jeder summte mit – beste Kauflaune war hergestellt.
Dabei hatten die Verkäufer und Imat alle Augen und Hände voll zu tun. Gefiel jemandem etwas, ging dieser zu einem Verkäufer, fragte nach dem Preis, natürlich weit überteuert. Voller Entsetzen wurde Imat angesteuert und sich bei ihm beschwert. Imat suchte Blickkontakt zum Verkäufer, nickte kurz in dessen Richtung und nun glaubten wir unseren Augen und Ohren nicht zu trauen. Mit treuem Hundeblick und einem Kopfschütteln beruhigte er die Käufer: „Nein, das lass ich nicht zu, was soll die Schale kosten, 800 LE? Das ist zu viel, obwohl, es ist ein sehr schönes Stück, ein wunderbares Souvenir. Sagt ihm, dass ihr zu mir gehört und gebt ihm 500 LE, das reicht." Gesagt, Blickkontakt wieder aufgenommen – Geschäft erledigt, keiner hatte etwas bemerkt und schon wandte er sich dem nächsten Hilfe suchenden Käufer zu.

Keiner was bemerkt? Doch wir, die Allesbeobachter! Das eingespielte Team begann zu funktionieren. Die Touristen gingen an die Kasse, sagten Imats Spruch auf. Der Verkäufer jammerte: „Dieser Imat denkt nur an seine Gruppe. Wie es uns geht, interessiert ihn gar nicht."
Zähneknirschend nahm er die 500 LE. Was ging jetzt ab? Nur ein Teil des Geldes landete in der Kasse, der andere wurde in eine von drei Schalen gelegt.
„Isabell, jetzt wird‘s interessant, mein Detektivgeist ist erwacht. Ich gehe dem Spektakel auf den Grund. Lass mich mal machen, denn ich vermute eine große Schweinerei." Also interessierte ich mich nur für die Gegenstände in Kassennähe.
Und wirklich, es war ein abgekartetes Spiel. Jeder Käufer sagte den Spruch seines Reiseleiters auf, es folgte mehr oder weniger Gejammer, dann einen Teil des Geldes in die Kasse, den anderen in eine der drei Schalen. Ich entdeckte auch den Grund für die Zahl drei, eigentlich ganz einfach, es waren drei Reisegruppen im Geschäft.

Nachdem die Kauflust gestillt war, ging es zurück in den Bus. „Schnell, schnell, das Papyrusmuseum schließt heute früher", feuerte Imat seine Gruppe an.
„Nicht doch Imat, nicht so schnell, ich hab noch was zu erledigen", bat ich ihn, wollte ich doch wissen, was diese Schale in Wirklichkeit kostete. Ich erzählte dem russischen Ehepaar, dass ich mir diese Schale auch gern kaufen würde, aber solch eine in der Ausstellung nicht gefunden habe.
Bereitwillig übergaben sie mir ihre Kostbarkeit.
Ich rein ins Geschäft „Bitte, ich brauche unbedingt...", noch im Sprechen fiel sie mir im Regal auf, kein Unikat, keine Handarbeit, die sie vor einer halben Stunde noch war. Der Handel begann, diesmal bei 600 LE. Zuerst lachte ich den Preis einfach weg. Bei 400 LE angekommen, wendete ich mich dem Ausgang zu, „Na gut, weil du Deutsche bist und bla, bla, bla, 300 LE", versuchte der Kassierer einzulenken. Nachdem ich angekündigt hatte, meinen Freund Imat aus dem Bus zu holen, wurde er kleinlaut und verkaufte

mir das Objekt der Begierde für 150 LE. Angewidert verließ ich den Laden, jede Frage seitens Imat unbeantwortet lassend.

Dann, im Papyrusmuseum angekommen, staunten wir, ein leiser Anflug von Hoffnung kam auf – keine Schalen. Trotzdem bezog ich meinen „Beobachtungsposten“ in Verkäufernähe. Nichts gab es zu beanstanden; Herstellung, Motivsuche, Bemalung und Beschriftung dieser Kunstwerke wurde anschaulich erklärt, die Preise akzeptabel. Wo war der Haken? Nichts, alles lief glatt ab.
Die Wünsche der Gruppe wurden erfüllt und ab in den Bus. Ich beobachtete Imat, gelassen und zufrieden lächelnd stieg auch er ein. Plötzlich schlug er sich mit der flachen Hand an die Stirn: „Bin ich heut wieder vergesslich, meine Tasche ist noch drin. Moment, ich komme gleich zurück“, sprach‘s und verschwand für kurze Zeit. Nur ich wusste, worin die Ursache seiner Zerstreutheit zu finden war.
Nachdenklich stimmte mich auch die Rückfahrt. Imats Verhältnis zu den Touristen hatte sich total verändert. Er gab nur widerwillig Auskunft, es schien ihn niemand mehr zu interessieren, letztendlich schlief er tief und fest, oder ließ alle in dem Glauben.
Wortlos verließ ich in Hurghada den Bus, stieg in Mahmouds Auto. „Na, Detektiv, alles klar?“, versuchte er zu scherzen. Aber ich konnte ihn nur fragen: „Ich würde zu gern wissen, wohin Imats Freundlichkeit von der Hinfahrt verschwunden ist und...“ - „In seine Geldbörse“, fiel er mir ins Wort.
„Aber...“, startete ich einen zweiten Versuch. Mahmouds Worte: „Denk nicht drüber nach, es bringt nichts. Nimm‘s als gegeben hin und gut. Und eins noch, die Russen lieben Imat, machen ihm Geschenke.“

Diese Luxor-Erfahrung der besonderen Art beschäftigte mich noch lange. Zu Imat brach ich jeglichen Kontakt ab. Wem half′s? Diese und ähnliche Episoden musste ich noch oft durchleben, ab und an konnte ich Deutschen helfen.
In einem Fall wurde unserer Hilfe von der Betroffenen nicht gehört, mehr noch, sie glaubte, wir wären neidisch, weil wir nicht so einen

tollen Freund wie sie hätten. In dieser Situation fehlten sogar Mahmoud die Worte, denn er hatte sie zwecks „Hilfeleistung“ mit nach Hause gebracht.
Selig lächelnd, einen Hauch von Dummheit ausstrahlend, erschien sie eines Tages an Mahmouds Seite, streckte uns erwartungsvoll die Hand mit der Bemerkung entgegen: „Ich bin Ingrid Pietsch, komme aus Deutschland, habe dort Mann und Tochter. Die interessieren mich wenig. Denn ich habe hier in Hurghada die große Liebe, meinen Dea, gefunden. Da ich eine Wohnung kaufen und ein Geschäft eröffnen will, möchte ich mich vorher mit euch beraten, zumal mein Dea ein guter Freund von Mahmoud ist.“
Irritiert schauten wir uns an. Dieser Frau sollten Isabell und ich helfen? Ihr die Augen öffnen? Mahmoud entschied: „Ich lass euch drei allein, braucht ihr mich, Isabell, ruf einfach an. Viel Glück.“

Bei einer Tasse Tee erzählte uns Ingrid, was bei ihr bis zu diesem Tag so war. Gut ein Jahr zuvor habe sie mit ihrem langweiligen Leben, wie sie es bezeichnete, gebrochen, ihre 16-jährige Tochter in eine WG gesteckt, den Ehemann in die Gartenlaube verfrachtet, Job und Wohnung gekündigt, alles verkauft. Nach kurzer Überlegung verbunden mit Telefonaten verließ sie Deutschland mit dem Ziel, zusammen mit ihrem Liebsten, den sie kurz vorher im Familienurlaub kennen gelernt hatte, ein neues Leben in Ägypten zu beginnen.
Freudestrahlend und voller Optimismus kam sie dann in Hurghada an. Leider war ihr Dea davon nicht so begeistert. Er hatte weder Wohnung noch Geld. Vielleicht wollte er auch nicht mit einer 20 Jahre älteren Frau zusammenleben, kam mir in den Sinn. Ingrid stimmte Dea schnell um. Sie verriet ihm, dass sie zwar seinetwegen alles aufgegeben habe, eins war ihr aber geblieben: viel, viel Geld. Die Dollarzeichen verzauberten Deas Herz. Mit verklärtem Blick gestand uns Ingrid: „Ich habe das Bild und seine Worte noch heute in Erinnerung. Liebevoll hat er mich in die Arme genommen, mir seine große Liebe geschworen. Den Empfang auf dem Flughafen habe er nur gespielt, um herauszufinden, ob ich ihn auch so sehr liebe wie er mich.“

„Aha“, mehr fiel mir dazu nicht ein.
Und sie schwärmte weiter: „Dann haben wir in Hurghada geheiratet, uns eine kleine Wohnung gesucht. Leider musste Dea viel arbeiten. So war ich oft allein. Ständig ist er in Sorge um mich. Arbeiten darf ich nicht, da es zu gefährlich ist. Geht er aus dem Haus, verschließt er die Tür, damit mir keiner ein Leid zufügen kann, ich putze die Wohnung, koche Deas Lieblingsgerichte, erwarte ihn…“
Ich stoppte ihre Faseleien: „Entschuldige, ich kann mir das nicht länger mit anhören. Wenn er dich in der Wohnung einschließt, will er verhindern, dass du erfährst, was er so treibt. Meine Tochter lebt schon einige Zeit in Hurghada, kennt die gesamte Familie von Mahmoud, hat in Kairo geheiratet. Sicher bemüht sie sich, ihren Ehemann, nach muslimischer Tradition und Ansicht nicht in Verruf zu bringen. Das siehst du schon an der Kleidung. Aber ihre Freiheit hat sie nicht aufgeben müssen. Sie kann das Haus verlassen, wann immer sie will, fährt allein Auto, arbeitet als Manager „guest relation“ in einem großen Hotel. Und, Mahmoud ist immer für Isabell da. Sie frühstücken gemeinsam, dann geht jeder seiner Arbeit nach, er fährt ins Aquacenter, sie ins Hotel. Manchmal haben sie Zeit für ein gemeinsames Mittagessen. Nach der Arbeit tätigt Mahmoud meistens noch die Einkäufe, beginnt das Abendbrot vorzubereiten. Nach dem Essen sitzen sie gemütlich zu Hause oder gehen aus. Das empfinde ich als Liebe, als Sorge um meine Tochter. Aber dein Dea, so glaube ich, ist der größte Betrüger auf Ägyptens Erdboden.“
Empört schnellte Ingrid hoch: „Wenn du so von meinem Dea redest, habe ich hier nichts mehr verloren. Denn Dea ist mein Ein und Alles, mein Ehemann und Beschützer.“
Isabell lenkte ein: „Setz dich bitte wieder zu uns. Meine Mutter weiß nicht, wie schön es sein kann, mit einem Ägypter zusammenzuleben. Sie hat ihren deutschen Mann, und gut. Wir haben uns ein Bild von deinem Leben machen können. Sag uns nun, wie wir dir helfen können.“
Mich keines Blickes würdigend, setzte sie sich wieder und nur zu Isabell gewandt ließ sie uns an ihrem schönen und erfüllten Leben, so glaubte sie damals, teilhaben.

Es dauerte nicht lange und Dea war mit diesem Leben nicht mehr einverstanden. So kam er manchmal nicht nach Hause, beauftragte Freunde, sich um die sichergestellte Ingrid zu kümmern. Obwohl er mit seinen Eltern zerstritten war, musste er sie neuerdings des Öfteren besuchen. All das gefiel Ingrid nicht.
Natürlich erkundigte sie sich bei ihrem Dea, was sie falsch gemacht habe. Und er schüttete sein Herz oder besser gesagt, sein nach Geld rufendes Portemonnaie vor ihr aus. Seine Freunde würden sich über ihn amüsieren, würden zu ihm sagen: „Du hast angeblich eine reiche Deutsche, davon merkt man gar nichts, musst noch immer auf Touristenfang gehen. Ihr habt ja nicht mal eine standesgemäße Wohnung, haust noch hinter dem Mashrabia, einer wenig luxuriösen Gegend."
Dea sagte ihr, dass er sich das Leben mit Ingrid anders vorgestellt habe. So hätte er gehofft, sie würden ein schönes Auto, eine tolle Wohnung am Meer kaufen und ein Geschäft in Hurghada eröffnen. Daraufhin machte Ingrid Kassensturz und stellte erfreut fest, dass das für sie kein Problem sei. Und Dea liebte sie wieder wie am Anfang, bis, ja bis das Eigenwillige passierte.
„Stell dir vor, Isabell", empörte sich Ingrid, „mit meinem Dea muss irgendwas passiert sein, sicher hat er schlechte Freunde. Vielleicht, seine Eltern…"

Diesmal war es meine Tochter, die Ingrid entnervt unterbrach: „Komm zum Punkt, wie können wir dir helfen?"
„Also, pass auf", setzte Ingrid erneut an. „Ich geh mit meinem Dea ein Auto kaufen, total überteuert. Es darf nur auf Dea geschrieben und angemeldet werden. Ich bestehe auf Bedenkzeit, gewährt. Wir schauen uns eine wunderschöne Wohnung am Meer an. Ich darf sie bezahlen, der Eigentümer ist Dea, und das für 30.000 Euro. Noch schlimmer lief es mit dem Geschäft ab. Ich wurde mit einer Tasse Tee förmlich an einem Tisch im „Mobby Dick" geparkt und Dea ist dann mit den Männern weggefahren. Glücklich strahlend kam er nach ca. zwei Stunden zurück und ich erfuhr, dass er das Geschäft bekommen kann, brauche dafür 10.000 Euro. Leider müsse er das Geschäft ohne mich betreiben, da es sich in Ägypten

nicht zieme, dass die Frau des Besitzers mit im Laden sei. Er bat mich um Verständnis und vor allem um insgesamt ca. 90.000 Euro. Jetzt brauche ich deinen Rat." Hilfesuchend schaute sie Isabell an. Ich kam meiner Tochter zuvor: „Du brauchst meinen Rat? Pack deine Sachen, flieg nach Hause und vertrag dich mit deiner Familie."
Davon wollte Ingrid aber absolut nichts wissen.
Ich ließ nicht locker, denn diese Frau, ihr Geld waren in Gefahr: „Jetzt hörst du mir zu, springst nicht wieder auf und willst gehen. Schalt mal deinen Verstand ein. Dea gehört zu den Ägyptern, die nach der Devise handeln: Schönes Leben ohne Arbeit, wo ist die reiche Europäerin, die mir diesen Luxus bieten kann? Ist sie viel älter als ich, umso besser, denn dann kann ich sie mit meinen Schmeicheleien gefügig, dankbar machen. Das, was dir dein Dea erzählt hat, ist gelogen. Auto, Wohnung, Geschäft, alles, wofür du dein Geld ausgibst, gehört dir, kann auch auf deinen Namen geschrieben werden."
„Ich bin aber mit Dea verheiratet, dann steht ihm doch bestimmt die Hälfte zu", warf sie ängstlich ein.
„Gar nichts steht ihm zu und du bist nicht verheiratet. Waren zur Hochzeit Eltern, Geschwister, Freunde von ihm anwesend, wurdest du rasiert und bemalt. Ich könnte dir noch viel aufzählen, wie schön eine muslimische Hochzeit sein kann. Du hast dich, ohne Wissen über das Land und dessen Tradition in einen sogenannten ägyptischen Jäger, auch als Strandläufer betitelt, Hals über Kopf verliebt, und das in deinem Alter. Dein Ehevertrag, das Hurghada-„fuck paper" ist absolut nichts wert, ist die reinste Verarschung. Entschuldige das harte Wort, aber das trifft es zu hundert Prozent", regte ich mich auf. „Schau dich in um. Alles ist auf Isabells und meinen Namen geschrieben. Stell dir vor, das hat Mahmoud aus Liebe und Sorge um Isabell so veranlasst."
Ingrid wurde still, blickte uns traurig an: „Und was nun?"
Isabell dachte nach: „Ich bespreche das alles mit Mahmoud, der weiß am besten, wie so was zu regeln ist. Du gehst nach Hause, verrätst Dea nicht, dass wir uns beraten haben."
Geknickt trabte Ingrid davon.

Mahmoud nahm sich der Sache an. Und es war so, wie ich befürchtete hatte.
Dea sprach sehr offen mit Mahmoud, gestand ihm ohne Umschweife, dass er Ingrid überhaupt nicht mögen würde, er habe seine junge, hübsche russische Freundin. Bald müsse er die für ihn ausgesuchte Ägypterin heiraten, Und da waren Geld, Auto, Wohnung vonnöten. Ingrid sei ihm total egal, aber nicht ihr Geld.
Siegessicher sprach er davon, dass er der Alten jeden Euro abluchsen würde, machte sich über ihre Naivität lustig.
Natürlich hatte er, da Ingrid nicht im Geringsten die arabische Sprache beherrschte, den wahren Preis von Auto und Wohnung noch enorm in die Höhe getrieben. Am Geschäft war er überhaupt nicht interessiert, aber an den 10.000 Euro für den angeblichen Laden.
Mahmoud schämte sich für so einen Landsmann, hatte keine Idee, wie man das Ingrid schonend beibringen könnte.

Mit seiner Hilfe durfte sie uns erneut besuchen. Vermutlich dachte Dea, Mahmoud würde Ingrid gefügig machen, und wie bei unserer ersten Begegnung lobte sie ihren Dea über alle Maßen.
Anfangs brachten wir Ingrid die Wahrheit schonend bei, sie lachte unsere Bedenken einfach weg: „Das veranstalten andere mit ihrer Frau, nicht mein Dea."
Daraufhin wurden wir deutlicher: „Du, Ingrid, der Mann lügt, wenn er den Mund aufmacht. Er liebt nicht dich, sondern dein Geld."
Schonungslos gaben wir nun Mahmouds Informationen weiter, nichts. Sie lachte uns aus, stand auf und zu Mahmoud gewandt: „Bitte, bring mich nach Hause, Isabell und deine Schwiegermutter gönnen mir mein Glück mit Dea nicht."
Und zu uns sagte sie nur: „Ok, ich pass gut auf mein Geld auf, kaufen wir was, dann wird es auf meinen Namen geschrieben. So, ich möchte jetzt nach Hause, mein Dea wartet bestimmt schon auf mich."

Zwei Wochen sahen und hörten wir nichts von Ingrid. Aber dann, es klopfte am Tor. Vor uns stand das Häufchen Unglück namens Ingrid, neben ihr einige große Plastiksäcke.

„Hallo, was ist passiert? Du siehst ja schrecklich aus, komm erst mal rein", empfing ich sie, in etwa wissend, was ihr zugestoßen war. Wir ließen ihre eine heiße Wanne mit anregend duftendem Schaumbad ein, gaben ihr ein Glas Sekt und beruhigten sie, Vorwürfe ersparte ich ihr. Zivilisierter, aber nicht weniger unglücklich saß sie dann Tee schlürfend in der Sitzecke. Sprechen konnte Ingrid nicht, schüttelte nur immer wieder den Kopf.

Sollte ich ihr sagen, was passiert war? Denn dieses Handeln spielt sich in Wirklichkeit fast immer so ab: reiche Europäerin schüchtern ansprechen, Komplimente von sich geben, die großer Liebe vorgaukeln, über das finanzielle und gesundheitliche Elend der Familie jammern, den nichts beinhalteten Ehevertrag abschließen wollen, mit Schmeicheleien der Frau Geld aus der Tasche ziehen, sie zur ägyptischen Lebensweise einer Frau verdonnern – das Verhalten der Frauen erinnerte mich dabei oft an das der drei Affen.

Das Geld fließt nicht mehr, die Frau fordert Rechte, eine neue Geldquelle wird aufgetan, die schon „erlegte Beute" abserviert. Sollte ich ihr das alles bestätigen, nein. Vielleicht nicht der richtige Weg, denn im Erzählen ihrer traurigen Erlebnisse konnte sie sich einerseits ihren Kummer von der Seele reden, andererseits wurde ihr der eigene Irrweg bewusst.

Wir warteten, bis sich Ingrid zum Reden veranlasst sah: „Teilweise hattet ihr ja Recht. Aber mein Dea ist nicht der Schuldige, Eltern und Freunde haben ihn gezwungen, mich aufzugeben."

Fragend und zweifelnd sahen wir Ingrid an, sagten kein Wort und sie erzählte uns die traurige Geschichte ihrer großen Liebe.

Nach unserer zweiten Begegnung wurde Ingrid schon sehnsüchtig von ihrem Dea erwartet, der gehofft hatte, dass wir, Mahmoud, Isabell und ich, sie zur Vernunft gebracht hätten, soll heißen, unterwürfig und Geld abwerfend.

Ingrid hatte aber bei uns doch etwas gelernt. Sie stellte Forderungen, wie Eltern kennen lernen, mit ihnen gemeinsam über die bevorstehende richtige Hochzeit reden, nicht mehr eingeschlossen werden, sich frei bewegen dürfen. Das schockte, verärgerte Dea enorm. Er sah sich veranlasst, es nochmals mit Schmeicheleien und Beteuerung zu versuchen.

Eines Tages bat er Ingrid, sie auf die Reise zu seinen Eltern zu begleiten. Er wolle sie der Familie vorstellen. Und los ging's. Sie fuhren in ein Dorf am Nil, aber Ingrid musste im Auto bleiben, da er die Familie auf ihren Besuch einstimmen wollte. Die Geschenke, von Ingrid, reichlich für die Eltern besorgt, nahm er als Köder mit. Nach ca. einer Stunde kam Dea wie am Boden zerstört zurück: „Meine Eltern wollen keine deutsche Schwiegertochter, ich soll eine Ägypterin heiraten. Das will ich aber ganz und gar nicht, ich liebe nur dich. Das habe ich meiner Familie auch ins Gesicht gesagt."

Und einen wehmütigen Blick auf das Haus werfend, sah er Ingrid mit Tränen in den Augen an: „Ab jetzt habe ich keine Eltern mehr, aber einen großen Schatz gewonnen", und sie kehrten nach Hurghada zurück.
Ingrid durchfuhr ein Glücksgefühl, das aber nicht so überwältigend war, dass sie freiwillig ihre Konten geöffnet hätte. Nach wie vor war sie bereit, Auto, Wohnung und Geschäft zu kaufen, aber alles auf ihren Namen und im Beisein von Mahmoud und eines Rechtsanwaltes.
Damit war Dea nicht einverstanden, denn welcher Ägypter seiner Art bleibt auf halbem Weg stehen.
Strafen mussten her. Es begann mit Sexentzug, beim geringsten Anlass wurde sie beschimpft, manchmal auch geschlagen. Als das alles nichts geholfen hatte, wurde Ingrid drei Tage in die Wohnung eingesperrt. Diesmal schickte er auch keine Freunde vorbei. Dann kam er mit einem großen Blumenstrauß wieder, entschuldigte sich für sein Handeln, teilte ihr aber gleichzeitig mit, dass, wenn er sich von ihr trennen müsste, sie und ihr Verhalten der Grund sei.
Ingrid ließ sich überreden, besorgte ihm das Geld fürs Auto. Die Welt schien wieder in Ordnung zu sein.
Nicht lange, die Wohnung musste bezahlt werden und der Hausbesitzer verkaufe partout nicht an Deutsche, das Risiko wäre zu groß. Später haben wir erfahren, dass 80 Prozent der Wohnungseigentümer deutsche Familien waren.

Für Ingrid war eine Schmerzgrenze erreicht. Sie schaute uns an und gestand: „Ich habe mich mutig gezeigt und ihn gebeten, Wohnung und Geschäft auf meinen Namen schreiben zu lassen. Ansonsten würde ich nichts mehr bezahlen, ihm auch sein monatliches Taschengeld von 1000 Euro nicht mehr geben."
Ein heftiger Weinkrampf unterbrach Ingrids Worte und wir mussten verdauen, was wir eben erfahren hatten, 1000 Euro monatlich der armen Frau abgeluchst, und das über ein Jahr lang. So viel verdient manch fleißig arbeitender Ägypter in seinem gesamten Leben nicht. Unter Tränen erzählte sie weiter: „Dann ging alles sehr schnell. Wütend schaute er mich an, teilte mir mit eiskalter Stimme mit, dass ich das noch bitter bereuen würde. Das letzte, was ich dann nach Schlägen noch wahrnahm, war das Knallen unserer Wohnungstür."

„Zeit zum Überlegen hatte ich keine. Dann lief alles wie im Traum ab. Dea kam zurück, schon wollte ich mich freuen, ihm alles vergeben. Es gab aber keinen Grund zur Freude. Er brachte zwei seiner besten Freunde mit, würdigte mich keines Blickes, wies die beiden an, meine Sachen in Plastetüten zu packen und ließ mich anschließend vor die Wohnungstür transportieren. Ich weiß nicht mal, wie ich es geschafft habe, zu euch zu gelangen. Was soll ich nun anfangen?"

Wir antworteten erst mal nicht, sondern kümmerten uns um den Inhalt ihres Gepäcks, suchten nach den Papieren. Zum Glück, der Reisepass war da, das Portemonnaie auch, aber leer. Es fehlten auch die Geldkarten. Isabell telefonierte nach Deutschland und ließ alles sperren.
Mahmoud sprach beruhigend auf sie ein, telefonierte mit einem Freund und buchte ihr ein Ticket für den Rückflug. Dankend nahm sie an, hatte die Hoffnung, dass sie von ihrer Tochter aufgenommen werden würde.
Dann haben wir nichts mehr von ihr gehört, dafür stand eines Tages ein unsympathischer Ägypter in unserem Garten: „Hallo, ich bin Dea. Danke, was ihr alles für mich getan habt. Die Alte hab ich los. Ständig bettelt sie, dass sie zurückkommen darf, schickt mir zur

Aufmunterung hin und wieder über *Western Union,* nun haltet euch fest, 5000 Euro. Ich hab ihr versprochen, irgendwann verzeihe ich ihr und sie darf mich besuchen, aber was heißt irgendwann...“

Seine Unverschämtheiten habe ich mit einer schallenden Ohrfeige quittiert und ihn aus dem Garten entfernt. Kurz nach diesem Zwischenfall musste ich nach Deutschland zurück. Natürlich führte mich mein erster Weg zu einer Bekannten von Ingrid. Ich erzählte ihr die entsetzliche Wahrheit von Ingrids großer ägyptischer Liebe. Sie entschloss sich, sofort mit mir Ingrid aufzusuchen. Total verlottert, seelisch kaputt fanden wir sie in einer kleinen schmuddeligen Wohnung. Sie hatte alles verloren, war ein Fall für den Psychiater. Jemand anderes konnte ihr nicht mehr helfen. Nach einigen Monaten habe ich erfahren, dass sie in eine geschlossene Anstalt eingeliefert worden sei, die letzte niederschmetternde Nachricht von einer Frau, die glaubte, in Ägypten ihre große Liebe finden zu können.

Und so hatte sich wieder mal Mahmouds Theorie von den fünf Fingern einer Hand bestätigt, Ingrid hatte einen schlechten erwischt.

Denn, Reiseleiter, kurz Beschäftigte im Tourismus, gibt es viele. Jeder will gut leben, will sich von den anderen abheben, lässt sich die Fingernägel lang wachsen, und wenn‘s nur der am kleinen Finger ist; alles, um zu zeigen: „Ich bin wer, ich muss nicht mit den Händen mein Geld verdienen.“
Irgendwie erinnert mich das alles an Gottfried Kellers *„Kleider machen Leute“*, die Beurteilung eines Menschen erfolgt nach dem Äußeren, dem Schein. Die Ideen, Gedanken, Gefühle eines Menschen sind uninteressant, flößen, so sie ausgesprochen, Misstrauen ein, einfach krankes Denken.
Mahmoud gehörte zum Glück zu den modern denkenden auch danach handelnden Ägyptern.

Somit wurde es Zeit, ihm Deutschland zu zeigen. Denn zum einen kannte er bis dahin unser Land nur aus den Medien und Erzählungen der Touristen. Zum anderen verschlechterte sich

sein Gesundheitszustand. Neben den Kopfschmerzen stellten sich Mandel- und Augenentzündungen ein.
„Also, ran Mutter, regele das“, war die kurze aber unmissverständliche Bitte meiner Tochter.
Ich erkundigte mich bei Bekannten und erfuhr, dass man sich an das Landratsamt, Abteilung Ausländerbehörde wenden müsste. Der Fakt, Einladung besorgen, klingt harmloser als er in Wirklichkeit ist. Und wäre ich nicht überzeugt gewesen, dass ich Mahmoud vertrauen konnte, hätte ich diesen Schritt nicht getan. Denn, mein Mann und ich mussten neben den Personalausweisen noch unsere Hausunterlagen, die Einkommensbescheide und eine auf Mahmoud ausgestellte Krankenversicherung vorlegen. Außerdem wurden wir eindringlich belehrt, dass wir für Mahmoud verantwortlich und haftbar seien. Erst nach einer Unterschrift unter dieses riskante Unterfangen überreichte man uns die Einladungspapiere. Touristen, die Mahmoud und Isabell besuchen kamen, überreichten diese Kostbarkeit den beiden.

Mahmoud besorgte sich bei seinen ehemaligen Arbeitgebern Beurteilungen. Gut gerüstet war der Weg nach Kairo, zur Deutschen Botschaft, geebnet.
So dachten wir, aber nicht der Chef der Visumstelle, er lehnte ohne Begründung ab.
Was tun? Ich musste wieder mit der Deutschen Botschaft in Kairo Kontakt aufnehmen. Artig trug ich mein Anliegen vor, begründete jeden meiner Schritte glaubhaft und musste hören: „Ihr Problem interessiert mich genauso wenig wie, wenn ein Sack Reis in China umfällt.“ Ich war für den Moment sprachlos. Deshalb fuhr mein Gesprächspartner munter fort: „Tagtäglich gehen bei uns ca. 1000 Anträge ein, wenn ich die alle genehmigen...“
Nun ließ ich ihn nicht ausreden: „Mich interessieren Ihre vielen Anträge überhaupt nicht. Ich erwarte das Visum für meinen Schwiegersohn. Und, ob der mit Familie nach Ägypten zurückkehren oder hier bleiben wird, ist nicht Ihr Problem, denn ich bin verantwortlich, muss für ihn alles bezahlen, nicht Sie.“
Ich erwartete eine positive Antwort, nichts. Nach den Worten: „Das

Visum wird nicht erteilt. Wenn Sie damit nicht einverstanden sind, können Sie sich beim Auswärtigen Amt beschweren, der Außenminister der BRD heißt Joschka Fischer", legte er einfach auf.
„So nicht", grollte ich vor mich hin. Notfallplan B eingeleitet, rief ich eine Stunde später wieder an.
Die Vorzimmerdame konnte ihn diesmal nicht erreichen, wusste aber, dass er wiederum das Visum nicht erteilen würde.
Ganz gelassen, meine Verärgerung, die sich inzwischen in grenzenlose Wut gesteigert hatte, geschickt verbergend, teilte ich ihr sachlich mit: „Hören Sie mir gut zu. Niemand hat das Recht, mich so herablassend zu behandeln, auch nicht Ihr Chef. Ich habe die Notwendigkeit, den Antrag zu genehmigen, erläutert. Vermutlich hat Herr L. den Ernst der Lage nicht begriffen. Ich rufe in einer Stunde nochmals an. Bis dahin ist genügend Zeit, die Angelegenheit neu zu überdenken."

Nach Ablauf dieser Frist war nur die Sekretärin zu sprechen, die mir mitteilen sollte, dass sich an der Entscheidung nichts geändert habe. Außerdem sollte ich mal an mich denken. Denn mein unüberlegter Schritt könnte mich eine Menge Geld kosten.
Ich atmete tief durch und wies die Sekretärin in arroganter Weise an: „Richten Sie Herrn L. aus, Geld spielt für mich keine Rolle. Ich kann auch ihn bezahlen, sollte er seines Amtes enthoben werden. Meine Kinder stehen in Kairo vor der Botschaft und können nicht nachvollziehen, warum Mahmoud, der rechtmäßige Ehemann meiner Tochter, das Visum nicht erhalten soll. Beide sind nervlich am Ende. Ich erwarte die Zusage bis heute 14:00 Uhr. Haben sie bis zu dieser Zeit das Visum für Deutschland nicht in der Tasche, informiere ich morgen die großen Berliner Tageszeitungen über den unglaublichen Vorfall." Ich ließ meine Gegenseite nicht zu Wort kommen, legte auf.

Mir war schlecht, hatte ich mich bestimmt zu weit aus dem Fenster gelehnt, wie man in solchen Situationen zu sagen pflegt. Aber, ich konnte nichts verlieren, nur viel gewinnen.

Bange Minuten musste ich durchleben, es waren noch zwei Stunden bis Ablauf des Ultimatums.
Da, mein Telefon läutete, das Display zeigte mir Isabells Nummer. Enttäuscht nahm ich ab: „Ja, was gibt's?"
„Mutti, Mutti, danke, Mahmoud hat... We are happy..."
Unter Weinen, Schluchzen erzählte sie mir vom Glückserlebnis, das so ablief: Vor fünf Minuten sei ein Botschaftsmitarbeiter im „Bittstellerraum" aufgetaucht und den Namen Mahmoud Hassanin in die Menge geschrien. Wie in der Schule habe Mahmoud zaghaft den Arm gehoben.
Barsch fuhr ihn der Mann an: „Wollen Sie nun Ihr Visum oder nicht?", und hielt ihm das Objekt der Begierde hin, machte auf dem Absatz kehrt und verschwand.
„Isabell, bitte, Isabell, kneif mich, ist das wirklich wahr, ich darf nach Deutschland?" Sie konnte nicht antworten, nur nicken und heulen. Es war geschafft!
In Windeseile waren die Tickets beantragt, leider für getrennte Airlines, denn Ägypter dürfen nicht mit jeder Gesellschaft fliegen. Aber was soll's? Es gab ein Ziel – Frankfurt am Main.

Anfang August 2002 teilte mir Isabell freudestrahlend mit: „Mutti, wir feiern meinen Geburtstag im Garten, bitte lade all unsre Freunde ein. Es soll ein riesengroßes Sommerfest werden." Und etwas leiser, vielleicht schon schuldbewusst, fügte sie hinzu: „Mit Vati und dir wollen wir unsere Hochzeitfeier nachholen."
Aha, denn wir, besonders mein Mann, waren ganz schön verstimmt, dass sie heimlich, ohne zu fragen, ohne uns etwas zu sagen, kurzerhand in Kairo geheiratet hatten.
Aber all die Querelen schienen vergessen zu sein, wir freuten uns nur noch. Tränen rollten ungewollt, sobald ich an das bevorstehende Wiedersehen dachte.

Wir stürzten uns in die Vorbereitungen, kauften ein, es wurde gebacken und gebraten, alles vom Feinsten. Der Garten wurde eine Festwiese, 40 Gäste eingeladen.

Und dann, das Entsetzliche: Es regnete, regnete, regnete. Vorsichtshalber planten wir um, mieteten das Gartenhaus in unserem Ort.

An einem Dienstag, kurz vor Isabells Geburtstag, fuhr ich in Gedanken versunken von meiner Arbeitsstelle nach Hause.

Auf einmal, was war das? Ein Déjà-vu. Ich sah unser Haus, unseren Garten in den Fluten der Elbe versinken.
Zu Hause angekommen, ließ ich meinen Mann an der Vision teilhaben. Zum Glück lachte er mir alle Bedenken weg und klärte mich auf: „Du weißt, das Hochwasser kommt jedes Jahr, nie bis ins oder ans Haus. Mein Vater hat gewusst, wohin er in den 50er Jahren unser Heim baut, außerdem hat er alles gut isoliert. Lass diesen Unsinn, kümmere dich um das Fest am Sonntag."
Seine Belehrungen beruhigten mich keinesfalls, denn der letzte Satz, in so scharfem Ton gesagt, war untypisch für meinen Mann.

Ziemlich zeitig legte ich mich schlafen, ein Rezept, das mir immer geholfen hat, die Angst zu besiegen, Kraft zu schöpfen, voller Tatendrang wieder aufzustehen. Ich muss auch schnell eingeschlafen sein.
Das Schellen an der Haustür und ungewohnter Lärm brachten mich schlagartig in die Wirklichkeit zurück. Plötzlich, ein Lautsprecher brachte die Gewissheit: „Achtung, Achtung, hier spricht die Polizei. Packen Sie das Notwendigste ein und verlassen Sie sofort Ihre Häuser. Treffpunkt ist der Dorfplatz. Sie müssen evakuiert werden."
„Oh, mein Gott", war alles, was ich sagen konnte. Wir flitzten kopflos durchs Haus, suchten Papiere, Kleidung, teilweise Sinnloses zusammen und warfen alles ins Auto und fuhren zum Dorfplatz. Hier erhielten wir die Anweisung, zur Schule des Nachbarortes zu fahren, von da aus sollte die Evakuierung erfolgen.
Vorsichtig, denn Evakuierung, nein danke, schlichen wir uns in die Schule und lauschten.
Man hatte bereits Listen vorbereitet, hakte die Erschienenen ab und quartierte sie bis auf weiteres in Hochwasser sicheres Umland ein.

„Los Thomas, du holst zwei Kaffee und ich sichere unseren Abgang“, zischte ich meinem Mann zu.
Unbehelligt im Auto angekommen, schalteten wir zur Information das Radio an. Es gab nichts Erfreuliches, eine Flutwelle, von Bad Schandau kommend, verwüstete beide Elbseiten.
Wir überlegten. Unser Haus, zwar nur ca. 100 Meter vom Fluss entfernt, hatte bisher jedes Hochwasser schadensfrei überstanden. Die Statik war in Ordnung. Also, was sollte das ganze Theater?
Die Elbe konnte kommen, uns passiert nichts, wir verlassen unser Haus nie und nimmer, so dachten wir und fuhren zurück.
Gegen fünf Uhr morgens setzten wir den unterbrochenen Nachtschlaf fort. Einige Dorfbewohner hatten es uns gleich getan, so konnten wir bei einem gemütlichen Grillabend die nächsten Tage planen. Jeder sprach dem anderen Mut zu, der Alkohol half dabei. Zufrieden, wenn auch etwas angeheitert legten wir uns um Mitternacht schlafen, denn die Elbe hatte sich wenig erweitert.

Sonnenstrahlen weckten uns an diesem verhängnisvollen Donnerstag, frohgelaunt teilte mir mein Mann mit: „Schau, es regnet nicht mehr, steh auf und lass uns im Garten, schön wäre am Pool, frühstücken. Ich bereite schon mal alles vor.“
Kreidebleich kam er ins Schlafzimmer zurück, nickte zu meinem fragenden Blick und sagte tonlos: „Ins große Badezimmer kannst du nicht mehr. Dort steht kniehoch das Wasser.“
Wie von der Tarantel gestochen, stürmte ich aus dem Schlafzimmer. Die schmutzig braune Brühe war höchstens noch zehn Meter vom Haus entfernt. Das Radio meldete, dass von Seiten des Hochwasserstabes alles getan werden würde, um den Riesaer Hafen und das Wasserwerk Fichtenberg zu retten.
„Thomas, was heißt das, opfern die uns?“ Ich schaute meinen Mann ratlos an.
„Naja, das weiß ich auch nicht. Wir räumen mal vorsichtshalber die Kelleretage, pack mit an.“
Das war einfacher gesagt, als getan, beherbergte sie doch außer dem großen Badezimmer, unter anderem meine Bibliothek, die Sauna, die Bar, die Speisekammer und unsere Heizungs- und Elektroanlage.

„Ich muss aber erst mal Isabell informieren, dass ich sie nicht vom Flughafen abholen kann, dass wir momentan auf einer Elbinsel wohnen“, konnte ich noch scherzen.
Isabell war erschrocken. „Kein Grund zur Aufregung, fahrt erst zu Laura, dann sehen wir weiter und sollte es wider Erwarten schlimmer werden, verschieben wir die Feier.“

Und es wurde schlimmer. Innerhalb einer Stunde stand die Kelleretage total unter Wasser. Adieu Bücher, Elektrogeräte... Wir saßen ratlos im Wohnzimmer, mit den Kräften am Ende und konnten nur noch heulen.
„Schluss mit Jammern, das hilft keinem. Ich rufe jetzt den Hochwasserstab an, die sollen mir den Grund der Totalüberflutung mal erklären“, hörte ich meinen Mann schimpfen. Dann, sein entsetztes Gesicht: „Das Telefon funktioniert nicht, die haben uns abgeschaltet.“
„Lass gut sein, wozu habe ich ein Handy?“, entgegnete ich und ließ mir die Telefonnummer geben.
Welch Schreck – auch diese Leitung war tot.
Wir mussten nicht länger rätseln, denn an der Haustür klingelte die „Lösung“ – die Jungs vom THW.
„Packen Sie das wichtigste für mindestens zwei Wochen ein, halten Sie sich bereit. Sie werden in ca. 20 Minuten mit unseren Booten in Sicherheit gebracht.“ Unsere zweifelnden Mienen richtig deutend, ergänzte der junge Mann: „Und keine Spielchen, Sie können und dürfen hier nicht bleiben. Eben wurde aus Sicherheitsgründen der Strom abgeschaltet. Es kann keine medizinische Betreuung gewährleistet werden. Sie können in Ihrem Haus nicht überleben. Ach, und eins noch, es wurde eine Flutwelle von drei Metern angekündigt.“
Wieder wägten wir ab, wollten unser Heim nicht aufgeben.
„Die bluffen“, dachte Thomas laut, „drei Meter, dann ertrinkt die gesamte Umgebung im Elbwasser“, und zu mir gewandt: „Du fährst mit und ich pass allein auf Haus und Hof auf.“
„Nichts da“, entgegnete ich, „schwarze Planen gesucht und ab auf den Boden. Beweg dich, vom mich Anstaunen wird‘s nicht besser.“

Die 2. Kontrolle des THW überstanden wir problemlos, sie konstatierten: „Weiter, die sind schon abgeholt worden."
Wir atmeten auf, aber da kam schon die neue Gefahr, diesmal aus der Luft. Aus tieffliegenden Hubschrauben wurden wir aufgefordert, uns sofort zur Sammelstelle des THW zu begeben.
„Thomas, wieso wissen die, dass wir noch im Haus sind?"
Er zuckte mit den Schultern: „Die sind vermutlich mit Wärmekameras ausgerüstet, los runter, soweit es geht."
Wir sind geblieben, haben die Zeit mehr oder weniger gut überlebt. Schlimmer gestaltete sich diese Zeit des Wartens für unsere Familie. Weit weg von den Eltern mussten Isabell, Mahmoud und Laura Höllenqualen erleiden.

Tägliche Meldungen über das Hochwasserchaos an der Elbe, Bilder von Riesa und Umgebung, auf denen sich nur noch die Dächer der Häuser aus den Wassermassen abzeichneten, kein Lebenszeichen von uns, brachten die Drei an den Rand der Verzweiflung.
Außerdem musste Isabell höllisch auf ihren Ehemann aufpassen, da er, die Situation verkennend, uns zu Hilfe eilen wollte.
„Mich kann keiner aufhalten, wenn ich meine Schwiegereltern retten will. Tauchen und schwimmen kann keiner so gut wie ich", nervte er Isabell und Laura.

Ein Anruf aus Ägypten löste dann schnell Mahmouds Problem. Es gab Ärger im Hotel und er musste schnellstens nach Hurghada fliegen.

Zwei Wochen später war er wieder da, bereit zu helfen. Und wir brauchten auch jede Hand, musste die Kelleretage vollkommen geleert, Boden, Wände und Decken gekärchert werden.
Gemeinsam schafften wir es, konnten im total renoviertem Haus und Garten mit allen Verwandten, Freunden und Helfern ein riesige Party feiern.
Natürlich wurde am meisten Mahmoud beobachtet, vor allem aber gelobt, einheitliche Meinung war, dass Isabell nach ihrer gescheiterten Ehe mit Stev einen echten Glücksgriff getan habe.

Nachdem wir alle wieder zur Ruhe gekommen waren, teilte uns Mahmoud eines Tages mit, dass er eine Überraschung für Isabell und mich habe.
Wir setzten uns zusammen, Mahmoud blieb stumm, genoss unsere fragenden Blicke.
Dann: „Ich habe im Hotel alles geklärt. Das ist sicher keine Neuigkeit für euch, ist mir schon klar..."
„Mach's nicht so spannend, ich platze gleich vor Neugier", unterbrach ihn Isabell.
„Ja, dann hört gut zu", ließ er sich nicht beirren. „Ich habe die Grundlagen für ein Reisebüro in Ägypten gelegt, mit Managern vom Hotel und einer Dame, die Villen vermietet, Vorabsprachen getätigt. Sobald ihr beide wieder in Hurghada seid, können die Verträge unterschrieben werden."
Erwartungsvoll blickte er uns an. Isabell realisierte als Erste das eben Gehörte und schwebte Mahmoud an den Hals, drückte und küsste ihn.

Auch ich war begeistert, dachte an meine warnende Worte zu Isabell „...Ein Ägypter? ...eine Urlaubsbekanntschaft noch dazu aus der dritten Welt... in einem Männer orientierten Land... deinem Mann zu gehorchen...", aber auch an ihren Optimismus „...warte ab, bei mir und Mahmoud ist alles anders...er ist weltoffen..." Laut kam ich zum Ergebnis meiner Erinnerung: „Du bist doch kein Ägypter. Komm, lass dich drücken, mein Schwiegersohn."

Ende Oktober 2002 mieteten wir eine kleine Villa in der Nähe des Restaurants „Felfela". Die ersten Gäste verbrachten ihren Urlaub dort, lobten die Arbeit ihrer Gastgeber.
Infolge des enormen Zuspruches erwies sich die Villa als zu klein. Schnell wurde von beiden eine größere Villa am Rande von Hurghada / Dahar gegenüber eines 5-Sterne-Hotels gefunden und los ging's mit dem Einrichten.

Ich freute mich mit ihnen, unterstützte sie auch finanziell.

Erstaunt war ich nur über das erste Möbelstück, das Mahmoud wie eine Trophäe feierlich in die Villa trug – einen kleinen blauen Kinderstuhl.
Fragend sah ich die beiden an: „Verschweigt ihr mir was? Hat es endlich geklappt? Ihr bekommt Nachwuchs, einen Jungen?“
„Noch ist es nicht so weit, wir arbeiten dran“, antwortete Mahmoud verschmitzt und sah Isabell liebevoll an.
Es sollte vor allem ein gesundes Kind sein, egal ob Junge oder Mädchen. Er wusste auch schon, wie es aussehen könnte. Die heller gewordenen Haare und die blauen Augen von Isabell, die gute Laune, das Temperament von Mahmoud, groß und schlank. Weiterhin sollte es eine gute Ausbildung erhalten, und das Kind müsste Mahmouds Sprachtalent erben.

Aber all das hatte noch Zeit, zuerst war Arbeit am geschmackvollen Einrichten der Villa angesagt. Für den umgebenden Garten ließ Mahmoud Erde aus Quena anfahren, denn in und um Hurghada gab es nur Sand. Lobby und Speiseerker wurden im Tigerlook gestaltet, bei den Gästen sollte so ein angenehmes Gefühl für Afrika geweckt werden. Für das gesamte Haus ließ Mahmoud die phantastischsten Papyrus unter Glas verarbeiten und aufhängen, ein Traum! Die Gästezimmer wurden farblich abgestimmt.
Unsere sogenannte Hochzeitssuite, ein Himmelbett inmitten des Raumes, bekam die Farbgestaltung weinrot – gold – weiß. Der Sultanraum erstrahlte in einem warmen Dunkelblau, goldfarben verziert. Bunter ging es in den Zimmern für junge Leute zu. Endlich, Ende November war unsere Villa empfangsbereit, wir waren stolz auf das Geschaffene. Und so konnten Isabell und Mahmoud Weihnachten 2003 die ersten Gäste im neuen Feriendomizil begrüßen und eine weitere Villa anmieten. Die Urlauber ließen nicht lang auf sich warten. Nach zwei Monaten waren wir fast ausgebucht. Unsere seriöse Arbeitsweise sprach sich in Hurghada schnell herum. So kamen Touristen aus anderen Ferieneinrichtungen zu uns, baten uns um Hilfe. Sei es bei Ausflügen, Einkaufsbummel oder Hilfe beim Gang zur Touristenpolizei.

In Deutschland beantragten wir ein Gewerbe, besuchten Kurzseminare und das Ziel, Touristen professionell zu betreuen, war erreicht.
Ich richtete in unserem Haus ein Büro ein, kümmerte mich um die Werbung, Isabell betreute die Gäste vor Ort und Mahmoud, ein Sprachtalent – er konnte Arabisch, Deutsch, Englisch, Russisch, Französisch und Italienisch – gestaltete die Ausflüge in hoher Qualität.

Hier könnte die Geschichte wie im Märchen enden: *„Sie lebten glücklich und zufrieden und wenn sie nicht gestorben sind...“*

Aber es ist eben kein Märchen und es kam der schwärzeste Tag im Leben meiner Tochter. Zu ihrem Glück weilte auch ich mit Freunden in der Villa. Mahmoud war nach Kairo gefahren, um ein Auto zu kaufen. Gut gelaunt rief er am 8. März 2004 gegen 03:00 Uhr an, um mitzuteilen, dass alles ok sei, er habe gut eingekauft, gegen 08:00 treffe er in Hurghada ein und wir würden uns wundern, welch Überraschung er für uns beide habe.
Das Unheil begann dann gegen 05:00 Uhr, beim nächsten Anruf mit kaum erkennbarer Stimme: „Isabell, mir ist sehr kalt, ich friere. Im Schrank liegen 4000 LE, nimm sie an dich, ich habe dich sehr lieb“ und aufgelegt.
Beunruhigt rief Isabell sofort zurück, aber das Handy war und blieb aus. Mahmoud kam nicht um 08:00 Uhr und auch nicht später.
In unserer Angst gingen wir zur Polizei, um Nachforschungen anzustellen, ergebnislos. Uns kam es eher so vor, als ob wir dort verhört werden würden. Keiner konnte oder wollte uns helfen. Erst ein Freund von Mahmoud, vermutlich enge Kontakte zur Polizei pflegend, erhielt die Auskunft, dass Mahmoud und sein Neffe kurz vor Ras Gharib einen Unfall gehabt haben sollen und im dortigen Krankenhaus behandelt werden würden.
Natürlich hatte meine Tochter nur einen Gedanken, so schnell als möglich zu ihm zu kommen. Dann, so gegen 20:00 Uhr, klingelte mein Handy – ein Schreien, verzweifeltes Weinen und „Nein, nein, das kann doch nicht sein, Mahmoud ist tot.“ Ich versuchte sie mit

irgendwelchen sinnlosen Worten zu trösten. Es gelang mir nicht, denn auch ich war geschockt über das Unglaubliche. Später teilte sie mir mit tonloser Stimme mit: „Wir bringen jetzt Mahmoud nach Hause, vor morgen bin ich nicht zurück, mach dir keine Sorgen, alle kümmern sich um mich."
Klar, so ist es in Ägypten, der Verstorbene soll innerhalb von 24 Stunden in seinem Heimatort beerdigt werden.
Es muss sehr schlimm für meine Tochter gewesen sein. Zuerst bewegte sich der Trauerkonvoi im 40er Tempo zum Friedhof zu dem ca. 450 Kilometer entfernten El Minja. Dabei konnte ihr niemand begreiflich machen, dass in der schnell zusammengezimmerten Holzkiste ihr geliebter Ehemann lag. Sehen durfte sie ihn im Krankenhaus von Ras Gharib nicht, der Anblick sei zu furchtbar, und erkennen würde sie ihn sowieso nicht mehr. Man versprach ihr, dass sie mit auf den Friedhof dürfe, für Ägypten nicht selbstverständlich, denn diese letzte Ehrerweisung ist Männersache.
Isabell nahm dann alles wie in Trance wahr, langsam trugen Männer den balsamierten und straff eingewickelten Körper Mahmouds an ihr vorbei in das Totenhaus hinab.
Da durchfuhr sie ein Gedanke: „Wie geht es wohl Mahmouds Mutti, weiß sie überhaupt schon, dass es ihr Sohn ist, der eben zu Grabe getragen wurde?"
Die „Trauergäste" näherten sich der Straße, in der die Familie wohnt. Schreiend und nach ihrem Sohn rufend, kam aus dem bunten Klagezelt Isabells Schwiegermutter entgegen, warf sich ihr an den Hals, rief: „Wo ist Mahmoud, warum hast du ihn nicht mitgebracht? Ihr seid doch immer zusammen nach Hause gekommen. Nein, Nein, er lebt doch noch…", und brach zusammen.

Am nächsten Tag, spät abends, brachten mir Freunde eine völlig willenlose, zerstörte bleiche Frau in die Villa, die mir schluchzend in die Arme fiel – war das meine Tochter? Natürlich war sie es.
Ich musste ihr helfen, Beistand geben, sie in ihrer entsetzlichen Trauer unterstützen, aber auch einen Weg nach vorn zeigen, im Sinne ihres verstorbenen Ehemanns. Denn er hatte mit aller Kraft, starkem Willen und Ausdauer die Villen zu einem Paradies gemacht.

Das durfte niemand so einfach aufgeben.
Also Schluss, das Leben ging weiter! Jetzt galt es, das Vermächtnis von Mahmoud zu erfüllen.
Ich schickte erst mal alle nach Hause, sie konnten auf ihre Art weiter trauen, aber nicht bei uns. Wir wollten mit diesem Verlust alleine sein, wollten auf deutsche Art trauern und nicht jammernd auf dem Boden liegen, anhören müssen, dass er so gut gar nicht gewesen sei...

Natürlich stellten wir uns die Frage: „Wie geht es nun weiter? Zurück nach Deutschland? Alles Geschaffene aufgeben?“ Meine Tochter wollte und konnte das nicht. „Mutti, das ist Verrat. Ich kann Mahmoud nicht allein lassen, er hat doch alles für mich getan. Schau dich um, überall steckt Mahmouds Arbeit drin. Ich bleibe in Ägypten. Bitte, hilf mir, zumindest in der ersten Zeit.“
Ich erinnerte sie an Mahmouds Worte: „Isabell, sollte mir jemals was passieren. Du weißt, dass meine Gesundheit nicht die beste ist. Also, sollte mir irgendwas zustoßen, dann geh nach Deutschland zurück. Allein bist du verloren. Du findest niemanden, der dir uneigennützig hilft.“
„Ja, ich habe schon darüber nachgedacht. Ich kann nicht Mahmouds und meine Idee aufgeben. Und Mutti, gemeinsam sind wir stark. Ich geh nicht nach Deutschland zurück“, bekräftigte Isabell nochmals ihr Vorhaben.

Aber ihr Gesundheitszustand verschlechterte sich von Tag zu Tag. Ich konsultierte telefonisch unsere Hausärztin, bat sie um Hilfe. „Die beste Medizin ist eine liebevolle und alles verstehende Mutter an ihrer Seite und natürlich Tabletten.“ Letzteres kam mit unseren nächsten Gästen und ich blieb bis auf weiteres bei meiner Tochter. Und das war auch gut so, denn jeder Mann im Umkreis bot Isabell seine Hilfe an. Wir reagierten dankbar, damals nicht wissend, dass es viele nicht ehrlich meinten, sondern nur hofften, an unserer Seite zu Reichtum ohne Arbeit kommen zu können.
Die „hilfreichen Freier“ gaben sich die Klinke in die Hand, sie wollten bei Isabell sein, sie auf andere Gedanken bringen, Ägypten

von der schönsten Seite zeigen, kurzum, sie wollten nur ihr Bestes, sprich ihr Geld.
Ihr Pech dabei war, sie mussten alle an mir vorbei. Und vorbei kam so gut wie keiner, standen sie auch noch so gestylt in einer Wolke von Parfüm vor mir.
„Meine Tochter empfängt niemanden, sie möchte allein sein, ihr geht es nicht gut, sie schläft“ waren immer meine ausladenden Worte.

Nur einer kam immer wieder, der angeblich beste Freund von Mahmoud, Achmed genannt. Er hatte mit Mahmoud gemeinsam das Aquacenter eines Hotels betrieben, kannte also Isabell sehr gut und hatte sich immer als Freund von beiden gezeigt. Er ließ sich von mir nicht lange abweisen. „Ich habe ein Recht, mit Isabell zu trauern, denn wir haben beide den liebsten Menschen verloren.“
Meine Tochter stimmte dem zu, und somit gehörte er bald zur Familie, war immer gegenwärtig, vorgebend, dass wir ohne ihn in Ägypten nicht existieren könnten, denn nur er sei der Garant für absolute Sicherheit.
Trotz allem gefiel er mir ganz und gar nicht, irgendetwas störte mich. Leider war ich die Einzige, die ihn übersah, nicht mit ihm redete; er war Luft für mich, sogar die schlechteste. Auch Isabells Freunde, schnell aus Deutschland kommend, um ihr zu helfen, Trost zu spenden, sie abzulenken, kritisierten mich aufs Schärfste: „Wie kannst du einen Menschen, den du gar nicht kennst, der es gut mit Isabell meint und den sie jetzt braucht, nicht mögen?“
Einen Menschen, der es gut mit ihr meint? Nein, das konnte ich nicht glauben. Er gehörte zu der Sorte Menschen, die als Mann etwas zu klein geraten waren, aber groß im Angeben waren, im Vortäuschen von „Ich kann alles, jeder macht, was ich will. Ich habe die beste Verbindungen, mein Onkel...“
Ich konnte das Geschwätz bald nicht mehr hören und versuchte, den anderen meine Gedanken zu erläutern – ohne Ergebnis. Schließlich war ich diejenige, die in allem etwas Böses sah. Alle, außer meiner Tochter, gingen mir sogar aus dem Weg. Achmed hatte sie alle „eingenebelt“.

Also sah ich ihn mir genauer an, beobachtete ihn, stellte auch schon bald Merkwürdiges fest, informierte außer meiner Tochter niemanden. Und das war, bis heute, gut so.
Im Gegensatz zu Mahmoud konnte man ihn glatt weg übersehen. Er stellte nichts dar. Das wichtigste für ihn waren seine gegelten Haare und die Parfümwolke, die ihn ständig umgab, immer neue Kleidung und jede Nacht „Calypso"; eine Disko, in die Mahmoud niemals freiwillig gegangen wäre.
Klein von Wuchs, höchstens 1,68 m, sah er wie ein Monchichi aus, nur die haben liebe Augen. Seine dunklen, oft bös und berechnend blickenden Augen hatten mich sofort als Feind seines perfiden Planes erkannt.
Achmeds Gedanken kreisten vermutlich nur um eins: „Wie kann ich Isabell einfangen, sie für mich begeistern, sie gefügig machen, um mir Villa und Geschäft unter den Nagel reißen zu können?"
Und das war zum damaligen Zeitpunkt mal leicht, mal schwer, abhängig von der Menge an Tabletten, die Isabell am Leben halten sollten.
Auch heute gesteht sie noch: „Ich kann mich an die Zeit nach der Rückkehr von Mahmouds Beerdigung nur schemenhaft erinnern, irgendwie fehlt mir der Zusammenhang, kann nicht unterscheiden, was ich erlebt und was ich geträumt habe. Ich hatte aber immer das Gefühl, Achmed hilft uns, liebt mich über alles."
Was war geschehen? Hatte ich als ehemalige Lehrerin meine so oft gerühmte Menschenkenntnis verloren? Täuschte ich mich? Vielleicht war er gar nicht so schlecht, wie ich ihn sah?
Ich erinnerte mich, schon bei unserem 2. Ägyptenurlaub stellte Mahmoud meinem Mann und mir diesen Achmed vor, die Reaktion von Thomas verblüffte mich: „Du, ich glaube, Isabell hat sich für den verkehrten Mann entscheiden. Schau mal, wie liebevoll er sie anschaut. Ich bin der Mann und kann seine Blicke besser deuten als du."
Achmed versuchte alles, um mich für sich zu gewinnen. Er sprach mit Isabells Freunden, teilte ihnen mit, dass er wohl aus Hurghada weggehen müsste: „Ich kann mit der Ablehnung seitens Isabells Mutter nicht leben. Ich akzeptiere und schätze sie, würde alles

für sie tun, aber sie verachtet mich. Ich möchte mich so gern um Mahmouds Witwe kümmern, letztlich ist es sogar meine Pflicht, denn ich war sein bester Freund. Und diese Frau lässt das nicht zu. Was soll ich noch unternehmen, könnt Ihr nicht mal mit ihr reden?“ Und sie redeten und redeten. Ich lenkte ein, unter der Bedingung, dass Isabell es auch wollte. Aber was war mit ihrem Willen, vollgestopft mit LMA–Tabletten! Ihr war eh alles egal, das Leben hatte seinen Sinn verloren.

Um Isabell auf andere Gedanken zu bringen, planten ihre Freunde mit ihr und Achmed eine Zwei-Tage-Reise nach Kairo.
Das war mir recht, konnte ich auch mal Ruhe finden, um über alles nachzudenken, Informationen über diesen Achmed sammeln. Klüger wurde ich nicht, denn jeder hüllte sich in Schweigen, bis auf „bester Freund von Mahmoud, schönes Auto, einflussreicher Onkel, kommt aus Alexandria, hat Charme...“ Nur eine Ärztin erklärte mir unter dem Deckmantel der Verschwiegenheit: „Bewahre sie vor dem, dieser Mann ist schlecht, schick ihn weg.“
Also doch!
Aber auch ein ehemaliger Schulfreund, der in dieser Zeit mit seiner Frau bei uns seinen Urlaub verbrachte, stimmte mich nachdenklich.
Er bemerkte meine Zerstreutheit, meine Sorgen. „Warum machst du dir Gedanken?“, beruhigte er mich, „Sei froh, dass Achmed sich so liebevoll um Isabell kümmert. Und so wahr ich Edgar heiße, dieser Mann liebt deine Tochter über alles. Ich habe ihn im Geschäft von Samir beobachtet. Solche liebevolle Blicke können nicht lügen.“
Also nahm ich mir vor, sie nicht vor diesem Mann zu bewahren.
Es wäre auch schon zu spät gewesen. Meine Tochter kam verändert von Kairo zurück, Achmed hätte allen die Augen über Mahmoud geöffnet, sprich, er hatte ihn schlecht gemacht. Komisch, ihm wurde bedingungslos geglaubt. Aber, so vermutete ich, meine Tochter hatte noch ein anderes Problem, sie verneinte.
Die Zeit verging, Achmed machte sich unentbehrlich, regelte behördliche Dinge, die in Folge von Mahmouds Tod für uns unlösbar gewesen wären.

Und es kam der Tag, an dem Mahmouds Vater nach Hurghada kommen wollte, um das Eigentum seines Sohnes an sich zu nehmen. Welches Eigentum, welches Recht hatte er? Isabell und Mahmoud waren nach ägyptischem Recht verheiratet, also ging alles in den Besitz der Ehefrau über.
Was wollte er wirklich? Wir rätselten, hatten ein wenig Angst vor der Begegnung, aber Achmed beruhigte uns mit den Worten: „Ich kläre das, der hat überhaupt nichts zu fordern. Und sollte er kommen, ich bin dabei, ich beschütze euch."
Und der Vater kam. Eines Abends fuhren vier Limousinen vor, ein Pulk von Männern wollte in unsere Villa; aber wo war Achmed unser Beschützer? – Fehlanzeige.
Wir wehrten diese Invasion ab, ließen nur Vater und Übersetzer eintreten, nicht, ohne vorher eine Kassette mit Koran zu starten.
Ein Staunen, vielleicht auch Enttäuschung, denn welcher streng gläubige Moslem traut sich in „Gegenwart Allahs" Boshaftigkeiten zu begehen. So fragte er nur, ob wir Mahmouds Besitz, nämlich die zwei Villen und anderes, nicht rechtmäßig teilen könnten. Mahmoud indes hatte dafür vorgesorgt, alles war unter unser beider Namen festgeschrieben. Der Vater besaß keinerlei Rechte, obwohl wir, wie er sagte, in seinen Augen Ungläubige seien, die in Ägypten rechtlos wären. Wir sahen das anders und baten ihn höflich aber bestimmt zu gehen.

Der Vater blieb noch einige Zeit in Hurghada, warum auch immer. Uns behelligte er nicht mehr. Aber nicht genug, wir erfuhren das Unglaubliche, Mahmoud infolge des Unfalls bis zur Unkenntlichkeit verletzt und dem Beifahrer, seinem Neffen, so gut wie nichts passiert. Außerdem sagte man uns, dass er das Lenkrad so festgehalten habe, dass seine Hand, inklusive Finger nach hinten gebrochen seien.
Ich war fest davon überzeugt: „So was gibt es selbst in Ägypten nicht. Hat das etwa jemand inszeniert? Hat er zu viel gewusst? War es kein Unfall, sondern hinterhältiger Mord? Welche Rolle spielte Achmed dabei?" Viele Fragen, aber keine zufriedenstellende Antwort, bis heute nicht.

Langsam kehrte der „touristische Alltag“ wieder bei uns ein. Achmed gab sich große Mühe, mich von seiner Notwendigkeit zu überzeugen.
Eines Tages überraschte er mich mit einem Geständnis: „Isabell und ich sind jetzt zusammen. Das ist keine Blitzentscheidung, sondern mein Auftrag von Mahmoud, mich seiner Frau anzunehmen, d. h. seine Stellung in eurer Familie zu übernehmen. Ich habe das auch meinen Eltern mitgeteilt. Sie freuen sich riesig und laden uns nach Alexandria zum Kennenlernen ein.“
Aha, scheint er es doch ernst zu meinen. Was sollte ich tun? Ich musste mit. Die Eltern wohnten in der Nähe dieser schönen am Mittelmeer gelegenen Stadt, in einem kleinen Ort.
Wir wurden schon erwartet, herzlichst begrüßt, königlich bewirtet, kurzum fühlten uns bei Achmeds Familie wohl.
Die Eltern schienen irgendwie froh zu sein, ihren Sohn in „guten Händen“ zu wissen.

Wir wurden auch gleich wie Familienmitglieder behandelt, Vater und Mutter gaben ihr Bestes, vielleicht etwas zu auffällig,
Nur kurz am Rande wurde erwähnt, dass der Sohn so was wie ein „Schmetterlingsleben“ geführt habe und mit: „So sind eben die jungen ägyptischen Männer“, wollte der Vater meinen sorgenvollen Blick wegscherzen. Aber das sei ja nun vorbei, denn an Isabells Seite würde er schon erwachsen werden.
Wie bitte, war er etwa kein Mann, an Isabells Seite sollte er erst erzogen werden?
Da fielen mir doch gleich Passagen aus dem Koran und der ägyptischen Gesetzgebung ein. Dort heißt es in etwa, dass ein Moslem erst dann heiraten kann, wenn er sowohl finanziell als auch, was das Verantwortungsbewusstsein betrifft, in der Lage ist, für seine Familie zu sorgen. Er muss der Frau den Standard bieten, den sie im Elternhaus hatte. Und nun? Die Familie störte mein Einwand wenig und Achmed noch weniger.
Er gab mir lachend zur Antwort: „Dann gib mir monatlich ausreichend Geld, damit es deiner Tochter gut gehen kann.“
„Schon mal an arbeiten gedacht?“

„Ja, das habe ich, aber nun, seit ich mit Isabell zusammen bin, schickt sich arbeiten für mich nicht, sonst glauben alle, sie ist keine reiche Deutsche und ich bin blamiert“, erwiderte er, ohne rot zu werden. Und nach diesem Prinzip wollte er leben.
Im selben Moment fiel mir ein altes deutsches Sprichwort ein *„Man soll die Rechnung nicht ohne den Wirt machen“*.
Dieses abgewandelt, antwortete ich, mit einem unfreundlichen ironischen Unterton in der Stimme: „Da hast du aber deine Rechnung ohne mich gemacht. Denn meine Devise lautet: Wer arbeitet, bekommt Geld; wer nicht arbeitet, bekommt kein Geld. So einfach ist das.“ Er lächelte vielsagend meine Vorstellungen weg.

Auf der Rückfahrt nach Hurghada begannen schon seine Unverschämtheiten, indem er mir eröffnete: „Sorry, Mam, aber meine Eltern sind nicht so reich wie ihr und ich musste alles bezahlen, was wir gegessen haben. Außerdem bat mich mein Vater bei unserer Abreise um Geld. Sie brauchen es halt zum Leben.“
Wortlos gab ich ihm die geforderte Summe, sehr enttäuscht von dieser Familie. Denn noch zum Abschied mussten wir versprechen, bald wiederzukommen. Sie luden uns ein, unseren Urlaub gemeinsam mit ihnen in Agamil, einem Badeort am Mittelmeer für die High Society, zu verbringen.
Schon im Auto sitzend, flüsterte der Vater mir zu: „Gibt es Probleme mit Achmed, so ruf mich sofort an.“
Und nun das! Irgendwie passte da etwas nicht zusammen.

In Hurghada angekommen, dachte ich aber nicht mehr an die Worte des Vaters, denn eine Hiobsbotschaft, so dachte ich damals, erschlug mich fast.
„Ich bin schwanger, leider nicht von Mahmoud“, gestand mir Isabell unter Tränen. Das war‘s, sofort erinnerte ich mich an die Rückkehr aus Kairo und daran, dass meine Tochter total verändert schien, aber, wie sie beteuerte, alles in Ordnung sei. Also das war das von mir gespürte Problem.

An die Worte, mit denen ich Isabell bombardiert hatte, möchte ich mich heute nicht mehr erinnern. Als ich sie endlich zu Wort kommen ließ, erzählte sie mir die ganze Geschichte.
Bereits auf der Hinfahrt wurde sie von ihren Freunden getrennt. Peter und Ines fuhren im Bus nach Kairo, Isabell musste in Achmeds Auto mitfahren, da es kein weiteres Busticket gegeben haben soll. Auf der Strecke erklärte er den Grund: „Du warst sehr unglücklich mit Mahmoud verheiratet, er hat dich betrogen, keine Zeit für dich gehabt. Du hast nie bemerkt, dass ich dich vom ersten Augenblick an geliebt habe.“ Weitere Schleimereien folgten. Und er schilderte ihr Mahmoud in den schwärzesten Farben, beendete diese Schimpftirade. „Ich will dich heiraten und ich mache, was ich möchte.“

Nachdem sich meine Tochter von dem Schreck erholt hatte, verneinte sie dieses Angebot energisch und begründete ihre Entscheidung. Was sie sagte und wollte, interessierte ihn wenig. Er hatte bereits das „2. Ziel“ seines Planes in Arbeit, die einzige Arbeit, der er nachging und die ihm noch dazu Spaß bereitete.
In Kairo angekommen, erzählte Isabell alles ihrer Freundin. Die fand Achmeds Idee sehr gut und als Beweis seiner großen Liebe zu ihr, die er zu Lebzeiten Mahmouds unterdrücken musste. Isabell zweifelte zwar an ihren Worten, aber die Tabletten erledigten den Rest, und darauf setzte auch Achmed.
Am Abend fühlte er sich dann auch so allein.
„Ich muss immer an Mahmoud denken. Das Einzige, was mich tröstet, ist, dass ich meine Aufgabe, mich um dich zu kümmern, sehr gut erfülle. Darf ich in dein Zimmer kommen, dort können wir zusammen trauern.“
Eigenartig, was er unter „gemeinsames Trauern“ verstand – ein verzweifelter Weinkrampf unterbrach Isabells Erzählung. Nach einiger Zeit, unter dem Versprechen, niemals kund zu tun, was ich nun erfahren würde, war sie bereit, weiterzuerzählen. Er streichelte sie, versprach, ein Leben lang alles zu tun, was sie wolle, schwärmte von übergroßer Liebe zu ihr. Denn, er habe sie damals gesehen und sich bis über beide Ohren verliebt. Das Schlimme aber, sie hätte sich für seinen besten Freund entschieden.

Isabell wollte ihn mit den Worten: „Trauern können wir gemeinsam, ich bin froh, dass ich mit meinen Gedanken um den großen Verlust, den ich erleiden musste, nicht allein bin. Danke, du bist ein wahrer Freund", wieder auf den Boden der Tatsachen zurückholen.
Aber gemeinsam trauern wollte Achmed gewiss nicht, er wollte das besitzen, was ihm ein schönes Leben ohne Arbeit garantieren sollte, nämlich Isabell, eine Deutsche.
Ohne sich von ihrer Ablehnung, ihren Einwänden beeindrucken zu lassen, zwang er sie zum Sex mit ihm.
Fertig mit dieser, nach meiner Meinung Vergewaltigung, sagte er: „Du darfst aber niemanden davon erzählen, das wirft ein schlechtes Licht auf uns, vor allem auf dich."
Aus Angst schwieg sie wirklich. Und sicher war dies alles Isabell sehr peinlich. Wer glaubte schon einer Frau, noch dazu in Ägypten, wo Frauen immer schuldig sind; ihr Verhalten, einzig allein das ist, was die Männer zu unüberlegten Handlungen hinreißt.
Auch Mahmouds Einschätzung über diesen Tunichtgut wird ihr noch im Ohr geklungen haben: „Achmed Aalen, ist das andere Wort für Unglück, diesen Menschen sollte man privat meiden. Er ist boshaft und hinterhältig."
„Und nun bin ich schwanger", wiederholte sie, als ob ich das von einmal sagen nicht begreifen würde. Begriffen hatte ich es, verstehen konnte ich es nicht.
„Wie kann man…", wollte ich gerade erneut loswettern, nein, so nicht, mütterliche Hilfe war angesagt. Als erstes wollte ich von einem Arzt Gewissheit.
„Glückwunsch, Sie werden Oma. Schauen Sie, wie das kleine Herz schlägt"; strahlte er mich während der Untersuchung an.
„Na denn, Oma, finde dich mit dem Gedanken ab. Im Dezember 2004 wird es einen neuen Erdenbürger, einen Mischling, geben", resignierte ich so für mich hin. Ich versuchte, mich zu freuen, es blieb beim Versuch. Und irgendwie ärgerte ich mich über meine Tochter: „Kannst du nicht einmal auf Mutter hören!" Sie hörte nicht und ich beobachtete, dass sie nach der Beichte erleichtert, vielleicht sogar etwas glücklich war.

Ab nun galt alle Fürsorge meiner Tochter, aller Argwohn dem „werdenden Vater“. Er sah nicht so glücklich aus. Ich konnte zwar einen gewissen Stolz oder war es Angabe, auch mal etwas Brauchbares „in die Wege geleitet zu haben“, nicht übersehen. Trotzdem traute ich dem Frieden nicht, blieb weiter wachsam.
Irgendwann musste ich auch wieder mal nach Deutschland, denn dort wartete der andere Teil der Familie auf mich, vor allem mein Mann, der auf die „ägyptischen Episoden“ eh nicht gut zu sprechen war.

In der folgenden Zeit „verkehrten“ meine Tochter und ich nur noch telefonisch. So erfuhr ich, dass Achmed sein Versprechen, immer für Isabell da zu sein, einen Tag nach meiner Abreise brach.
„Ich muss dringend nach Alexandria, muss vieles wegen meines Visums für Deutschland regeln“, so begründete er Isabell seine tagelange Abwesenheit. Komisch nur, dass seine Eltern ihn dort gar nicht sahen, nicht mal wussten, dass er nicht bei seiner schwangeren Frau weilte.
Ich machte mir Sorgen und arrangierte, dass von meinen Freunden immer jemand seinen Urlaub bei Isabell verbringen konnte.
Keiner bemerkte eine glückliche Zweisamkeit, nur eine ständig auf der Suche nach Achmed unglückliche Isabell.
Das ärgerte und grämte mich, so dass ich mich veranlasst sah, ein aufklärendes Gespräch mit seinem Vater per Telefon zu führen. Es brachte nicht viel, der Vater erklärte mir, dass sich in Ägypten ein Zusammenleben ganz anders gestalte als in Deutschland – für mich so zu verstehen, dass der Mann alles dürfe, er könne machen, wonach ihm gerade zumute sei, und die Frau dürfe machen, was der Mann anordnen würde. Außerdem hätte er schon seit jeher wenig Kontakt zu seinem Sohn. In diesem Telefonat erfuhr ich auch, dass die Eltern weder Geld für Essen und Trinken während unseres ersten Aufenthaltes wollten, noch ihren Sohn um Geld gebeten hatten. Zum Schluss gestand er: „Ich versuche alles, will mit ihm reden – er drückt mich weg, macht, was er will.“

Also, wie ich schon immer vermutet hatte, Achmed - ein eiskalter Lügner, der sich ohne Arbeit ein schönes Leben „ergaunern" wollte, dafür sogar seine Eltern missbrauchte.
„Na toll", dachte ich. „Also, hilf dir selbst, hilf deiner Tochter."

Das musste ich auch tun, denn die Monate Juli und August weisen sehr hohe Temperaturen auf, für meine Tochter war ein Arbeiten unter diesen Umständen fast unmöglich. Achmed half ihr sporadisch, das ging natürlich bei Gästebetreuung nicht. Also flog ich nach Ägypten.
Beide waren froh, auch Achmed zeigte sich von der besten Seite, kurz: Es war eine angenehme Arbeitsatmosphäre, und ich konnte ihn gerade mal so ertragen.
Aber das wichtigste war, dass es meiner Tochter von Tag zu Tag besser ging. Sie freute sich riesig auf den kleinen neuen Erdenbürger, ihren Sohn.
Uns beiden machte die Arbeit wieder Spaß, schon immer ergänzten wir einander, verstanden uns ohne Worte.
In der momentanen Situation hatten wir so was wie eine Arbeitsteilung vereinbart, nämlich sie „arbeitete" mit dem Kopf und ich mit den Händen, Unterstützung kam dazu noch von unserem Hausangestellten.

Leider wurde diese schöne Zeit so gegen Anfang August abrupt abgebrochen. Und das kam so:
Eines Tages, wir saßen gemütlich hinterm Haus, klingelte Isabells Handy. Ihr Blick aufs Display verriet Unbehagen. Sofort sprang Achmed auf und wollte wissen, wer sich traut, seine Frau anzurufen, und das auch noch abends. Isabell versuchte, Unheil abzuwenden, musste aber dann zugeben, dass es ihr Ex-Mann Stev war, der etwas für die gemeinsame Tochter Laura abklären musste.
Wütend riss Achmed Isabell das Handy aus der Hand, warf es auf den Steinfußboden und schrie sie an: „Hast du vergessen, dass ich dir verboten habe, Stev anzurufen. Gut, jetzt musst du halt die Konsequenzen tragen."

Jeder Versuch meinerseits, ihn zu beschwichtigen, ihm zu erklären, dass Stev Isabell angerufen hatte und nicht umgekehrt, schlug fehl. Ich hatte den Eindruck, dass er in diesem Moment gar nicht bei Sinnen war, eher geistig weggetreten.
Ein von Hass erfüllter Blick traf uns beide, dann stürmte er davon, der Motor heulte auf und Achmed verschwand für zwei Tage. Reuevoll und mit dem feinsten Fischessen erschien er am dritten Tag.
„Bitte, verzeiht mir, ich wusste nicht, was ich tat. Aber ihr wisst doch, der Name Stev bringt mich noch um. Ich weiß genau, dass er Isabell zurückhaben will und das macht mich krank. Bitte, bitte, verzeiht und vergesst."

Isabell und ich zuckten mit den Achseln und begannen, den Tisch zu decken. Der Fisch war köstlich und der Zwischenfall schien vergessen. So ganz vergessen denn doch nicht. Mein Detektivgeist erwachte, ich zog Erkundungen ein – und traf ins Schwarze.
In den zwei Tagen „Freiheit", wie es Achmed nannte, musste er sich, wie meine Recherchen ergaben, bestätigen, d. h. in Discos, am Strand, in Geschäften und Café-Shops „Frauen aufreißen". Er lernte in dieser Zeit eine vermögende Hamburgerin, also eine weitere Geldquelle kennen. So was ist immer nützlich und „mehrgleisig fahren" ist für diese Art Ägypter völlig normal. Kommt die Partnerin denen dann auf die Schliche, kann man immer noch sagen: „Das mach ich nur für dich, ich liebe nicht die Frau, sondern ihr Geld. Und das können wir doch gut gebrauchen." Oft wird den ausländischen Frauen auch vorgelogen: „Wir sind eben Ägypter, anders veranlagt, feuriger als eure europäischen Männer."
Ab diesem Zeitpunkt hatte er auch des Öfteren wieder wichtige Arbeitstreffen, musste allabendlich zur Disco in die „Calypso", „Connectionpflege" nannte er seine Ausschweifungen. Isabell und ich konnten in diesen angeblich wichtigen Terminen keine sichtbaren Ergebnisse erkennen.
Das Einzige, was uns verwunderte, aber auch erfreute, war, dass Achmed nun einen eigenen Shop eröffnen wollte. Wir fragten ihn deshalb, woher er wohl das Geld für diese Geschäft nehmen wollte.

„Das ist Männersache, hat die Frau nicht zu interessieren“, war die kurze, aber wenig aufschlussreiche Antwort. Und dabei blieb es.

Ende August, die Hitze schwächte sich ab, unser Hausangestellter hatte sich gut eingearbeitet, man konnte sich auf ihn verlassen. Damit war mein Ägypteneinsatz fürs Erste beendet. Zu Hause angekommen, rührte ich die Werbetrommel für unser Feriendomizil, vor allem unter Isabells Bekanntenkreis, natürlich nicht ohne Hintergedanken. Ich dachte: „Vertrauen ist gut, aber Kontrolle besser.“ Und kontrollieren musste ich diesen arbeitsscheuen Angeber!

Und so kam es, dass eine der besten Freundinnen von Isabell, zum Glück eine sehr resolute Person, Ende September 2004 ihren Urlaub in Hurghada verbringen wollte.
Allerdings, es war kein Urlaub, sondern ein Horrorszenario, was dort tagtäglich ablief.
Kaum nach Dresden zurückgekehrt, fragte sie mich vorwurfsvoll: „Wie kannst du dir das alles seelenruhig ansehen? Greif ein, unternimm was. Das ist ja kein Mensch, das ist ja eine Bestie. Der denkt doch nur an sich, an sein Vergnügen, alles andere ist dem so egal.“
Und sie erzählte mir, was sie in den 14 Tagen erlebt hatte.
Anfangs war alles super, sie hatte aber sofort den Eindruck, dass er nur spielte. „Ach, du bist Eva, Isabell hat mir nur Gutes von dir erzählt und ich freue mich, dass ich dich endlich mal persönlich kennen lerne. Bei dieser Gelegenheit können wir dich zu unserer Hochzeit am 27. September einladen. Weißt du, ich bin so glücklich, kann ich doch endlich die Frau meines Lebens heiraten und du bist Zeuge.“ Da Isabell sie auch darum bat, willigte Eva ein.
Aber mit der Freude, dass Eva einige Zeit bei ihnen verbringen würde, verknüpfte Achmed eine amüsante Zeit für sich, eine Tageseinteilung ganz nach seinem Geschmack.

Und so dokumentierte Eva das alles:
Also, erst mal bis gegen 13:00/14:00 Uhr schlafen, dann von

Isabell das Frühstück serviert bekommen, natürlich bei laufendem ägyptischen Fernsehprogramm, braucht man sich nicht unterhalten und Befehle kann man so laut von sich geben, dass sie das Fernsehen übertönen.
So bekommt man die Zeit bis gegen 17:00 hin. Als „gefragteste Person in Hurghada“ hatte er dann die allen bekannten wichtigen Arbeitstreffen von ein bis zwei Stunden.
Gegen 20:00 Uhr musste dann das Abendbrot bereitstehen, manchmal brachte er auch was mit. Dann ca. zwei Stunden ausruhen, anschließend duschen, sich schön machen; kurz gesagt stylen für die Arbeitstreffen in der „Calypso“, schnell noch was geraucht und gegen 24:00 Uhr ging‘s los.
Isabell gefiel gar nicht, dass er jede Nacht wegblieb und auf ihre Frage: „Wann denkst du bist du wieder zu Hause?“, kam immer die stereotype Antwort: „Geht dich gar nichts an, außerdem merkst du das. Und rufe nicht an, alle in der „Calypso“ lachen sonst. Willst du mich vor meinen Freunden blamieren?“
Ein Aufheulen des Motors vom Auto war dann seine letzte Antwort. Von Hilfe bei der Gästebetreuung war nichts zu spüren.
Eva unterbrach ihren Bericht, sie sah, dass ich ihr nicht mehr so richtig zuhörte, spürte, dass meine Gedanken um Isabells Leben vor, zur und nach der Hochzeit kreisten.
Im sechsten Monat schwanger, unsicher über ihre momentane Situation, entsetzt über das Verhalten ihres Mannes nagten die Probleme an der Gesundheit meiner Tochter, eine Infektion jagte die andere, Antibiotika war das Einzige, was half.

Die Hochzeit, am 27.09.2004 in Kairo geschlossen, verlief für ägyptische Traditionen untypisch. Meinem Mann und mir war das Datum weder bekannt, noch waren wir eingeladen. Ebenso erging es Achmeds Eltern. Sie hatten sich dieses schöne Fest auch prunkvoller und mit der gesamten Verwandtschaft und uns vorgestellt.
Ich glaubte zu wissen, warum diese Hochzeit so geheim gehalten werden sollte – die zukünftige Ehefrau, Witwe des angeblich besten Freundes, war schon schwanger, für ägyptische Verhältnisse ein Unding.

Denn von Mahmoud hatte ich erfahren, dass in der Umgebung von El Minja schon einige Liebespaare aus diesem „die Familie entwürdigten Anlass“ vom Vater der Frau umgebracht worden waren. Kurz vor der Trauung verschwand auch Achmed. Keiner wusste, warum. Aber irgendjemand fand ihn und überredete ihn angeblich, zurückzukommen.
Was dann ablief, war gelinde gesagt, bewusster Betrug. Von der Tatsache, dass ein Moslem eine Jungfrau heiraten muss, war ja Achmed weit entfernt, davon ging auch, wenn die Frau eine Europäerin ist, jeder aus. Aber eine Schwangere zu heiraten, ging ja nun mal gar nicht. Also, was tun?
Und Achmed praktizierte das, was er immer tat und auch am besten konnte: lügen, andere so bedrohen, dass sie dieses Lügen unterstützen. Er zwang Isabell zu bestätigen, dass sie nicht schwanger sei. Und so fand die Trauung statt.
Nun konnte er, nein, er hatte sogar in Ägypten das Recht, ohne bestraft zu werden, Isabell als sein persönliches Eigentum zu betrachten und sie dementsprechend zu behandeln.
Gemeinsam mit ihr konnte er sich angeblich nicht mehr sehen lassen, da sie, schwanger wie sie nun mal war, nicht gesellschaftsfähig und hässlich sei, schöner Freibrief für seinen verruchten Lebenswandel.
Ich fühlte, dass Eva noch mehr bewegte, spürte förmlich Empörung, Wut, Hass auf diesen Mann und bat sie, mit ihren Ausführungen fortzufahren.
Denn eines Nachts passierte das Entsetzliche.
Wie immer schwirrte er gegen 24:00 in Richtung Vergnügen ab. An diesem Tag ging es Isabell wieder sehr schlecht, sie hatte Angst, dass mit ihr, mit dem Ungeborenen etwas passieren könnte. Also rief sie ihn an. Aus ihr unbekannten Gründen kam keine Verbindung zustande. Eva konnte auf sie einreden, wie sie wollte, sie war nicht in der Lage, Isabell zu beruhigen.
Schließlich, so gegen drei Uhr nachts, muss Isabell ins nahe gelegene Hotel gegangen sein, um Hilfe zu bekommen.
Was dort abgelaufen war, wusste Eva nicht.
Sie wachte vom überlauten Motorengeräusch eines Autos auf, hörte Bremsen quietschen. Schnell rannte sie zum Fenster, um sehen und

hören zu können, was da los sei. Isabell sah sie und bedeutete ihr angstvoll, sich still zu verhalten.
Ein torkelndes Etwas beschimpfte Isabell aufs Schlimmste, schlug wild auf sie ein, bis sie am Boden lag, ging in die Villa und legte sich schlafen.
Eva rannte so schnell sie konnte auf die Straße, um Isabell aufzuhelfen. „Und stell dir vor“, empörte sich Eva noch immer, „er hat deine Tochter mit roher Gewalt die Faust immer wieder auf den Kopf geschlagen, bis ihr schwindlig wurde und sie auf die Straße fiel. Erst dann ließ er von ihr ab und ging. Das war zu viel und ich riet Isabell, ihn sofort anzeigen.“
„Was hilft‘s?“, fragte die resigniert, „Mir glaubt doch eh keiner. Sprich mal mit deutschen Krankenschwestern, die in der Notaufnahme von Hospitals arbeiten. Tagtäglich kommen zerschundene Frauen zur Behandlung, die hingefallen sind, sich am Tisch gestoßen, am Herd schlimmsten verbrannt haben. Reicht meine Aufzählung?“
Wieder verlor Eva die Fassung und es dauerte eine Weile, bis sie weiterreden konnte: „Ich kühlte ihr das zerschundene Gesicht, kochte ihr einen Tee und legte sie ins Bett, und auch ich ging schlafen, versuchte es wenigstens.“

Am nächsten Morgen verhielt sich Achmed mürrisch, versuchte, die Anwesenheit Evas zu ignorieren.
Was sie nicht übersah, waren seine bösen, lauernden Augen, mit denen er sie beobachtete.
Ihre Erzählung beendete sie mit den Worten: „Ich war froh, endlich nach Hause fliegen zu können. Nie wieder möchte ich diesem Menschen begegnen. Und glaube mir, deine Tochter braucht dich dringend.“

Ich überlegte, denn eins war mir bewusst, Isabell würde mich in dieser Situation nie um Hilfe bitten, schämte sich, vielleicht fürchtete sie meinen erhobenen Zeigefinger und die unfreundlichen Worte, die darauf folgen würden.
Sehr gute Freunde von mir hatten ihren Urlaub vom 15.10. bis 24.10.2004 bei Isabell geplant, freuten sich riesig darauf. Und nun?

Was tun?
Ich entschloss mich, schnellstens einen Flug zu buchen, um eine mögliche peinliche Situation verhindern zu können.

Aber, peinlich für wen? Voller Wut im Bauch, zu allem entschlossen, landete ich in Hurghada. Noch an der Kontrolle wartend, entdeckte ich Isabell und Achmed, sie sahen irgendwie glücklich und zufrieden aus.
Also, peinlich für mich, hatte ich was verpasst, hatte Eva zu dick aufgetragen?
Fröhlich und herzlich, von beiden liebevoll umarmt, begrüßten sie mich dann. Dabei bemerkte ich, dass Isabells Pony anders fiel als sonst, dichter, mehr Haar nach vorn gekämmt. Sie trug ein langärmliges T–Shirt, bei dieser Hitze?
„Also, bleib wachsam, die spielen dir was vor, Isabell auch?“, flüsterte ich in mich hinein. In der Villa angekommen, wurde ich königlich bewirtet, Achmed hatte sogar meinen Lieblingssekt, Sparkling Aida, besorgt.
Aber, so leicht konnte man mich nicht täuschen. Ohne Umschweife sprach ich das von Eva Geschilderte an.
„Sorry, Mam, sorry, ich weiß auch nicht, was mit mir los war, kann mich an nichts erinnern, nur dass ich Wodka getrunken hatte, den ich doch nicht vertrage. Und das wussten die, haben das gemacht, um Isabell und mich auseinanderzubringen“, flötete er wie ein Unschuldsengel.
„Ach so, wie gehabt, immer sind die anderen schuld, du Armer, immer dieselben Lügen. Soll ich dich etwa bemitleiden, du spinnst wohl? Ich erlaube niemandem, meine Tochter zu schlagen. Merk dir das und lass dein Geheuchle. Ich glaube dir eh kein Wort“, schimpfte ich weiter.
Und nun traute ich meinen Ohren nicht, als ich meine Tochter reden hörte: „Ja, er hat Recht. Niemand gönnt ihm, dass er bei mir in der Villa wohnen kann.“
„Ach, und deshalb hast du dir auch eine neue Haarfrisur zugelegt?“ Erwartungsvoll schaute ich sie an.

„Ja, du hast Recht, der Pony soll die blauen Flecke verdecken. Aber so was macht er nie wieder. Er hat mir versprochen, sich insgesamt zu ändern. Du sollst ihm dabei zur Seite stehen. Bitte, Mutti hilf ihm. Er möchte ein ordentlicher Vater werden. Und erinnere dich, du hast manch katastrophalen Schüler zum erfolgreichen Abschluss gebracht. Also erzieh ihn."
Na toll, wozu konnte man so einen schon erziehen! Und wieder machte ich gute Miene zum bösen Spiel.
Stolz sagte er mir: „Bitte, komm mit zu Isabells Untersuchung, dann kannst du deinen kleinen Enkel bereits sehen." Eine gute Idee und ich begleitete beide.
Aber, was war das? Der Arzt, ein sehr netter Mensch, in Kanada studiert, erläuterte mir alles, so auch, dass es im Prinzip keine Probleme gab. „Aber", so fügte er hinzu, „es sind mir die Hände gebunden. Eine Fürsorge und Betreuung für die werdende Mutter wie sie in Deutschland gang und gäbe ist, gibt es in Ägypten nicht. Deiner Tochter fehlen somit viele Untersuchungen, trotzdem, momentan kein Grund zur Besorgnis."
„Ja, davon habe ich schon gehört, aber auch davon, dass die Ärzte hier sehr gut sind, ein umfangreiches Wissen besitzen. Genug des Redens, los geht's. ich will was sehen", antwortete ich ungeduldig.
Da belehrte er mich: „Wir müssen warten, bis der Vater kommt. Nur in seinem Beisein und auf seine Veranlassung hin darf ich Isabell untersuchen."
„Das kann doch nicht wahr sein", ereiferte ich mich. „Wir sind Deutsche und machen diesen Schwachsinn nicht mit."
„Aber du bist in Ägypten und sie ist die Frau eines Ägypters, muss ich mehr sagen?", verteidigte er sein Nichthandeln.
Achmed kam und die Untersuchung konnte beginnen. Ganz deutlich sah ich mein kleines Enkelchen. Dieser Anblick versöhnte mich mit den irrsinnigen Gepflogenheiten in diesem Land, nein in diesem nur Männer orientierten Land.
In der folgenden Zeit ging Achmed weniger weg, in die „Calypso" höchstens zwei Stunden.

Meine Freunde reisten an, er konnte sie sogar vom ersten Augenblick für sich gewinnen.
Ihr Urlaub verlief wunderbar, Achmed zeigte sich von der besten Seite, organisierte Trips nach Kairo, Alexandria, Luxor wie sie besser nicht hätten sein können.
Voller Lob verabschiedeten sie sich mit der Ansage: „Danke für alles, es war ein gelungener Urlaub. Wir haben so viel Neues erfahren. Und, Achmed, wenn du nach Deutschland kommst, bist du auch bei uns herzlich eingeladen."
„Was sollte ich tun, auch abreisen, bei meiner Tochter bleiben? Wird er wieder rückfällig, treibt ihn meine Abwesenheit wieder ins Nachtleben?" Viele Fragen stellte ich mir, aber ich fand keine überzeugende Antwort.
Einer fand sie, nämlich der Kleine im Bauch. Es gab Probleme, das Fruchtwasser war trüb geworden und die Meinung des Arztes: „Isabell, du musst sofort nach Deutschland fliegen. Mir fehlt die Technik, um dir helfen zu können."
Und so kam meine Tochter schneller als geplant in die Heimat. Ich übernahm ihre Arbeit in Ägypten, mit Achmed an meiner Seite, sicher kein Vergnügen für ihn.
Die nächsten Gäste kamen. Sie waren zufrieden, auch mit Achmed. Sicher ließ ich ihm keinen Spielraum, musste er mir sogar sein Wegbleiben begründen. Doch er fügte sich in sein Schicksal.
Versuchte er, sich doch zu ändern?
Ein Hoffnungsschimmer überkam mich, ich gönnte es meiner Tochter, hatte sie doch wieder mal ein normales Leben verdient.
Endlich, das Visum kam, Achmed konnte, rechtzeitig, um die Geburt seines Sohnes miterleben zu können, nach Deutschland fliegen.

Nur ich musste ausharren, denn wir hatten das Haus voller Urlauber, war auch gut so. Ich hatte viel zu tun, hatte keine Zeit zum Nachdenken.
Also verkehrte ich mit meiner Tochter wieder einmal per Telefon.
Zu Hause ging es so recht und schlecht, da Achmed seine eigenen Vorstellungen vom Zusammenleben hatte, und das als Gast in

Deutschland. Auch mit den Untersuchungen, die die Ärzte mit Isabell durchführten, und zwar ohne ihn, war er absolut nicht einverstanden.
Die Worte: „Ich bestimme, wann und von wem meine Frau untersucht wird, und das nur in meinem Beisein“, quittierten die Ärzte mit einem mitleidigen Lächeln.
Diese Behandlung und später die Frage bezüglich des Familiennamens für das Neugeborene, denn meine Tochter hatte den Namen ihres Ehemannes nicht angenommen, brachten Achmed dann vollends dazu, die Fassung zu verlieren.

Nach einer Schimpftirade und einem Tobsuchtsanfall verließ er das Krankenhaus Richtung Bahnhof, ließ wieder einmal seine Frau allein. Und so brachte Isabell am Nikolaustag einen Jungen mittels Kaiserschnitt zur Welt.

Ich versuchte zu erfühlen, was meine Tochter in so einer doch nicht einfachen Situation durchgemacht haben musste. Die Mutter bei der Arbeit im fernen Ägypten, der Ehemann, noch dazu ein Moslem, haute einfach ab, wohl wissend, dass sein Sohn geboren werden würde.
Dabei kannten wir die Sitten dieses Landes und wussten, was es bedeutete, wenn die Frau dem Ehemann einen Sohn schenkte. Ihr wird alle Ehre, die man sich nur denken kann, zuteil, war das doch ein Beweis ihres ordentlichen und ehrfürchtigen Lebens.

Bei einem Jungen wurde die Frau liebevoll umsorgt, mit Goldschmuck verwöhnt und vieles mehr.
Und dieser ägyptische, muslimische Vater setzte sich einfach ab? Ich begann, ihn noch mehr zu hassen, fürchtete um das Leben meiner Tochter und um das des kleinen Zwerges. Also mobilisierte ich meine gesamte Familie zu „Hilfsmaßnahmen“.

Laura, meiner Enkelin, gelang es, nachdem sie ihrer Mutter bei der Geburt beigestanden hatte, diesen Unmenschen zur Rückkehr zu überreden.

Im Krankenhaus wieder angekommen, benahm er sich dann doch wie ein liebender Vater und ein treusorgender Ehemann. Er verbrachte dort die Woche gemeinsam mit Frau und Kind.
Stundenlang konnte er am Bettchen des Kleinen sitzen und ihn einfach nur anschauen, war sehr glücklich dabei. Er versuchte sogar zu helfen, bewunderte den hohen Standard und die ärztliche Betreuung in deutschen Krankenhäusern.
Der Familienfrieden schien wiederhergestellt zu sein, Achmeds Verhalten wurde entschuldigt: „Hat halt eine andere Mentalität, ein Moslem" und so weiter und so fort.

Am 09.12. nach Hause zurückgekehrt, besuchte ich sofort meine Tochter und den neuen Erdenbürger, für mein Empfinden das süßeste Baby der Station.
Mit Stolz präsentierte mir Achmed „sein Werk", und das war es, was ich spürte. Er ging voll davon aus, dass das nur sein Sohn sei, Isabell als Mutter ihre Aufgaben bis etwa zum 9. Lebensjahr zu erledigen habe.
Also war es doch nicht Stolz, sondern nur Angabe und Tradition. Meine Tochter sah das natürlich anders und wies voller Freude und Glück auf ihr Gold hin.
Sollte ich ihr die Wahrheit sagen, ihr sagen, dass Achmed dafür Geld von mir erpresst, meine Liebe zu Isabell schamlos ausgenutzt hatte? Nein, ich konnte es nicht, nicht in diesem Moment. Später würde ich ihr die Story vom Gold für Mutter und Kind erzählen.
„Wie heißt denn der Kleine?", wollte ich nun endlich mal wissen. Den Familiennamen hat er natürlich von mir", quakte Achmed dazwischen. „Das wollte ich jetzt gewiss nicht wissen", giftete ich ihn an und zu Isabell gewandt: „Los, erzähl schon!"
„Ich habe ihn Karim genannt. Kannst du dich an die beiden netten Gäste aus Köln, Kiki und Karim erinnern? Damals hatten wir vereinbart, dass, wenn ich einen Sohn bekomme, ihn Karim nenne, damit er genauso groß, schön und schlau werden soll. Weißt du noch, wie der schon am frühen Morgen mit seinem Enthusiasmus alle mitreißen konnte, jeder ihn gern hatte?"

Klar, gern erinnerte ich mich an die beiden. Und der Name Karim gefiel mir gut. Trotzdem, irgendetwas bereitete mir Unbehagen, ich grübelte.

Wieder zu Hause angekommen, fiel es mir wie Schuppen von den Augen: Na klar, es waren Achmeds Beteuerungen mir gegenüber. Ständig betonte er, dass Karim nur Deutscher bleiben, er also keine doppelte Staatsbürgerschaft haben sollte wie alle anderen Kinder aus Mischehen.
Angeblich sollte es Karim mal besser haben, das gehe aber nur in Deutschland. Als Deutscher stünde ihm die Welt offen. Was soll's, mit doppelter Staatsbürgerschaft genauso.
Der wirkliche Unterschied aber war, ein deutsches Kind wurde nicht in einen ägyptischen Pass eingetragen, eins aus der Mischehe schon. Das bedeutete auch, dass er jeder Zeit seinen Sohn verleugnen konnte, nach ägyptischem Recht nicht unterhaltspflichtig für ihn war. Also, Schlawiner, wieder durchschaut.
Auch das Geflöte: „Du Mam bist das Beste für Karim, erziehe du ihn, Isabell ist dazu nicht in der Lage. Behalte ihn in Deutschland und ich besuche ihn sooft ich kann."
Das sollte der Traum von seiner kleinen Familie sein? Die Zukunft sollte die Wahrheit ans Licht bringen.

Nach ca. einer Woche durften alle nach Hause, das heißt, zu uns ins Haus. Wir hatten für die drei Zimmer eingerichtet, damit sie auch mal in „Privatsphäre" wohnen und leben konnten.
Der „Besucherstrom" riss kaum ab, sehr zur Freude von Achmed. Hatte doch nun dieser Gernegross und Hochstapler genug Publikum für seine Angeberei, seine Lügen. Ich konnte es mir nicht mehr anhören, all überall war er der Beste, der Einzige, der was konnte; glücklich die, die der englischen Sprache unkundig waren.
Lange hielt es aber Achmed in unserem „langweiligen" Dorf nicht aus, zumal er mit seinen Prahlereien bei immer weniger Leuten ankam, beherzte Männer ihm gehörig die Meinung sagten, auch dass in Deutschland das Leben Geld koste und es schäbig sei, auf lau zu leben.

So kam es, dass er eines Tages einen, natürlich reichen, Onkel „ausgrub“, der auf Mallorca lebte. Klingelte sein Handy, schaute er uns triumphierend an: „Mein Onkel aus Mallorca“, besprach mit dieser Person alles auf Arabisch und teilte Isabell schließlich mit, dass ihn der Onkel dringend erwarte.
Also müsste er, ob er nun wolle oder nicht, schnellstens fliegen. Wir mussten ihm ein Ticket besorgen, auch bezahlen – und weg war er.

Seine kleine Familie verbrachte den Heiligabend ohne ihn. Schlimmer noch, da Riesa keinen Flughafen hatte, mussten mein Mann und ich Achmed nach dem Festessen gegen 21:00 Uhr von Dresden abholen. Leicht angetrunken torkelte er uns entgegen. „Ich bin kaputt und müde“, lallte er als einzige Auskunft.

Erst am nächsten Morgen war Achmed wieder „vernehmungsfähig“: Isabell wollte wissen, was er alles gesehen und erlebt habe, wie der Onkel sei, ob man vielleicht mal bei ihm Urlaub machen könne.
Auf die Fragen von Isabell ging er gar nicht ein, erzählte nichts Bedeutendes von Mallorca, nichts von Land und Leuten, sondern nur von Discos, was begriff dieser Mensch auch sonst.
Isabell war nicht so enttäuscht wie wir, freute sich auf die Festtage plante mit ihm das gemeinsame Leben in Ägypten, so ab Mitte Januar 2005. Ich sollte dann mit Karim einen Monat später nachkommen.
Bestimmt waren das nur Isabells Pläne: Achmed, ein Familienvater? Arbeiten am Tage, schlafen in der Nacht, sich um den Kleinen kümmern, auch wenn der schreien sollte, seinen Lebensstil von Grund auf ändern, das konnte ich nicht glauben. Heute bin ich überzeugt, dass er das auch nie vorhatte, nur vortäuschte.
Zum Glück gab es Telefone. Und seins klingelte wie bestellt am 2. Feiertag zum Mittagessen. Mit trauriger Miene, und einer Träne im Auge teilte er uns mit, dass er schnellstens nach Hause müsse.
Seine Mutter liege im Koma, wer weiß, ob er sie überhaupt noch lebend sehen werde. Ich glaubte ihm kein Wort, aber wer glaubte schon mir.
Also los, Flug buchen, natürlich auch bezahlen, weil „Sorry, ich habe kein Geld mehr, habe alles für euch in Mallorca ausgegeben“, Wie

bitte? Aber Schwamm drüber, auf diese Weise kriegten wir ihn los. Auf einmal fand ich das Leben wieder schön. Wir genossen die noch verbleibende Weihnachtszeit in Familie und mit Freunden, vor allem mit dem kleinen Karim.
Er entwickelte sich prächtig, vor allem zu einem lieben Kind, ein richtiger Sonnenschein.

Inzwischen bereitete sich Isabell auf ihre Wiedereingliederung in Ägypten vor. Sie telefonierte mit Achmeds Eltern, erkundigte sich nach dem Gesundheitszustand der Mutter. Erfreut, aber auch verwundert musste sie hören: „Alles bestens. Wir freuen uns auf dich.“ Also hatte ich doch wieder Recht. Die tränenreiche Sorge um die Mutter war gelogen. Es wurde Achmed einfach zu langweilig in Deutschland. Ende Januar 2005, knapp zwei Monate nach der Entbindung, flog Isabell nach Hurghada, um alles zu richten, sowohl für unsere Gäste als auch für ihre kleine Familie.

Telefonate und Mails kündeten aber nicht von einer harmonischen und zukunftsträchtigen Planung des gemeinsamen Lebens. Ständig gab es Ärger, Achmed fand immer einen Anlass, um Isabell mit seiner stundenlangen Abwesenheit zu strafen. Ihn interessierte kein gemeinsames Leben mit seiner kleinen Familie. Er hatte einen Besitz, Isabell, laut Gesetz war ihm erlaubt, sie zu beherrschen. Sie war sein Untertan, durfte alles für ihn richten, ihm ein sorgenfreies und angenehmes Leben ermöglichen, durfte nichts ohne seine Zustimmung, nicht mal allein aus dem Haus gehen.
Es musste sich für meine Tochter wie im Gefängnis angefühlt haben. Sie war unglücklich, doch Achmed schaffte es immer wieder, sie für sich einzunehmen, ihr das Gefühl zu vermitteln, dass alles seine Richtigkeit habe.
In Telefonaten nahm sie ihn auch ständig in Schutz: „Es ist halt so seine Art, er will mich nicht ärgern, kann eben nichts dafür. Er kann ohne mich nicht leben und liebt mich über alles.“ Komisch, die Stimme hörte sich nicht sehr glücklich an, vielleicht wollte Isabell mich auch nur beruhigen.

Die schönste Zeit verbrachte meine Tochter mit den Urlaubern. Sie liebten ihre fürsorgliche Art, schätzten und achteten sie.
Das nun gefiel Achmed so ganz und gar nicht. Glaubte er doch, er sei der Chef, der große Bringer; genau das Gegenteil zeigte sich, denn kreuzte er in der Villa auf, verließen die Gäste die Lobby, zogen sich in ihre Zimmer zurück oder gingen spazieren.
Und ein anderes Problem „musste" Achmed auch noch lösen. Nach seinen irrigen Ansichten war es unsittlich, wenn Isabell mit anderen Männern, sprich unseren Urlaubern, unter einem Dach lebte, ja sogar, ohne Achmed zu fragen, mit ihnen redete. Nach seinen Aussagen sei es eine Entwürdigung des Ehemannes.
Also ging er auf Suche nach einer neuen Behausung; nur für sich, Isabell und Karim, wie er damals behauptete. Bald hatte er das geeignete Objekt, fern vom Schuss, nur mit Auto erreichbar, „seine Villa am Meer" gefunden.
Aufs erste war auch Isabell mit seinem „Fund" einverstanden, vielleicht sogar begeistert.

Mitte Februar 2005 flog ich dann mit Karim und meiner Freundin nach Ägypten.
Naja, diese Villa am Meer war schon prima und er fragte mich sofort: „Und gefällt dir, was ich für meine Familie, natürlich auch für dich besorgt habe?"
Für mich? Ich wurde hellhörig, natürlich hatte er noch mehr auf dem Herzen.
„Es gibt da ein Problem, seit einiger Zeit ist die Villa nicht bewohnt, also muss viel renoviert werden",
„Und wie immer hast du kein Geld", unterbrach ich ihn barsch.
Ja, und das war's dann auch, was er wollte und er zählte auf: „Als erstes müssen wir die Miete und das Deposit bezahlen, innen und außen muss ein neuer Anstrich her. Eine Mauer ist zwar schon da, aber sehr baufällig, nicht hoch genug..." Ich hörte schon gar nicht mehr zu.
Zusammengefasst sollte es bedeuten: „Macht für mich aus der Bruchbude am Meer eine Luxusvilla."

Schlau eingefädelt, denn er erinnerte mich lautstark und wortgewandt immer daran, dass das alles nur für Isabell und Karim sei und dafür scheue er weder Zeit noch Mühe; und wir hätten wenig zu tun, nur zu bezahlen.
Ich freundete mich mit dem Gedanken an, dass alles für Isabell und Karim sei, half, wo ich konnte, natürlich auch finanziell.

So begannen wir, Heim und Umgebung wohnlich und gemütlich zu gestalten.
Ein Erlebnis ließ mich aber weiterhin an seiner Ehrlichkeit zweifeln.

Es kam der 1. Todestag von Mahmoud. Einen Tag vorher, am 07. März, belehrte uns Achmed, dass der nächste Tag eine gewisse Gefahr für uns bedeute. Wir sollten das Haus aus Sicherheitsgründen nicht verlassen. Für mich ein Lacher, wusste ich doch, dass traditionell die gesamte Familie den ersten Todestag am Grab „gemeinsam mit dem Toten“ verbrachte.
Also konnte sich weder der Vater noch ein anderer Angehöriger in Hurghada aufhalten. Ich zeigte mein Wissen niemandem, wollte erleben, welche Lügenmärchen er für uns inszeniert hatte.
Na, klar, wie immer sein Spruch: „I am Achmed, I give you safety.“ Er gab sich uns gegenüber sehr mutig, hätte schon der Polizei einen Tipp gegeben. Somit bestehe für uns keine Gefahr und er konnte sich schon schützen, schließlich habe er ja einen allgewaltigen Onkel in Kairo.
Natürlich passierte gar nichts, außer, dass Achmed sehr geschäftig durch und um die Villa rannte, immer nach Anzeichen einer Gefahr ausschauend, auch unseretwegen alle Termine verschieben musste. Seine heuchlerische Geschäftigkeit amüsierte mich, trotzdem wurde ich nachdenklich und grübelte: „Was hat er wieder für Schweinereien vor? Also Mutter, bleib wachsam, hab ein Auge auf ihn.“

Auch in den folgenden Tagen fühlte sich Achmed veranlasst, sich als unser Retter aufzuspielen. Nebenbei ließ er eine Bemerkung fallen, die ich schwer wegstecken konnte, nämlich: „Seht, wenn ihr macht, was ich euch empfehle, klappt‘s doch. Seid froh, dass ihr mich habt.

Trotzdem sei die Gefahr noch nicht ganz gebannt. Und so sei es besser, wenn Isabell und Karim nie ohne ihn die Villa am Meer verlassen würden.
Gut von ihm eingefädelt, hatte er es doch geschafft, Isabell wegzusperren, damit sie seinen schmutzigen Lebenswandel nichts mitbekommen und er viel Zeit, vor allem die Nächte, außer Haus verbringen konnte.
Ich bemerkte das und stellte ihn zur Rede. Seine Antwort, eine einzige Lüge: „Das verstehst du nicht, mit Isabell kann ich nicht zu meinen Geschäftspartnern gehen, die verhandeln nicht mit Frauen. Und in die „Calypso" muss ich gehen. Dort werden dann Bekanntschaften gemacht, im Prinzip arbeite ich nachts. Alle wichtigen Männer von Hurghada treffen sich in dieser Disco."
Er nannte mir einige Namen, ich zog meine Erkundigungen ein. Keiner der angesehenen Geschäftsmänner trieb sich dort herum, aber viele zwielichtige Gestalten – und vor allem „Russian girls" Das war es, was er brauchte. Na, danke. Ich sprach mit meiner Tochter, sie glaubte Achmed.

Doch die gemeinsamen Tage in der Villa am Meer waren gezählt. Ende März wurden Isabell und Karim krank, beide mussten schnell nach Deutschland zurück. Tat ihnen das neue Zuhause doch nicht so gut?
Achmed war zwar zu Tode betrübt, die nächste Zeit ohne seine Familie verbringen zu müssen. Aber nach Deutschland konnte – oder wollte? – er nicht, zu viel Arbeit und das Schärfste: „Isabell, du musst einsehen, dass ich in Hurghada bleiben muss. Wer soll sonst deiner Mutti helfen und vor allem, wer soll sie beschützen? Sie kennt sich in diesem Land nicht aus. Ich habe Angst um sie."

Das war der Gipfel der Falschheit. Trotzdem war ich mit der Entwicklung zufrieden, konnten nun Isabell und Karim endlich ein geregeltes und normales Leben führen.
Ich blieb, hatte zwei verantwortungsvolle Aufgaben zu erfüllen, den Gästen einen wunderschönen Aufenthalt zu gewährleisten und Achmed, den armen zurückgebliebenen Familienvater, bei seiner

vielen Arbeit zu unterstützen. Obwohl, er blieb ja als Hilfe und Sicherheit für mich in Hurghada. Wir würden sehen und ich musste nicht lange „sehen".
Natürlich vergaß er sofort, nachdem die beiden abgereist waren, den Grund seines Hierbleibens.

Im Prinzip unternahm er in unserem Feriendomizil nur kurze Kontrollgänge, und vergaß dabei nie, nach Geld zu fragen. Denn er hatte niemals welches, aber immer notwendige Ausgaben, meistens auch noch für die Firma, selbst brauchte er kaum was. Auch nachts kam er nicht nach Hause und schlief, wie er sagte, in der Villa am Meer. So würde er mich nicht stören, wenn er spätabends von seinen Arbeitstreffen zurückkehre.
Herausgefunden habe ich, dass die Villa am Meer auf einmal mitten in Hurghada liegen musste, „Calypso" hieß und seine Arbeitstreffen in der Disco bis morgens stattfanden. Nur Sinnvolles ist bei all „dieser Arbeit" nicht herausgekommen, kein Cent oder besser kein Piaster.
Daraufhin angesprochen, flippte er erst mal aus, um mir später zu erklären, dass für ihn Geld verdienen in Ägypten gar nicht so einfach sei. Ich glaubte ihm aufs Wort, zumal er Geld ausgeben eh am besten konnte.
Doch plötzlich änderte er seinen Lebensstil, wollte mit in der Villa sein, Wege erledigen, mir helfen, damit ich mich mal ausruhen könne. Mir schwante was und nach ca. zwei bis drei Tagen ließ er die Katze aus dem Sack.
Reumütig stand er vor mir, kleinlaut kam sein Gejammer über die Lippen: „Mir geht's nicht gut, ich habe Schulden gemacht. Nun muss ich auch noch die Autorate bezahlen; wenn nicht, muss ich ins Gefängnis." Sollte mich das interessieren? Nie im Leben! Ich sagte nur lakonisch: „Ich hab mal gehört, mit Arbeit lassen sich finanzielle Probleme auch regeln."

Er gab nicht auf und bettelte Isabell um Geld, natürlich hatte er Erfolg, ich musste ihm 3000 LE für die Autorate überreichen. Und damit wurde er ein letztes Mal gesehen, einfach fort, einige

beleidigende Worte auf den Lippen und mit dem Geld und natürlich dem Auto abgehauen.
Ich informierte meine Tochter über dieses Ergebnis, aber er hatte sich schon mit Erfolg über mich beschwert, und dass ich ihm das Leben zur Hölle machen würde. Isabell glaubte ihm und ich war wieder mal die Böse.
Die Arbeit ließ mir wenig Zeit zum Nachdenken, denn wieder war das Haus voller netter Urlauber.

Es folgte eine schöne und für mich erfolgreiche Zeit.
Den Erfolg brachte mir ein Tunesier.
Und das kam so. Im Mai 2005 war unter den Urlaubern eine attraktive Berlinerin, groß gewachsen, bildhübsch, blond, blauäugig, leider das im wahrsten Sinne des Wortes. Kathleen hatte in Ägypten ihre große Liebe gefunden, Momo. Bereits bei der ersten Begegnung konnte ich meine Antipathie kaum verbergen, er war so was von kam, sah, siegte. Nachdem er mich wie eine Hausangestellte behandelt und sich kurz als Ehemann vorgestellt hatte, schwirrte er zu Kathleen ins Zimmer. Nach einiger Zeit kamen beide in die Lobby und sie teilte mir selig lächelnd mit, dass sie jetzt essen gehen und sie erst nach Mitternacht zurückkommen würde. Na denn.

Wirklich, sie kam gegen 02:00 Uhr, besser sie torkelte um diese Zeit herein, den Galan im Schlepptau, der allerdings war stocknüchtern. Doch an mir kam er ohne Ehevertrag nicht vorbei.
Schnell wurde mir klar, hier würde es Ärger geben, ich musste mir was einfallen lassen. Für Momo war ich eine Frau, also hatte er das Sagen. Sicher hatte er sich selten so geirrt wie in diesem Moment. Ruhig und sachlich teilte ich ihm mit: „Sie verlassen bitte sofort mein Haus, nähern sich in Zukunft diesem auf höchstens 100 Meter."
Ich dachte, er wollte sich totlachen. Davon erholt, maß er mich mit einem Blick von oben bis unten und fauchte mich wütend an: „Verpiss dich, sonst… Also reize mich nicht. Ich will jetzt mit der ... und da lass ich mich von dir nicht stören."

Seelenruhig, wie immer in solch gefährlichen Situationen, kam über meine Lippen: „Ok, und ich gehe inzwischen zur Security vom Hotel und alarmiere die Touristenpolizei.“ Das wirkte. Wie ein geölter Blitz verließ er die Villa.
So war nun das eine Problem gelöst, das andere torkelte und wimmerte in der Lobby herum. Viel konnte ich von Kathleen nicht erfahren, es waren nur unverständliche Wortfetzen. Mit einem Male brach es aus ihr heraus, das also hatte sie so willenlos gemacht. Ich rannte nach einem Eimer, ließ sie gewähren, brachte sie anschließend ins Bett.

Am nächsten Morgen staunte ich nicht schlecht, als sie fröhlich trällernd die Treppe herunter kam, sich nach Momo erkundigte und gestand: „Also, um ehrlich zu sein, irgendwie hatte ich gestern Filmriss, aber getrunken hab ich doch nur zwei Bier, aber was interessiert mich gestern? Ich freu mich auf heute.“
„Das Gestern sollte dich schon interessieren“, erwiderte ich kratzbürstig, „denn so was liebe ich in meinem Haus gar nicht.“ Und ich rief ihr die mitternächtliche Rückkehr in nicht liebevollen Worten ins Gedächtnis zurück.
„Wie bitte, was?“ Entsetzen stand ihr ins Gesicht geschrieben. Sie drückte mich und kleinlaut kam über ihre Lippen: „Bitte, bitte, entschuldige, ich schäme mich ja so. Wie kann ich das nur wieder gutmachen?“ Kurze Pause, dann: „Was ist nur passiert?“
„Und genau daran musst du dich erinnern, ich helfe dir dabei.“ Von Minute zu Minute fiel ihr mehr vom ersten gemeinsamen Abend ein und dann auch auf: „Du, mein Handy ist weg, die Zigaretten, das Etui kann ich auch nicht finden.“
Sie fragte mich, ob ich ihr im Zimmer suchen helfe. Ich verneinte, ahnte, nein wusste ich doch, wo sich ihr Eigentum befand und wie der Abend in etwa abgelaufen sein musste. „Woher weißt du das alles, du warst doch gar nicht mit?“, staunte Kathleen. - „Ja, du hast Recht, ich war in der Villa, habe fern gesehen. Aber vergiss nicht, ich verbringe seit Ende 2001 die meiste Zeit in Ägypten, nicht im Hotel, sondern lebe inmitten der Menschen hier. Und das lehrt, macht hellhörig und misstrauisch.“

Dann begann sie zu erzählen:
Es hatte sich so abgespielt, wie ich dachte. Zuerst flüsterte er ihr zu, dass er sie so vermisst habe, fast krank sei vor Sehnsucht nach ihr. Kathleen hoffte daraufhin auf einen romantischen Abend.
Weit gefehlt, es ging in ein Lokal. Dort gab es eine „gesunde Mischung“ zwischen Einheimischen und ihren europäischen Anhängseln. Großzügig lud er sie zum Abendessen ein, bestellte Bier für beide, spielte den glücklich Verliebten. Kathleen schwebte im siebten Himmel, bis zu dem Zeitpunkt, als er deutlicher wurde: „Das ist mir jetzt aber peinlich, hast du etwas Geld? Nicht für mich, sondern für meine Eltern. Meine Mutter ist krank und außerdem hat meine Familie Auseinandersetzung mit der Polizei. Die stehen ständig vor der Tür und wollen Geld. Und du weißt ja, wie hart ich im Animation–Team arbeiten muss.“
Anschließend erfuhr sie auch gleich, dass er leider keinen Urlaub bekommen hatte, zu viele Gäste. Trotzdem könnten sie sich jeden Tag sehen, leider erst ab 02:00 nachts. Er habe aber einen freien Tag, für den ließe er sich was einfallen. Kathleen wirkte infolge dieser Offenbarung doch etwas irritiert. Aber na ja, der Arme, ihm musste schon geholfen werden.
„Bist du blöd oder schaust du nur so aus?“, hörte ich mich empört sagen. Sie senkte den Kopf und stammelte: „Wart ab, es kommt noch schlimmer.“
Nachdem er den ersten Akt seiner Show abgezogen hatte, verfolgte er „sein Ziel“ weiter. Ständig forderte er Kathleen zum Trinken auf und Alkohol brauchte sie auch, um alles Gesagte einigermaßen verkraften zu können, hatte sie doch ein ganz anderes Zusammensein erwartet.
Irgendwann „drängte“ das Bier, sie musste auf Toilette. Das war für alle sogenannten Strandläufer der Anlass, die Sache zu ihren Gunsten zu beenden, denn labern brachte nun nichts mehr. Das nächste Getränk war schnell bestellt, KO–Tropfen hinein, lächelnd und liebevoll das Opfer betört: „Und, geht es dir besser. Ich hab mir schon Sorgen gemacht. Komm, trink einen Schluck und Schluss mit dem Alkohol. Ach, ihr Europäer braucht doch immer was Hochprozentiges. Ich habe dir ein Wasser bestellt, das baut dich

wieder auf“, tat es nicht. Ihr wurde nun richtig übel, konnte sich nicht mehr orientieren; ab hier gab es nur noch Gedächtnisfetzen: „Ich wollte mich hinlegen, alles drehte sich um mich... plötzlich lag ich auf der Straße, eine Frau half mir aufzustehen. Irgendwie zerrte mich Momo wohin... und ab dann musste mich wohl meine Wahrnehmung verlassen haben. Und nun fehlen mir einige Sachen. Ich rufe mal Momo an, vielleicht hat er die Sachen sicherheitshalber an sich genommen.“

Ich glaubte es nicht, wie konnte man nur so naiv sein, sicher hatte er nichts, wusste nichts, nur, dass sie ihn blamiert habe. Und so war es dann auch, er hatte jetzt keine Zeit, musste arbeiten, vielleicht würde er es schaffen, nachts vorbeizukommen, auf alle Fälle habe er ihre Sachen nicht.
Nachts kam er natürlich nicht, ließ sich am Nachmittag von Freunden telefonisch entschuldigen und ihr ausrichten, dass er ein Problem mit dem Manager habe und das Hotel nicht verlassen dürfe.
Kathleens weitere Telefonate und SMS blieben erfolglos.
Sie war traurig, ich lenkte sie ab, ging mit ihr in einen Café-Shop an der Sheraton Road.
Wir blieben bis Mitternacht. Kathleen betrachtete irritiert dieses Treiben, vielleicht kamen ihr bestimmte Situationen bekannt vor, sie sagte aber nichts dazu.

Am nächsten Morgen erschien sie sehr entschlossen zum Frühstück, verkündete, dass sie Momo im Laufe des Vormittags zur Rede stellen werde, denn noch immer hatte er sich nicht gemeldet.
Das Telefonat war kein Gewinn, verunsichert kam sie zu mir „Du, sag mal, kann das stimmen? Ich hatte dir doch gesagt, dass er mich in diesem Urlaub heiraten wollte. Du weißt schon, warum. Heute gibt es auf einmal Probleme. Das mit der Heirat klappt nur, wenn ich ihm 3000 Euro borgen könnte, so viel koste eine Eheschließung.“
Meine Alarmglocken läuteten auf Hochtouren, wie konnte ich ihr nur begreiflich machen, dass er nun Plan B ins Visier gefasst hatte? Hoffnungsvoll auf eine befriedigende Antwort wartend, setzte sie sich vor mich.

Ich überlegte und kam zu Schluss, dass vielleicht Klartext helfen könnte: „Merke dir eins, ein Mann dieser Machart heiratet nicht aus Liebe, auch dich nicht, sondern er hofft, dass du dich in eine „mobile Bank“ verwandelst.“
„Du irrst dich, denn er hat mir seine Liebe schon mehrmals gestanden...“
„Und er hat schon lange auf so etwas wie dich gewartet. Jetzt freut er sich, seine Traumfrau endlich gefunden zu haben.“
Nun unterbrach sie mich: „Woher weißt du, was er gesagt hat? Kennst du ihn, spielt ihr beide ein böses Spiel mit mir?“
„Das kann jetzt nicht wahr sein. Sorry, bist du total verblödet?“, entfuhr es mir. Ruhiger fügte ich hinzu: „Hör mir gut zu und vor allem glaube mir. Die Ehepapiere, die er meint, werden in Hurghada „fuck paper“ genannt, kosten keine 100 Pfund. Er schätzt dich so ein, dass er eben mal ohne große Schwierigkeiten 3000 Euro abzocken kann, wohl gemerkt fürs Erste. Und außerdem, einen Ägypter, der geborgtes Geld zurückgibt, habe ich noch nicht kennen gelernt.“
„Er ist aber Tunesier“, triumphierte sie.
„Noch schlimmer“, fuhr ich in meinen Belehrungen fort, „die sind noch einen Tick extremer. Zusammengefasst meine ich, du solltest gut auf dich, dein Eigentum vor allem dein Geld aufpassen.“
Trotzdem wollte sie ihm Gutes tun. Ich hatte mit meinem Vorschlag, ihm „nur“ 1000 Euro zu geben, Erfolg.
Am späten Nachmittag rief sie ihn erneut an, sicherte ihm den Geldsegen zu und schon hatte er Zeit, sich mit ihr zu treffen, natürlich nicht in der Villa.
Mit 1000 Euro schwirrte sie so gegen 20 Uhr ab.
An dem Tag musste er also nicht bis Mitternacht arbeiten. Es war doch immer wieder erstaunlich, wie schnell sich für solche „Strandläufer“ der Dienstplan ändern konnte.
Schon nach ca. zwei Stunden kam Kathleen traurig zurück.
„Was ist passiert, wollte er das Geld nicht?“, scherzte ich, um sie aufzuheitern.
„Ja, du hast zum Teil Recht. Liebevoll begrüßte er mich, nannte mich seine Frau und war happy. Dann sagte er mir, dass er wenig

Zeit habe, das Geld sofort brauche, damit wir in diesem Urlaub noch heiraten könnten.“
Auf einmal brach Kathleen in Tränen aus. Denn nach diesen Zärtlichkeiten wurde er sehr böse und beschimpfte sie, als er erfahren musste, dass ihr nur 1000 Euro momentan zur Verfügung stehen würden. Daraufhin erklärte ihr Momo, dass für 1000 Euro keine Ehe geschlossen werden könne, nahm das Geld aber trotzdem und ließ sie allein sitzen.
Auf dem Heimweg erhielt sie dann noch eine SMS von ihm: „Nun hast du unser Schicksal, unsere gemeinsame Zukunft in der Hand. Ich habe Angst, dass du mich nun nicht mehr liebst, was soll ich nur tun? Denn ich liebe nur dich.“
Telefonisch teilte ihr kurze Zeit später seine tunesische Freundin mit, dass er sich mit ihr erst wieder treffen wolle, wenn sie das restliche Geld aufgetrieben habe.
Sofort ahnte ich, wer diese Freundin sein könnte, entweder eine seiner Frauen oder eine Komplizin.
Letzteres erschien mir nach kurzer Überlegung als unwahrscheinlich, denn welche Tunesierin darf allein das Vaterhaus verlassen, noch dazu in Hurghada, dem Sündenpfuhl, arbeiten. Vielleicht war sie sogar eine Prostituierte.
Ganz gleich, wer sie war, etwas war mir klar geworden: Kathleen sollte ausgenutzt werden, eine Geld gebende Europäerin; und das Geschäft mit der „Liebe“ ging weiter.
Ich teilte all meine Gedanken und Befürchtungen Kathleen mit. Sie konnte, eher, sie wollte mir nicht glauben.
Immer und immer wieder redete sie sich selbst Mut zu: „Du täuschst dich. Bei mir und Momo ist es anders. Wir lieben uns wirklich. Oft genug und sehr überzeugend hat er mir geschrieben, auch gesagt, dass er nur mich will und ich neben seine Mutter die einzige Frau bin, die er braucht, die ihn glücklich macht. Mit mir will er leben. Dabei ist es ihm egal, ob in Tunesien, Ägypten oder Deutschland.“
„Träum weiter, Kathleen, ich wünsch dir alles Glück der Welt. Aber gestatte mir, dir zu sagen, er und diese Freundin belügen dich, ich glaube Momo kein Wort und das solltest du auch tun.“

„Warten wir ab, was mir die nächsten Tage bringen“, beruhigte sie sich selber und fügte leise hinzu:
„Seinetwegen habe ich mich doch von meinem Freund getrennt.“

Aber es blieb dabei, Momo meldete sich nicht, ließ nur durch Freunde per SMS mitteilen, dass er sehr viel Arbeit habe. Der Chef hätte ihm sogar den freien Tag gestrichen, dass es ihm getrennt von Kathleen sehr schlecht ginge, was er nur ohne sie mache solle und ähnliche Lügen.
Erfahrungsgemäß erreichten diese Männer dann doch ihr Ziel. Und - Kathleen machte sich Vorwürfe, dass sie auf mich gehört hatte.
Mit „Warte ab, es ist noch nicht aller Tage Abend“, versuchte ich, sie von voreiligen Handlungen abzuhalten.
Eines Abends, wir saßen beim Libanesen zum Essen, klingelte Kathleens Handy. Ein Blick aufs Display bestätigte ihre Vermutung:
„Wieder nicht Momo.“
Trotzdem nahm sie das Gespräch an – aber, es war Momo. Ihr Gesicht hellte sich auf.
„Natürlich will ich dich treffen, und du weißt doch, dass ich dir immer helfe, wenn es dir schlecht geht. Komm einfach zum Libanesen. Wir können doch über alles reden“, hörte ich sie flöten.
„Sag mal, geht‘s noch, fällst du schon wieder auf seine Lügen rein?“, empörte ich mich.
„Er hat sich gerade bei mir für sein unmögliches Verhalten entschuldigt, will mit mir reden, mir alles erklären.“
„Weiß er, dass du mit mir zusammen bist?“, konnte ich nur noch fragen.

Schon stand er vor uns, kurz irritiert durch meine Anwesenheit. Aber schnell hatte er sich wieder im Griff, umarmte und küsste Kathleen: „Hallo mein Liebes, ich weiß, dass ich in den letzten Tagen viel falsch gemacht habe, aber jetzt wird alles anders.“ Gut gelernt, Bürschchen!
„Glauben Sie ernsthaft selbst daran, was Sie eben gesagt haben?“, zischte ich ihn an.

Das sollte nun die letzte Konversation zwischen uns beiden gewesen sein. Endlich wurde ihm klar, dass er in mir eine ernstzunehmende Gegnerin hatte. Jetzt war ich Luft für ihn, vermutlich die giftigste, die er je geatmet hat. Gut so, die Fronten waren geklärt.
Also stürzte er sich mit Schmeicheleien und weiteren Liebkosungen auf Kathleen.
Er hatte wenig Erfolg. Sobald er eine Pause zwischen Küssen und Beteuerungen einlegte, schaute Kathleen zu mir.
Ich hätte mein Gesicht nicht sehen wollen, ein Ausdruck von Empörung, Abscheu, Kampfansage, Ekel und noch viel mehr.
Hurra, er hatte schlechte Karten, ich würde der Gewinner sein. Ja, ich war der Gewinner.
„Ich bin eine Europäerin", fing Kathleen ihre Ansage an, „bin deinetwegen hier. Stell dir vor, meine Gefühle waren echt, für dich habe ich meinen Freund verlassen, wollte mir dir eine gemeinsame Zukunft aufbauen. Ich habe dir vertraut, geglaubt, dass auch du mich liebst. Ich musste aber erkennen, dass dir echte Gefühle fremd sind. Denn das, was du hier abziehst, zeugt nicht von Liebe, sondern... ach lass mich einfach in Ruhe. Geh, bevor ich noch wütend werde. Hau ab, lass dich nie
wieder sehen. Oder soll ich den Kellner holen?"
Die Worte zeigte Wirkung und er ward nie wieder gesehen.
Nun war ich sprachlos, saß ihr mit weit aufgerissenen Augen gegenüber, woher dieser Sinneswandel.
„Jetzt brauch ich einen Drink, koste er, was er wolle", waren meine ersten Worte nach diesem mutigen Auftritt.
Des Rätsels Lösung war einfach und ich verblüfft.
„Erinnere dich, du hast mal gesagt, dass ein Ägypter, Tunesier wie auch immer in der Öffentlichkeit seine Gefühle, so wie eben Momo, nicht zeigt. Er hat mich nicht wie seine Frau, wie das Liebste für ihn, behandelt, sondern hat allen hier im Restaurant verdeutlicht, welche Stellung ich in seinem Leben habe, nämlich die Geld gebende europäische Schlampe."
„Und das macht keiner mit mir, so weh es auch tut", fügte sie mit Tränen in den Augen hinzu.

„Kathleen, Glückwunsch, jetzt beginnt dein wahrer Urlaub. Die Woche, die du noch in Ägypten bist, wird vom Feinsten. Und ich halte, was ich verspreche“, fügte ich scherzhaft hinzu.
Lachend verließen wir das Lokal.
In den nächsten Tagen verging mir aber manchmal das Lachen, denn ich wurde mit bösen Mails und ständigen Anrufen bedroht.
Aber störte das eine Gewinnerin?

Da fiel mir doch glatt weg mein „Beschützer“ ein. Extra für diese wichtige Aufgabe konnte er doch seine kleine Familie nicht nach Deutschland begleiten.
Ich überlegte, ob ich Isabell anrufen und ihr alles mitteilen sollte. Denn schließlich war er zu meiner Sicherheit und zur Gewährleistung eines ruhigen und erholsamen Urlaubs für die Gäste in Ägypten geblieben.

Aber, nein, sie sollte sich erholen, wieder auf die Beine kommen.
Ich bekam das schon irgendwie auf die Reihe, auch ohne den.
Doch meine Tochter nahm mir die Entscheidung ab. In einer der nächsten Nächte, schon längst Schlafenszeit, klingelte mein Telefon. „Mutti, ich kann nicht mehr, was ist das nur für ein Mensch?“, heulte es am anderen Ende. „Mach mit dem, was du willst, bestrafe ihn, er soll genauso leiden wie ich.“
Und Isabell erzählte mir von ihren „Informationen per Telefon“ der letzten Nächte. Er lebe lustig und vergnügt in der Villa am Meer, hätte die Frau seines Lebens gefunden. Sie sei nicht so geizig und mit ihrem Geld komplettierten sie die Einrichtung. Außerdem gebe sie ihm Geld für ein neues Auto, einen schwarzen VW Polo.
Wortwörtlich habe er eben mitgeteilt: „Es ist Schluss mit uns, ich beginne mit meiner Frau, einer Hamburgerin, ein neues Leben. Sie ist lustig und lebensfroh, macht nicht immer so Stress wie du. In der Zeit ohne dich und Karim konnte ich mich richtig erholen. Du kannst bei Gelegenheit eure Kleidung abholen, meine Frau hat sie inzwischen schon mal in Koffer gepackt.“
„Das gibt‘s doch nicht“, war das Einzige, was ich erwidern konnte und „Ich denke, er liebt seinen Sohn über alles? Hatte er sich total

zugekifft oder was?"
„Nein, Mutti, er war bei klarem Verstand, ich kenne Achmed lang genug und erkenne an der Stimme seine Gefühle. Nein, für Geld hat er Karim und mich abgeschafft."
Ich versprach ihr, seinen Vater anzurufen und Achmed beschatten zu lassen. Denn eins wusste ich schon damals, oft setzte er Lügen und Boshaftigkeiten ein, um den anderen zu verletzen, um so zu Geld zu kommen. Mit anderen Worten, er könnte Isabell bewusst belogen haben, mit folgender Reaktion ihrerseits rechnend: „Nein, bitte Achmed, verlass uns nicht, ich mache, was du willst, wie viel Geld brauchst du denn, ich schicke es dir sofort..."

Viel Zeit zum Nachdenken nahm ich mir nicht, also, unters Volk mischen und Ohren auf.
Dabei musste man allerdings immer beachten, dass Ägypter, wenn sie interessierte Zuhörer hatten, der Wahrheit immer viel hinzufügen. Ich musste an die Worte eines Freundes, selbst ernannter Ägyptenkenner, denken: „Wenn du dich mit einem Ägypter unterhältst, vergiss folgenden gut gemeinten Hinweis nicht. Erstens, fragst du sie was, sie bejahen immer, weil sie nicht zugeben wollen, dass sie nichts verstanden haben und zweitens, im Satz eines Ägypters findest du immer nur 25 Prozent Wahrheit, alles andere ist Traumdenken." So ausgerüstet, setzte ich mich mit den Männern der Umgebung zum Tee. Sie waren sehr erfreut, mit mir über sinnlose Dinge reden zu können, weil ich über ihr enormes Wissen staunte, innerlich zerfetzte es mich vor Lachen. Das verging mir aber schnell, als sie endlich auch Storys über Achmed erzählten. Und indem ich ihnen sagte: „Nein, das glaube ich euch nicht, ihr lügt doch, um mich zu ärgern", liefen sie zu Hochform auf.
„Ja, er hat allen erzählt, dass du unmöglich bist, ihm kein Geld gibst. Er muss für dich alles bezahlen, von der Miete bis zum Essen. Er weiß gar nicht, wie er zu Geld kommen soll. Sogar mich hat er gefragt, ob er in meinem Laden mitarbeiten kann. Aber den brauche ich auf gar keinen Fall, denn der betrügt, stiehlt und will nicht arbeiten", teilte mir Ali, der Verkäufer vom Parfumshop mit.

Auch sein Bruder wusste, dass er ständig mit Russinnen unterwegs sei, eine davon lebe sogar im angrenzenden Hotel. „Und stell dir vor, er verschweigt sogar, dass er Frau und Kind hat. Jeden Tag lügt er einer anderen vor, dass sie für ihn die Frau des Lebens sei und er sie heiraten wolle. So versucht er, zu Geld zu kommen"
Ein anderer wusste, dass er in der Villa am Meer ein lustiges Leben führe und die Girls nur so ein-und ausgehen würden, ein Bordell also, er ein Zuhälter?

Interessanter noch waren die Hinweise eines Taxifahrers: „Was ihr erzählt, ist doch nichts Neues. Zurzeit verklappst er eine Deutsche, sie soll aus Hamburg sein. In ihrem Urlaub darf sie sogar in seine Villa am Meer, denn sie ist reich und finanziert ihn. Außerdem gehört sie zu den deutschen Frauen, die Achmed hundert Prozent glauben. Sie ist dort sicher „abgestellt", Achmed kann seinem von Vergnügen jeglicher Art bestimmten Leben nachgehen. Sie macht alles, was er will, nicht so wie deine Tochter, die ständig Stress macht, allein mit dem Auto fahren will, sich ohne Achmeds Erlaubnis mit Männern unterhält."
Barsch unterbrach ich ihn: „Sag mal, du spinnst wohl, wir sind Deutsche, gebildete Frauen, haben studiert, sind zehn Mal klüger als ihr muslimischen Schwätzer." Ich hätte mich noch mehr ereifert, aber ich spürte einen Stoß in der Seite und hörte Ali leise auf Deutsch zu mir sagen: „Bist du wahnsinnig? Du redest dich um Kopf und Kragen. Du bist in einem muslimischen Land und als Frau hast du nichts aber auch gar nichts zu sagen. Entschuldige dich sofort, auch wenn du Recht hast."
Widerwillig entschuldigte ich mich, vorgebend, dass ich infolge ihrer Offenbarungen total verwirrt sei, bedankte mich artig und verließ diese Männerrunde, natürlich nicht ohne vorher Boshaftigkeiten, aber Wahrheiten über Achmed den neugierigen Ohren zu spenden.

„So, jetzt habe ich es denen gegeben, nicht mit mir, wer bin ich denn?", waren die harmlosesten Gedanken, die in meinem Kopf herumpurzelten.

Keine 15 Minuten später wurde mein Handy mit unverschämten SMS bombardiert – Achmed.
Mindestens einer dieser hinterhältigen Schwätzer hatte ihn also sofort informiert. Ich schäumte vor Wut.

Kurzentschlossen ging ich wieder zu Ali. Ihm war klar, dass man Achmed postwendend alles und noch viel mehr mitgeteilt hatte. „Ich habe dir schon immer gesagt, höre zu, staune, spiele die Unkundige, aber sage nichts. Ägypter sind halt so. Sie sind männliche Tratschtanten. Das Schlimme ist nur dabei, da jeder der Größte sein will und angeblich am meisten weiß, phantasiert er noch Fakten dazu. Werde endlich klug, schweige und zeige Besorgnis, Schmerz, Kummer. Sei traurig über das Gehörte und zutiefst verletzt. Du wirst sehen, sie helfen dir“, riet er mir erneut. Und er hatte Recht. Ich „öffnete“ mich, wie mir Ali empfohlen hatte. Das Ergebnis war umwerfend. Jeder wollte mir helfen.

Und am nächsten Tag „kam“ eine Hilfe, sollte ich darüber lachen oder weinen? Aber der Reihe nach:

In einem Badezimmer war der Wannenabfluss defekt, selbst wusste ich nicht weiter, also Angebot „meiner mich umgebenden Männer“ annehmen. Mit den Worten: „Ich brauche eure Hilfe“, schilderte ich kurz den „Wannenzustand“. Flugs wurde telefoniert, schnell sollte ich zurück zur Villa, denn der Helfer war angeblich schon unterwegs.
Nach ca. drei Stunden schellte es an der Haustür, der „Handwerker“! Nachdem er meinen verwirrten Blick gesehen hatte, griff er in seine Hosentasche und holte eine Zange heraus. Aha, andere Länder, andere Handwerkskoffer! Man hatte ihn schon über den Schaden informiert, er gestikulierte mit Händen und Füßen, unschwer zu erkennen, dass er das Badezimmer suchte. Ich antwortete auf seine Art, denn damals sprach ich sehr wenig Arabisch und er kein Englisch.
Nach relativ kurzer Zeit hatte er den Schaden behoben und wirklich, der Abfluss funktionierte wieder, endlich ein Handwerker, der mit

wenig Werkzeug erfolgreich reparieren konnte. Das ließ ich mir nicht entgehen und zeigte ihm weiteres. Ein arabischer Redeschwall erreichte mich, aber, was wollte er mir nur sagen? Ich zuckte mit den Achseln und zeigte in Richtung des kaputten Fensters.

Ehe ich mich versah, redete er erneut los und, vermutlich zur Unterstützung seiner Aussage, fuhrwerkte er mit seiner Zange, auf- und zuklappend vor meiner Nase herum. Was tun? Wir gingen auf die Straße und holten Sprachverstärkung. Des Rätsels Lösung warf mich fast um. Dieser „Handwerker" war der Mann mit der Zange und die Fenster reparierte der Mann mit dem Schraubenzieher. Oh Gott!

Auf diese Art Handerker hatte ich absolut keine Lust mehr, aber was tun?

Der Zufall kam mir zu Hilfe. Ich verbrachte einen schönen Abend im Restaurant meiner Freundin Young, einer sympathischen Koreanerin. Nach einem köstlichen Mahl erzählte ich allen mein Erlebnis mit ägyptischen Handwerkern. Young telefonierte kurz und ein netter Mann mittleren Alters erschien, stellte sich vor: „Ich bin Bob, im Gouvernement tätig, repariere nebenbei Waschmaschinen und habe ein kleines gut arbeitendes Handwerkerteam. Wenn du willst, arbeite ich für dich."

So begann eine bis heute währende Freundschaft. Später lernte ich seine Frau und die beiden Jungs kennen, verbrachte viel Zeit mit ihnen.

Auch bei meinen „Männern vorm Haus" ging die Hilfe weiter.

Für Taxi zahlte ich ab sofort nun weniger, die anderen teilten sich meine Aufgaben, wie einkaufen gehen, Wasser holen, Gartenarbeiten verrichten, kurz, alle waren immer für mich da. Und das wichtigste, ich wurde fast über jeden Schritt von Achmed unterrichtet. Immer minimierte ich den Inhalt der Infos um 30 Prozent. So kam ich der Wahrheit dann sehr nahe.

Mit Bedacht wählte ich beim klärenden Telefonat mit meiner Tochter die Wörter, um ihr das Erfahrene beizubringen: „Du kennst ihn doch. Er will immer der Größte sein. Zurzeit hat er eine neue Geldquelle aufgerissen. Ich habe erfahren, dass es eine reiche und gutgläubige Hamburgerin sein soll. Trotzdem ist er ständiger Gast in der „Calypso“. Also, alles wie gehabt. Schließe ab mit diesem Individuum, er ist deiner nicht wert und auch kein akzeptabler Vater für Karim. Überleg es dir.“ Sie versprach es.

Die Hilfe meiner mich „umgebenden Männer“ lief weiter auf Hochtouren, so boten mir die Taxifahrer an, ab und zu unverhofft an der Villa vorbeizufahren. Ich lehnte dankend ab.
Das war es mir dann doch nicht wert. Wusste ich ohnehin schon, dass er Isabell betrog und in der Villa am Meer, wie er so schön gelogen hatte, das Haus für seine kleine Familie, er ein für Moslems untypisches Leben führte. Ich war enttäuscht, abgearbeitet.
Mein Spiegel zeigte mir auch, dass ich mich hatte gehen lassen, etwas Ungepflegtes starrte mich entsetzt an. Schluss mit dem Selbstmitleid, ich musste kämpfen, für mich, für Isabell, für den kleinen zarten Erdenbürger.
Also auf ging‘s zur Runderneuerung. Ich rief den Beauty–Salon an und machte Termine für Haare und Nägel.
Beides tat mir gut und brachte mich zu neuen Erkenntnissen.
„Hallo, Kristin, na das wird aber Zeit, dass du dich wieder mal sehen lässt. Ich dachte schon, du bist in Deutschland“ begrüßte mich Hedi, die Chefin vom Salon. Auch sie war mit einem Ägypter verheiratet, wie sie aber immer betonte, sehr glücklich. Hedi besaß zwei Beauty-Salons und ihr Mann ist Chef einer Autovermietung mit Werkstatt. Obwohl auch er Moslem war, führte Hedi ein freies, „europäisches“ Leben. Beide hatten eine süße kleine Tochter.
Hedi traf sich ab und zu mit Freundinnen zum Frauenabend, ging auch mit ihnen, wohl gemerkt ohne Männer, in Restaurants. Sie sah mir sofort an, dass ich Probleme hatte.

„Komm setz dich, bei der Maniküre können wir in Ruhe über alles reden.“
„Danke dir, das brauch ich jetzt auch“, und ich erzählte ihr, was in der letzten Zeit so vorgefallen war.
„Das wundert mich gar nicht. Ich habe euch von Anfang an gesagt, dass es nicht der richtige Mann für Isabell ist. Der ist doch nur hinterm Geld her, will nicht arbeiten, nur Spaß haben.“

Nach kurzem Überlegen fügte sie dazu: „Ich glaube, der steht in der ‚blacklist'." Damals konnte ich mit diesem Wort überhaupt nichts anfangen. Also fragte ich sie: „Was ist das, hab noch nie davon gehört."
„Das gibt's doch nicht, bist schon so lang in Ägypten und kennst die ‚blacklist' nicht?"
„Nein, wirklich, ich weiß nicht im geringsten, wovon du redest", wunderte ich mich.
„Na pass auf, wir beenden erst mal die Maniküre. Im Haus gibt es ein Internet–Café, dort versuchen wir dann unser Glück, oder besser Unglück."
Aufgeregt, voller Angst, immer hoffend, dass sie nicht Recht haben könnte, saß ich dann neben ihr.
Sie erklärte mir die Schritte zum Ziel, zum Entsetzen. Denn gleich auf den ersten Seiten dieser russischen Internetseite, in der sogenannten „blacklist", fanden wir ihn, Achmed Aalen.
Schock!
Ich musste sofort an meine Tochter, meine Familie denken, wie peinlich!
Laut las ich den Text, im Kopf die Übersetzung speichernd, vor. Nein, das kann doch nicht wahr sein. Ob seine Eltern davon wussten, sicher nicht, denn es war ja in Russisch geschrieben. Aber das Foto von ihm grinste von der Seite 2, vielleicht doch. Ich erinnerte mich an die Abschiedsworte des Vaters, der insgeheim hoffte, dass wir aus diesem Gangster einen ordentlichen Menschen machen könnten. Ich musste meine Gedanken ordnen. Wer alles weiß davon? Mir wurde schlecht, ich schämte mich, so ein Individuum in der Familie zu haben.
Hedi drängte mich: „Los übersetze mir den Text, ich will Bestätigung und dass du mir endlich glaubst. Er ist einer der schlimmsten Strandläufer, ist skrupellos, ein Abzocker wie er im Buche steht, hat kriminelle Energie..."
Ich hörte ihr schon längst nicht mehr zu, apathisch übersetzte ich einige Passagen: „Arbeitete im Aqua Center, in verschiedenen Hotels, geht gern in Discos, besonders in die „Calypso"; ist arrogant, denkt, er ist der Größte, macht die Mädchen am Strand, in Caféshops und

in Diskotheken an, scheut sich nicht, gleichzeitig mit mehreren zu gehen. sagt gewöhnlich nach einem Tag Bekanntschaft, er habe sich über beide Ohren verliebt und will sie heiraten; redet viel, tut wenig, hat keine Freunde, ist nachtragend, borgt sich überall Geld, gibt es nicht zurück, soll eine deutsche Frau und ein Kind haben, nach seiner Aussage sind ihm die egal, und so weiter und so fort. Reicht dir das als erstes?“, hörte ich mich noch sagen.
Ich musste weg. Ziellos lief ich durch Hurghada.
Was tun? Dann kam ich zur Erkenntnis, nach der Lebensweisheit meiner Oma vorzugehen. In ausweglosen Situationen sagte sie: „Schlaf drüber, und morgen sieht alles anders aus.“

Na ja, der Morgen sah anders aus, es reisten neue Urlauber an. Ich hatte mächtig zu tun, zumal die beiden Familie das erste Mal in Ägypten und noch dazu ängstlich waren. Nach dem Kofferauspacken, dem Einführungsgespräch und einem Sektfrühstück fühlten sich meine Gäste schon wohler.
Schnell waren wir beim Du, Vertrauen schöpfend, wurden sie dann auch mutiger: „Weißt du, wir haben uns die 14 Tage folgendermaßen vorgestellt: Frühstück und Abendbrot bei dir in der Villa. Mittags essen wir nichts oder du hast einen Salat im Kühlschrank. Wir wollen viel Sonne tanken, im Roten Meer schwimmen und vor allem schnorcheln, da wir von der farbenprächtigen Unterwasserwelt gehört haben. Außerdem wollen wir Luxor und Kairo kennen lernen.“
„Kein Problem, heute zeige ich euch das Hotel mit all seinen Annehmlichkeiten, dann „leistet“ ihr euch das erste Stranderlebnis und in dieser Zeit erstelle ich einen Plan für den Urlaub“, erwiderte ich hocherfreut.
„So gefällt uns das, aber vergiss nicht, dich mit einzuplanen. Denn ohne dich verlassen wir das Haus eher weniger“, stellten sich im Kreis auf und schauten mich erwartungsvoll an.
„Na, zögere nicht, antworte ‚Ja‘ oder ‚Ja‘?“, hörte ich den 7-jährigen Knirps ergänzen.
Nicht schlecht – und ich fühlte mich geehrt: „Na klar, ihr habt ja die gesamte Villa in Beschlag genommen, also bin ich für euch da. Danke.“

Wiederum war es eine wunderschöne Zeit mit den Gästen, konnte ich doch die Unannehmlichkeiten mit diesem Strandläufer und Betrüger für kurze Zeit vergessen.
Unter den Urlaubern war auch eine resolute Randfrankfurterin, Anita. Sie, alleinstehend, hatte in einem Urlaub einen netten Ägypter kennen und dann so Schritt für Schritt lieben gelernt. Schnell bemerkte sie, dass ich mich nur so fröhlich und unbeschwert gab.

Eines Morgens nach dem Frühstück ging sie nicht mit den anderen zum Strand, sondern schaute mich vielsagend an: „Komm setz dich mal zu mir. Raus mit der Sprache. Du spielst uns was vor, dich beschäftigt doch was. Ich vermute, es ist nichts Schönes."
Ich überlegte: „Sollte ich ihr von meinen Sorgen und Nöten erzählen?" Doch bevor ich zum Ergebnis gekommen war, setzte mein Gegenüber erneut an: „Du weißt, dass ich eine Kneipe, zum Glück eine gute Beobachtungsgabe und Menschenkenntnis habe, das schätzen meine Gäste an mir genauso wie meine Speisen und Getränke. Also, noch mal, raus mit der Sprache. Ich möchte dir gerne helfen."

Und ich erzählte ihr in groben Zügen von der Ursache meines Kummers. Beginnend mit Kopf schütteln, stand sie dann empört schimpfend vor mir: „Das gibst doch nicht. Schluss, jetzt sage ich dir, was gemacht wird. Zuerst rufen wir Isabell an, teilen ihr alles, aber auch alles mit."
Am Abend telefonierten wir, Anita nahm das Gespräch nach einer liebevollen Begrüßung meinerseits gleich selbst in die Hand: „Hallo Isabell, wir kennen uns bisher zwar nur telefonisch, ich bin die Anita, trotzdem, ich muss mit dir reden, so geht es nicht weiter." Ich wollte ihr den Hörer aus der Hand nehmen, ergebnislos. „Lass mich. Das wird jetzt geklärt", fauchte sie mich an.
Und weiter ging's im Text mit Isabell: „Weißt du überhaupt, was du deiner Mama zumutest? Die arbeitet manchmal fünfzehn Stunden am Tag. Und dein sauberer Ehemann kümmert sich nicht im Geringsten um das Geschäft. Momentan macht er sich mit ‚Russian girls' ein wunderschönes Leben in der Villa am Meer. Außerdem

habt ihr doch viel Geld ins Auto gesteckt, deiner Mutter hat er es weggenommen. Um Kosten zu sparen, geht sie zu Fuß oder mit dem Microbus einkaufen. Sie putzt, wäscht, kocht, hält den Garten in Ordnung, betreut die Urlauber, ist von einer ausgeglichenen Freundlichkeit. Keiner hat bisher ihren großen Kummer bemerkt, aber mich kann man nicht so leicht täuschen. Ich weiß Bescheid, auch über das Individuum, was du noch immer deinen Mann nennst."

Sie ließ Isabell kaum zu Wort kommen. Ich hörte sie nur ab und an mal sagen: „Das interessiert mich wenig, es ist deine Mama."

„Sei nicht ganz so streng zu Isabell, ich bin froh, dass es ihr etwas besser geht. Vielleicht ist es gut, dass sie das alles nicht miterleben muss. Sie hat in den letzten Jahren viel durchmachen müssen", wandte ich vorsichtig ein. Ich glaubte, Anita hörte mir gar nicht zu.

Denn weiter ging's: „Du schaust sofort nach einem Flug, versuchst, Karim bei deiner Freundin unterzubringen. Und dann erscheinst du hier. Kläre deine Probleme mit diesem Assi selbst und lass das nicht deine Mama machen. Ich bleibe solange hier, bis du kommst. Hast du mich verstanden?"

Liebevoller fügte sie hinzu: „Ich helfe dir natürlich bei allem und die Unterstützung meines Freundes ist dir auch gewiss."

„So, das hätten wir geklärt, und jetzt zu dir. Was liegt an? Ich helfe dir und heute Abend gehen wir alle Abendessen, du bist eingeladen", strahlte sie mich an.

Wie mit Anita besprochen, brachte es Isabell auf die Reihe. Einen Tag später teilte sie uns mit, dass sie einen Flug habe, und in vier Tagen in Hurghada sei. Niemand sollte davon erfahren. Sie wollte unsere Anschuldigungen unerkannt klären. Glaubte Isabell uns etwa nicht?

Anita, ihr Freund und auch ich waren natürlich in der Zeit bis zur Isabells Ankunft nicht untätig. Zu dritt, ich in geschickter Tarnung, schauten wir uns die Gegend um die Villa mal genauer an.

Zuerst konnten wir nichts Auffälliges feststellen. Aber unser Verhalten war den Polizisten aufgefallen, die zur Bewachung einer Schule gegenüber der Villa Posten bezogen hatten.

Sie kamen auf uns zu und unterhielten sich mit Said, Antas Freund. Eigentlich brauchte er gar nichts mehr zu sagen, denn seine Haltung und seine Geschichtszüge sprachen Bände.
Dann sagte Said aber doch zu mir gewandt: „Es ist schlimmer, als du angenommen hast. Die Posten vermuten so was wie ein Bordell, es geht zu wie im Taubenschlag, zwar andere Vögel, nämlich junge Mädels, vermutlich ‚Russian girls'. Die Polizisten haben sogar schon Meldung in ihrer Dienststelle gemacht, eine Veränderung des wilden Treibens konnten sie nicht feststellen."
Also doch, wieder hatte ich Recht.
Nicht wegen der vielen Arbeit konnte er Isabell und Karim nicht nach Deutschland begleiten, sondern er wollte sein „Schmetterlingsleben" nicht aufgeben.
„Es muss gehandelt werden", verkündete ich. „Ein Rechtsanwalt muss her, ich werde mal schon die Scheidung vorbereiten. Denn so was lass ich meiner Tochter nicht antun." Ich suchte und fand einen seriösen älteren Herrn, der auch schon viele deutsche Unternehmen in Hurghada erfolgreich vertreten hatte.
Ich offenbarte ihm den Grund meines Schrittes. Er schüttelte den Kopf, wollte mir dann einreden, dass sich so kein, höchstens ein Ägypter, verhalten würde. Ich antwortete ihm nicht, nickte nur anerkennend mit dem Kopf, wie mich Ali gelehrt hatte. Ungehalten wurde ich dann aber doch, als er einen Vorschuss von 500 LE haben wollte.
„Das ist in Ägypten so", belehrte er mich. „Ohne die erste Zahlung beginnt niemand zu arbeiten."
Gern hätte ich mir das Wort „arbeiten" definieren lassen, aber wozu? Ich hatte in letzter Zeit schon genug Lügen verarbeiten müssen.
Also zahlte ich an und harrte der Dinge, die so kommen sollten.

Als erstes kam meine Tochter, ich holte sie vom Flughafen ab. Es kam mir eine mondäne junge Frau entgegen, aufgestylt bis zum Letzten, aber geschmackvoll, was bedeutete diese Aufbretzelung? Hier sollte kein Modelcasting, sondern eine Scheidung stattfinden. Irgendwie beunruhigte mich ihr Auftritt.

Vom Flughafen aus ging's direkt in die Villa. Gemeinsam mit Anita und Said wurde ein Schlachtplan entworfen. Zuerst fuhren die drei zum Ort des Geschehens, zur Villa am Meer. Wie vorher, wurden sie von den Polizisten unfreundlich empfangen. Erstaunt, geschockt mussten sie erfahren, dass vor ihnen Isabell, die Frau vom Villenbesitzer, stand. Mit einem mitleidigen Blick auf Isabell zogen sie sich auf ihre Posten zurück.
Was in der Villa dann alles passiert war, erzählte mir so richtig niemand, nur einige Fakten. Aber soviel stand fest, Achmed befand sich allein im Haus, wollte Freude zeigen, aber so richtig ließ Isabell das nicht zu, zog ihn zur Rechenschaft. Ich vermute, dass dann die Trick- und Lügenkiste von ihm geöffnet wurde. Meine Tochter soll standhaft geblieben sein und ihm mitgeteilt haben, dass sie nicht zum Besuch, sondern zwecks Scheidung in Hurghada sei.

Da verlor er schließlich die Fassung, irritiert auch davon, was wohl gedanklich mit seiner „Geldquelle" passiert war. Nach einem Wut- und Schreianfall, in dem er zum Ausdruck brachte, dass ich an allem schuld sei, ließen die drei ihn in seinem verlogenen Dasein allein.
Am selben Tag statteten wir dem Rechtsanwalt einen Besuch ab, um das weitere Vorgehen zu besprechen. Er zeigte sich kooperativ, war zudem entsetzt über den Lebenswandel eines Moslems, stellte uns im Gegensatz dazu seine Familie in Wort und Bild vor. Wir waren beeindruckt und optimistisch, einen cleveren Anwalt gefunden zu haben, der in kürzester Zeit die Scheidung über die Bühne bringen wollte.
Mit den Worten: „Ich informiere sofort Herrn Aalen, bestelle ihn, sobald möglich, zu mir ins Büro und informiere euch über einen gemeinsamen Termin bei mir", verabschiedete er uns.
Wir verließen gut gelaunt das Büro und gönnten uns eine Strandzeit. Abends gingen wir ins „Il foro", ein italienisches Restaurant vom Feinsten, und genossen unseren ersten Erfolg.

Das Essen wurde dann vom Telefonat des Anwalts unterbrochen. Das ging ja schnell. Der Anwalt hatte vermutlich sofort nach unserem Gespräch mit Achmed telefoniert und den 1. Termin bereits für selbigen Abend vereinbart. Na gut, je schneller, desto besser. Wir nahmen noch ein Glas Wein, um das Kommende besser überstehen zu können, denn wohl war es weder Isabell noch mir bei dem Gedanken, jetzt diesem Individuum gegenüber zu sitzen, zumal wir uns den Abend schöner vorgestellt hatten.
Fies lächelnd und sich schon als Sieger wähnend, saß er breitbeinig da. Isabell grüßte er flüchtig, mich maß er mit einem hasserfüllten Blick von oben bis unten. Wir ließen uns davon nicht beeindrucken, und der Anwalt begann seinen Redeschwall.
In diesem Moment wurde mir blitzartig klar, dass wir uns auf verlorenen Posten befanden. Wie konnte ich nur glauben, dass ein Moslem uns, sogenannte Ungläubige, gegen einen Religionsbruder helfen würde?
Und so war es auch. Zuerst sprach er Englisch, so dass ihm Isabell inhaltlich folgen konnte, dann fing Achmed an, mit ihm Arabisch zu reden, Isabells Einwand, zurück zum Englisch zu wechseln, blieb erfolglos. Step by Step wurde sie lediglich kurz über den Stand der Dinge informiert.
Das Ergebnis des 1. Termins fiel auch dementsprechend aus und ich traute meinen Ohren nicht, als der Rechtsanwalt verkündete: „Also, ich habe nun beide Parteien gehört. Einen Grund für die Scheidung konnte ich nicht herausfinden. Achmed ist ein aufmerksamer Ehemann und liebevoller Vater. Die Ehefrau hat mit dem Sohn das Land verlassen, nicht anders. Und Achmed leidet genug unter der Abwesenheit seiner Familie. Isabell, mach es ihm nicht schwerer als er es schon hat.“
Nun konnte ich nicht mehr an mich halten, alle Infos der letzten Zeit über den ach so braven Ehemann sprudelten aus mir heraus. Der Rechtsanwalt heuchelte Verständnis, bat darum, mich zu beruhigen und zu einem späteren Zeitpunkt noch einmal bei ihm vorzusprechen.
Zu Isabell und Achmed gewandt, schlug er vor: „Redet in Ruhe und allein, ohne Mutter, über eure Zukunft. Dann sehen wir weiter.“

Getrennt verließen wir die Kanzlei, was mich etwas optimistisch stimmte. Diese Stimmung hielt nicht lange an. Denn vor unserer Villa saß ein total zerknirschter und reumütiger Achmed.
„Bitte, hört mich an", wandte er sich zuerst an mich, den Gegner also richtig erkennend. „Ich weiß, ich habe Fehler gemacht. Aber macht die nicht jeder Mal in seinem Leben. Und, ich bin noch nicht so alt, war noch nie verheiratet. Bitte gebt mir noch eine Chance." Weiter jammernd, wandte er sich an Isabell. Ich musste gehen, so viel Falschheit in einer Person konnte ich nicht ertragen.
In der Villa erwartete mich schon Anita, die ich kurz über das Geschehe aufklärte.
Sie riet mir, mich nicht zwischen die beiden zu stellen.
„Lass sie miteinander reden, denn mit Gewalt erreichst du nichts. Vergiss nicht, sie haben einen Sohn zusammen. Der braucht nicht nur Mutter und Großeltern, sondern auch den Vater." Unruhig rutschte ich in der Sitzecke hin und her. Viel zu lang schon hatte dieser Mensch die Möglichkeit, sich wieder bei Isabell einzuschleimen. Und eins wusste ich, auch wenn dieses Etwas nichts auf die Reihe bekam, aber sein Gegenüber für sich einzunehmen, gelang ihm immer.
Da konnten seine Schweinereien noch so groß gewesen sein. Mehr noch, bei solchen Gesprächen schaffte er es sogar, dass sich der Gesprächspartner ihm gegenüber schuldig vorkam.
Auf einmal stieg eine undefinierbare Angst in mir auf, ich musste raus zu meiner Tochter, hörte zu meiner Verwunderung: „Mutti, lass uns bitte allein, Achmed erklärt mir gerade, wie es wirklich war und wie dich Ali und die anderen belogen haben. Denn niemand will, dass Achmed und ich zusammenbleiben, alle sind neidisch. Deshalb setzen sie Gerüchte in die Welt, die du geglaubt hast. Die schlechte Darstellung auf der russischen Webseite verdankt er Sascha, die er damals meinetwegen verlassen hat."
Was war das? Ein Albtraum, ich zwickte mich ins Ohr, es schmerzte. Nein, das, was ich sah und hörte war die bittere Wahrheit. Er hatte es wieder geschafft. Seine Lügen hat er kurzerhand in meine Lüge umfunktioniert, dabei Isabell beteuert, dass ich das alles nur veranstalte, weil ich ihn als Schwiegersohn nicht akzeptiere. Und das Schlimmste, meine Tochter glaubte ihm.

In meiner Sitzecke angekommen, tobte ich vor Wut. Keiner konnte mich beruhigen. Und dann kam auch noch meine Tochter kurz zu mir und sagt: „Benimmst du dich bitte wie eine Erwachsene, man kann dich bis draußen hören, du bist so was von peinlich", schüttelte entnervt den Kopf und ging wieder davon.
Ich sann auf Rache, gegen alle und jeden. Und schon, so dachte ich, konnte meinen Rachefeldzug beginnen, denn meine Tochter kam wieder in die Villa, um auf Toilette zu gehen, ein Wink des Schicksals?
Schnell schloss ich die Haustüren ab, nahm alle Schlüssel an mich
So, das war's jetzt, Schluss mit lustig! Beide Türen, die nach draußen führen, waren fest verschlossen. Aus Sicherheitsgründen hatten wir an allen Fenstern im Parterre Eisengitter anbringen lassen.
Also, was nun? Niemand konnte raus, niemand konnte rein.
In Siegerpose erwartete ich meine Tochter. Nach ihrem „Geschäft" schaute sie mich nur mitleidig an, rauschte vorbei, wollte mit hocherhobenem Haupt die Villa wieder verlassen.
„Nichts da, Tür zu", frohlockte ich. Nach einer Schimpftirade mich betreffend, verschwand sie in unserem Parterre–Zimmer. Ich wollte hinter her, aber Anita hielt mich zurück:
„Lass sie in Ruhe, sie muss erst zu sich kommen. Gib ihr die Möglichkeit zu entscheiden, wann sie mit dir sprechen möchte." Ich akzeptierte und wartete.
Dann aber hielt ich es nicht mehr aus, so lange lässt man seine Mutter nicht warten, noch dazu eine Mutter, die erst an die Tochter denkt und dann an sich.
Ich stürmte zur Zimmertür. Was war das? Einer Ohnmacht nahe stammelte ich in Richtung Anita: „Nein... Hilfe... Ich überleb's nicht...", und brach in einem Weinkrampf zusammen.
Isabell war weg, hatte durchs Fenster die Villa verlassen. Achmed hatte, mit wessen Hilfe auch immer, das schützende Gitter herausgerissen.
Anita bettete mich in die Sitzecke, betreute mich wie eine Kranke. Der telefonisch herbeigerufene Said brachte LMA–Tabletten aus der Apotheke mit, die mich normalisieren sollten. Aber nichts funktionierte.

In mir war etwas kaputtgegangen, irreparabel bis heute. Isabell hatte mich zutiefst verletzt. Ich hatte an einen Strandläufer, Abzocker und Verbrecher meine Tochter verloren. Eine bittere Wahrheit, würde ich das jemals verarbeiten können, wollen?
Anita redete beruhigend auf mich ein: „Du kannst eine erwachsene Frau nicht einsperren, dein Weg war ein falscher. Nein, was sag ich, nicht ein falscher, sondern einer, bei dem man mit dem schlimmsten rechnen musste..."
Ich konnte weder ihr noch Said zuhören, wollte es nicht. In meinem Kopf schwirrte nur ein Gedanke: „Deine Tochter hat dich verraten, die eigene Mutter für so einen Kanaken im Stich
gelassen." Das tat weh, so unbeschreiblich weh.
Anita rief Isabell an, schimpfte mit ihr - ich wollte von all dem nichts hören. Für mich stand fest: „Ich habe keine Tochter mehr." Denn das, was sie mir angetan hatte, mutete man nicht mal seinem ärgsten Feind zu.
Von den Anrufen meiner Tochter, die später mein Handy bombardierten, nahm ich keinen entgegen.
Ich hörte nur immer Anita sagen: „Sie will mit dir nicht reden, du hast deine Mama zutiefst verletzt. Im momentanen Zustand wird sie dir auch nicht verzeihen." Irgendwann schlief ich dann doch ein.

Der nächste Morgen war schön wie immer, blauer Himmel, die Sonne schien, nur für mich nicht, für mich war sie unwiederbringlich untergegangen.
Anita und Said begannen erneut, mich liebevoll, aber wie eine Kranke zu behandeln.
Schluss mit der Gefühlsduselei, ich hatte einen Menschen verloren, noch dazu einen, der zu den liebsten gehörte. Denn bis zum Moment des Auftauchen dieses ägyptischen „bad boys" war unser Leben wunderschön. Wir beide waren eine Einheit, eine Macht. Unser Motto lautete immer: „Wer, wenn nicht wir!" Dabei hatten wir immer Spaß, einfach Freude am Leben, bekämpften beide unliebsame Situationen, gingen immer als Sieger hervor.
„Und jetzt ist halt diese Zeit zu Ende, begreif es endlich. Dieser Mensch, der Isabell heißt, hat sich gegen dich entschieden. Schau

nach vorn, beginn dein neues, anderes Leben aufzubauen", befahl ich mir.
Und ich legte los, am besten würde ich mich mit verspätetem Frühjahrsputz ablenken. Denn Arbeit ist die beste Medizin für gebrochene Herzen. Auch Anita und Said waren von meinem Neubeginn begeistert, aber nicht ganz überzeugt. Trotzdem konnte ich sie überzeugen, an den Strand zu gehen.
Die Schlüssel der Haustüren steckten von innen, also stand mir keine unliebsame Überraschung bevor. Schnell noch einen Whisky, das Radio auf höchste Lautstärke und ran an die Fenster. Die Arbeit ging mir von der Hand und nach dem 2. Whisky fühlte ich mich gut. Irgendwann spürte ich, dass jemand ins Zimmer gekommen war, die Musik verstummte, dafür hörte ich die Stimme meiner Tochter Sie rauschte an meinem Ohr vorbei. „Too late", summte es in mir und der Whisky half dabei, alles lockerer zu sehen. Isabell sah es nicht so locker. Sie glaubte wiederum Achmed, der ihr erfolgreich eingeredet hatte, dass an den momentanen Unstimmigkeiten nur ich Schuld hätte. Trotzdem hatte Isabell Entschuldigungen für ihr Verhalten vom letzten Abend ohne Ende parat.
Das Einzige, was ich fragte, war: „Wie seid ihr ins Haus gelangt?"
„Mutter, wir sind in Ägypten, die Schlüssel sind doppelt schließbar Du weißt auch, dass sie von jeder Seite zu bedienen sind. Dabei ist der von innen befindlicher Schlüssel kein Hindernis. Die einzige Möglichkeit, dass unliebsame Besucher nicht eindringen können, ist, das Schloss zu wechseln. Hast du das schon vergessen?"
Ich antwortete nicht, stocksteif, stur und mit versteinertem Geradeausblick setzte ich mich aufs Bett, da sie mir das Weiterarbeiten unmöglich machte. Ein Redeschwall ergoss sich über mich, ich hörte, aber hörte nicht zu, Null Chance!
Irgendwann, das Herz einer Mutter ist vermutlich dem Verstand nicht 100 Prozent unterstellt, war ich dann bereit, mit beiden zwecks Gesprächs nach El Gouna zu fahren.

El Gouna hatt seinen eigenen Reiz, es ist nicht typisch ägyptisch wie andere Städte, sondern ein kleines Reich für sich. Nördlich von Hurghada an der Straße nach Kairo gelegen, weist der Eingang

schon auf das Besondere hin. Der Anfang der Seitenstraße, die nach El Gouna führt, gleicht einem wunderschönen Garten. Rechts und links umrahmen auserlesene Palmen die Einfahrt, verschönert durch ein einmaliges Stein- und Blumenarrangement. Inmitten dieses Kleinodes sprudelt lustig ein Wasserfall.
Weiter ging es dann typisch ägyptisch, ein Kontrollpunkt mit schwer bewaffneten Soldaten. Einer löste sich aus der versteinert blickenden Gruppe, kam mit einem großen Spiegel und suchte den Unterboden des Autos ab, dabei uns argwöhnisch betrachtend. Natürlich fand er nichts Verdächtiges, ich fand das Ganze aber zum Aufregen. Wozu regte ich mich eigentlich auf? Diente es doch der absoluten Sicherheit der Touristen. Richtig, in der gesamten Zeit, die ich in Ägypten verbrachte, spürte ich nicht ein einziges Mal Angst.
Über eine kleine Brücke ging es auf die künstlich errichtete Halbinsel, vorbei an Ferienhäusern, die an Südostasien erinnerten, an großen Hotels zur Rotterie. Zum Glück war sie noch geschlossen, hatte ich doch überhaupt keine Lust, mit den beiden gemeinsam zu essen. Denn, wenn ich schon mal in solch ein Luxusrestaurant ging, wollte ich Spaß und Genuss an den vorzüglichen Speisen haben. Also ging‘s weiter zur Marina, dem Hafen von El Gouna.
Hier saß man wunderbar. Blauer Himmel, glasklares Wasser und weiße Schiffe verwöhnten förmlich die Augen. Ich genoss den Anblick, bis mich ein „Mutter, wir sind nicht zum Sinnieren hier, sondern zum Unterhalten“ in die Wirklichkeit zurückbrachte.
Zu einem Gespräch kam es zwar nicht, denn die beiden waren mir kein Wort wert. Ich vernahm Wörter wie Entschuldigungen, Neubeginn, Veränderung, und das Schärfste: „Achmed hat alle seine Fehler eingesehen, hat daraus gelernt, will seine kleine Familie nicht verlieren, liebt mich und Karim über alles.“ Keine Regung von mir. Und weiter ging‘s im Text: „Er macht, was du ihm befiehlst, er will wie dein Sohn sein, erledigt für die Gäste alles, putzt sogar die Klos, wenn du das so willst.“ Was musste ich da alles hören? Ich überlegte, ob das Drohungen oder Verhöhnungen sein sollten.
Ich konnte mich für keines entscheiden, da ich wusste, dass jede Aussage meilenweit von der Wahrheit entfernt war.

Auf einmal hörte ich aber sehr interessiert zu: „Mutter, der Anwalt ist, gelinde gesagt, ein Schwein.
Er ist der Verbrecher, nicht Achmed. Heute Morgen hat er angerufen und gefragt, wie er weiter vorgehen solle. Außerdem hätte er eine Idee, wie er dich abzocken könne. Achmed hat alles abgelehnt, ihm nur gesagt, dass er deine 500 LE heute zurück will. Was sagst du nun?“ Sie blickte mich triumphierend an.
„Ok, wir fahren los, ich will mein Geld.“
Auf Dank oder Anerkennung hoffend, übergab mir dann Achmed die 500 LE, blickte mich wie ein Wolf im Schafspelz an und fragte „Und, glaubst du mir jetzt?“ Ich ignorierte seine Frage und hüllte mich wieder in Schweigen.

So verging die Zeit, ich versuchte, emotionslos zu bleiben. Gelang mir diese Gemütsverfassung Achmed gegenüber hervorragend, wurde mein Verhältnis zu Isabell von mütterlichen Gefühlen aufgebessert.
Nicht, dass ich ihr verziehen hätte, aber sie war halt mein Fleisch und Blut, was bestimmte Fehler entschuldigen konnte.
Isabells Abreise rückte näher und beide wollten davor noch wichtige Informationen loswerden. Na dann, was konnte mich noch erschüttern, welche Neuigkeiten sollten mich für Achmed begeistern?
Natürlich, es waren „aufgewärmte Kamellen“, Worte der Hoffnung seitens Isabell, Worte voller Lug und Trug seitens Achmeds. Ob einer der beiden wirklich daran glaubte, was sie mir nun recht theatralisch, Achmed mit den treuesten Hundeaugenblick, den er auf Lager hatte, darboten?
Ich konnte, besser wollte, auch gar nicht zuhören. Wortfetzen wie „Achmed richtet für uns die Nachbarvilla schön her... *Hört, hört, also hat er kein Geld mehr und glaubt, die mobile Bank wohnt nebenan...* Mutti, er wird dir fleißig helfen... kümmert sich um einen ‚Houskeeping‘, *den ich so bezahlen darf, dass Geld für Achmed rausspringt...* Du nimmst das Auto, wenn du es brauchst... *zahlst die monatliche Rate und das Benzin...* Er will sich ändern und du möchtest ihm dabei bitte helfen... *Hatte ich das nicht schon einige*

Male gehört, leider nur gehört... Er macht nichts Böses, will nur helfen, will immer nur dein Bestes... *Aber ja doch, mein Geld...* Und Mutti..." Barsch unterbrach ich den Lügenschwall: „Genug gelabert. Was der macht, ist mir so was von egal. Er soll mich einfach nur mit den Gästen in Ruhe arbeiten lassen, sich in nichts reinhängen, und vor allem die Urlauber nicht zu überteuerten Ausflügen verdonnern wollen. So, jetzt lasst mich in Ruhe, ich muss mich ums Abendessen kümmern."

Isabell hatte noch immer nichts begriffen, nicht wahr haben wollen, dass dieser Mensch ein Betrüger, vielleicht sogar ein Verbrecher, vor allem aber ein arbeitsscheues und geldgieriges Scheusal war.
Auch ein „Mutti, ein Dinner vom Feinsten mit uns im Hilton" lehnte ich ab, denn mit meinen Urlaubern schmeckte es x-mal besser.

Der Abreisetag kam heran, Achmed spielte die Traurigkeit in Person. Mit tränenreichem Blick verfolgte er Isabell bis zum Check-In. Die Person, die ihm blindlings vertraute, war wieder nach Deutschland geflogen, ihm geblieben war nur die Person, die in keinem seiner Worte auch nur ein Fünkchen Wahrheit sah.
Er versuchte, mich mit seiner Art von Arbeit zu gewinnen.
Als erstes engagierte er einen neuen Hausangestellten, Mustafa, einen sympathischen jungen Mann. Erst 19 Jahre alt, überzeugte er mich durch seine selbständige gründliche Arbeitsweise. Er konnte einfach alles, wir brauchten keine ungeschickten ägyptischen Handwerker, so einen wie den „Ein-Werkzeug-Könner". Und er konnte kochen, echte, phantastisch schmeckende ägyptische Gerichte.
Seine zweite Unterstützung füllte Achmed vollends aus, er organisierte Ausflüge für die Gäste und ging mit ihnen einkaufen, also er arbeitete mit dem Geld unserer Urlauber, sicher 50 Prozent in seine Tasche. Trotzdem waren die Gäste zufrieden, fielen oftmals auf seine heuchlerische Hilfe rein.
Vergessen hatte er sein Versprechen, das Haus am Meer aufzugeben und die Nachbarvilla für seine Familie schön herzurichten. Darauf angesprochen, heuchelte er: „Das hat noch Zeit, jetzt ist Hilfe für dich das wichtigste. Außerdem kommen Isabell und Karim erst nach

der großen Sommerhitze nach Hurghada." Und damit war für ihn dieses Thema abgehakt.

Anfang Juni 2005 flog auch ich nach Deutschland, denn wir beherbergten nur Urlauber, die sich in Hurghada gut auskannten, viele Freunde hatten und mit der nur ägyptischen Betreuung einverstanden waren.
Von Deutschland aus hatten meine Tochter und ich den Urlaub von Birthe, Anita und Frau Kruse vorbereitet und täglichen telefonischen Kontakt vereinbart.
Mit der resoluten Birthe, einer nicht auf den Mund gefallenen kessen Berlinerin kam Achmed recht gut aus. Anita und ihren Freund kannte, vielleicht fürchtete Achmed beide sogar. Problematisch könnte es nur mit Frau Kruse werden. Aber, würden Unstimmigkeiten auftreten, wäre das für die Firma nicht belastend, denn Frau Kruse bestand darauf, den Vertrag nur mit Achmed abschließen zu wollen.
Und es wurde, wie ich vermutet hatte. Sie hatte bei Achmed nichts zu lachen. Sie, eine Witwe, die den Tod ihres Ehemannes nicht überwinden konnte, war für Achmed Freiwild. Er musste ihr den Urlaub zur Hölle gemacht haben, intrigierte ohne Ende. Sie informierte uns über die Schandtaten von Achmed, nahm kurz darauf ihre Anschuldigungen zurück, sodass es für uns schwer war, ihr irgendwie zu helfen. Außerdem gab er uns gegenüber nichts zu, stellte Frau Kruse als sehr eigenwillig und „notgeil" dar. In dieser Aussage wurde er auch teilweise von Birthe unterstützt.
Im Nachhinein erfuhren wir aber, dass Frau Kruse in vielem Recht hatte. Sie erkannte sein Drogen– und Alkoholproblem, ließ nicht zu, dass er ihr Zimmer täglich inspizierte. Anschließend fehlten u. a. Geld, Kreditkarten und Kleidungsstücke.

Der große Ärger für uns kam dann Ende Juli. In einem Brief, der durch seinen „antigegliederten" Inhalt den Gefühlszustand von Frau Kruse widerspiegelte, teilte sie uns ihr Erlebtes mit.
Sie litt noch immer unter den entwürdigenden Umständen. Vermutlich wurde ihr beim Schreiben noch einmal das unverschämte, schon fast kriminelle Verhalten von Achmed gegenwärtig.

Einige Auszüge aus ihrem Brief, die verdeutlichten, dass sie in das Land, das sie früher so oft mit ihrem Mann bereiste, das beide lieben gelernt hatten, niemals zurückkehren würde:

„Guten Tag Frau (...),
Aufgrund der Tatsache meines Aufenthaltes in Ihrem Haus in Hurghada und in Kairo möchte ich Ihnen mitteilen, dass ich gegen Achmed etwas unternehmen werde. In Ägypten habe ich bereits einen Anwalt konsultiert.
Auch in Deutschland begab ich mich zu einem Rechtsanwalt. Ich bekam den Rat, sofort Strafantrag zu stellen. (...) Die kriminellen Intrigen in Kairo und die Machenschaften in Hurghada sind wohl an der Tagesordnung. ...Die gesamte Reise nach Kairo war von Anfang an völlig unqualifiziert organisiert und kam einem einzigen Fiasko gleich (...) Die kriminellen Handlungen passten wie ein Puzzle zusammen. Schnell spürte ich, dass mein Ausflug nach Kairo von Anfang an einer Inszenierung glich, in der Achmed Regie führte. Alles stand unter einem Ziel: Geld ohne Gegenleistung. Denn das brauchte er, um seine privaten Leidenschaften finanzieren zu können. (...) „Mein" Reiseführer war im wahrsten Sinne „bestellt", ein geplanter Bestandteil in Achmeds Drehbuch. Die Besichtigung der Pyramiden, die Fahrt auf dem Schiff, die peinliche Situation im Hotelzimmer, und, und, und waren alles andere als angenehm. (...) Mein Reisegepäck musste ich aus Sicherheitsgründen im Zimmer von Achmed unterstellen. Welche Sicherheit? Am Ende fehlten mir Kleidung, meine EC–Karte und 300 Euro. (...) Insgesamt war es ein Komplott, dem ich zum Opfer gefallen bin. (...) Mein erster Eindruck, gleich nach der Ankunft, bestätigte sich schnell. Es ging nur ums Geld. Ohne nur einen Moment des Ausruhens erfuhr ich eine äußerst negative Behandlung. Nur Pfundnoten oder waren es Dollarzeichen in den Augen, wollte Achmed gleich Geld, Geld, Geld, EC–Automaten, Bankbesuche, sofort Kairo bezahlen und Whisky kaufen. Ich hatte kaum Zeit zum Durchatmen. (...) Auch das erste Abendessen in einem Achmed gut bekannten Restaurant fiel in die Kategorie ohne Arbeit Geld ergaunern. (...) Auch nach 10 Tagen gab es immer noch das alte Frühstück mit vertrocknetem Schinken,

ein nach oben verkrümmter Rest Käse, völlig ungenießbar. Dank der Einmischung unseres Bekannten, Herrn Selim, konnte ich erstmals am 11. Tag etwas frische Wurst und Käse bekommen, Kaffee war nicht und der Gipfel von Achmeds Frechheit war die Feststellung: ‚Wenn Ihnen mein Frühstück nicht genügt, müssen Sie ins Hotel essen gehen.' Es gibt noch sehr vieles zu sagen, es käme einem Buch gleich. Mein Rechtsanwalt sagte mir, die Aufklärung der Staatsanwaltschaft und den Ermittlern zu überlassen.
(...) Doch Achmed hat sich nicht an Abmachungen gehalten. Auch Sie versprachen mir, dass Achmed sich mir nicht mehr nähert, doch gleich nachts ca. 1:30 Uhr lauerte er mir vor Ihrem Haus auf. Ihr Versprechen war nichts wert. Sein Schreien, seine Respektlosigkeit, er wollte mir das Handy aus der Hand reißen (...) zeigen sein Unvermögen und seine Unberechenbarkeit. Er bekam cholerische Anfälle. (...) Es gibt noch viel zu sagen. Ich bin überzeugt, dass Sie mit dieser Art und Weise der Behandlung auf Dauer keine Gäste mehr bekommen können und dieses Ihrem Ruf sehr schadet. Ich kann leicht dafür sorgen, dass Sie keine Gäste mehr bekommen. Doch auch ohne mein Zutun schafft Achmed das ganz alleine. (...) Laut meinem Anwalt soll ich umgehend Strafantrag stellen und Achmed wird enorme Probleme bekommen. (...) Denken Sie auch daran, das Hotel musste mich unter Schutz stellen. Andere Möglichkeit in dem Moment außer Polizei zu rufen gab es nicht. Achmed wollte sogar meine Sachen aus dem Zimmer räumen. ... Auch musste ich viele Tage den Arzt aufsuchen, dafür gibt es eine Krankenakte. Meine Gesundheit wurde stark beschädigt, ich muss nun einen erneuten Gesundheitsurlaub buchen. Außerdem hatte und habe ich enorme Kosten. Ich möchte als Entschädigung 1500,00 Euro, beinhaltet Schmerzensgeld und Schadenersatz. Eigentlich können Sie das, was ich erlebt habe, gar nicht bezahlen. Daher sehe ich diese Summe als sehr human an. (...) Ich erwarte Ihre Antwort."

Wir waren geschockt. Natürlich konnte uns rechtlich nichts passieren, denn Frau Kruse hatte keinen Vertrag mit uns.
Trotzdem, es war entsetzlich und ich glaubte dieser Frau. Meine Tochter konnte mich nicht begreifen, sie vertraute Achmed.

Für mich hatte sich die Sache erledigt, sie betraf in keinster Weise die Firma, sondern Achmed. Und im Geheimen freute ich mich, dass er endlich mal was abbekam. Und so war es. Zeigte die Anzeige in Deutschland keine Wirkung, so zog sie in Hurghada ihre Kreise.
Das erste Mal stand Achmed im Oktober vor einem Richter – Fehlanzeige. Mit einem Lächeln und den Worten: „Mir kann keiner was!“, hatte sich alles erledigt.
Ende Dezember wurde der Fall von Deutschland nochmals aufgerollt, nach Ägypten zwecks Klärung verlagert. Hurra, in Achmeds Gesicht fehlte das überhebliche Lachen, pure Angst konnte ich in seinen Augen lesen, eine Wohltat. Er musste zum sogenannten ägyptischen FBI, was das auch immer sein mochte. Jeder Ägypter bekam bei der Nennung dieser drei Buchstaben eine zittrige Stimme. Mit gemischten Gefühlen fuhr er los, kleinlaut kam er zurück, bedeutete uns, dass die Brüder seiner Mutter die Sache geregelt hätten. Kurze Zeit später erfuhr ich, dass ihm seine Familie ganz schön Maß genommen hatte.
Aber zurück zum Frühsommer in Hurghada. Nach der Abreise von Anita und Frau Kruse fühlte sich Achmed total überarbeitet, musste sich erst mal von den Strapazen erholen.
Also wechselten wir wieder, Achmed nach Deutschland, ich nach Ägypten.
Nach meiner Ankunft brachten Mustafa und ich die Villa wieder auf Vordermann, die Urlauber konnten kommen.
Es war der Hammer, die Villa war bis zum Letzten ausgebucht, mit Kölnern - jeden Abend bis in die Früh Kölner Karneval. Ich habe noch nie Männer so toll Break Dance veranstalten sehen.

Diese schöne Zeit ging jäh zu Ende, Achmed kam unverhofft zurück, hatte die Nase voll von Deutschland. Und komisch, um bei der Wahrheit zu bleiben, er tat unseren Urlaubern nichts, weder belästigte er sie noch textete er sie mit Ausflügen oder anderem zu. Trotzdem fühlte sich keiner in seiner Gegenwart wohl.
Nur etwas war phantastisch, Achmed kam nicht allein, sondern mit Überraschung und die hatte einen Namen, Laura, meine Enkelin.

Es kam eine Zeit mit wenigen Urlaubern, die von Mustafa versorgt werden konnten. Und so weilten wir eine Woche mit Achmeds Eltern in Agamil, dem Urlaubsgebiet der Schönen und Reichen, gelegen am wunderbaren Mittelmeer, vergleichbar mit der Küste bei Quiberon in Frankreich.
Das Überhauptnichtstun bekam mir auch mal gut. Für alle und alles sorgten die beiden Dienstmädchen, Sakea und Rachna.
Nur, das mit dem „Sich in Ruhe erholen" klappte nicht, denn der Unterschied zwischen dem deutschen und dem ägyptischen Tagesablauf war enorm. Wir hatten mit unserer Einteilung den Zonk gezogen.

Spätestens gegen 07:30 wollten wir nach einem Frühstück an den Strand, Fehlanzeige, alle schliefen.
Achmed wurde munter gemacht, um uns ans polizeigeschützte Meer zu bringen. Die schlafende Sicherheit musste geweckt werden, brachte uns Sonnenschirm und zwei Liegen, Achmed organisierte Kekse und übel schmeckenden Kaffee. Dann kam ein Uniformierter und erklärte mir, dass hier das Leben erst gegen vier Uhr nachmittags beginnen würde, jetzt sei Schlafenszeit, fügte er, uns verwundert anschauend, hinzu.
Das Meer schlief nicht, es war von einer angenehmen Kühle, Welle um Welle brauste heran, ein Traum von glasklarem Blau. Das entschädigte für alles. Bis gegen Mittag waren wir fast alleine am Strand, eine himmlische Ruhe, vom Brausen des Meeres verschönert. Wir ließen es uns gut gehen, holten den Nachtschlaf nach.
Aber dann, so gegen Mittagsruhezeit begann der Trubel.
Die Glitzerwelt von Ägypten kam erst am Nachmittag. Ins Gespräch kamen wir mit keinem so richtig. Sicher hatte es sich herumgesprochen, dass wir als Ungläubige auch nicht akzeptable Strandgewohnheiten hatten. Dennoch bereitete uns allein das Beobachten dieser so fremden Welt viel Spaß und wir kamen aus dem Kopfschütteln nicht heraus.
Das Meer war natürlich auf unserer Seite, von glasklarem Blau am Morgen färbte es sich gegen Mittag in ein schmutziges Grün, es wurde auch unangenehm warm. Das störte jedoch außer uns niemanden.

Kurz vor dem Abendessen, so gegen 19:00 Uhr wurden wir abgeholt. Dann ging's an den reich mit Fisch gedeckten Tisch, auch der Verdauungswhisky fehlte nicht. Natürlich vermisste ich den obligatorischen Weißwein, damit der Fisch standesgemäß schwimmen konnte. So wurde bis 22:00 Uhr gegessen und getrunken, alles vom Fisch bis zum Dessert war eine reine Gaumenfreude. Gegen 23:00 Uhr verschwanden wir dann zum Erstaunen aller im Bett. Das hätten wir lieber lassen sollen, denn an Schlaf war gar nicht zu denken. Bis gegen 3:00 Uhr morgens wurde gefeiert, und das sehr lautstark. Gegen 4:00 Uhr waren sicher die letzten im Bett verschwunden, aber Ruhe trat nicht ein, denn das „Fußvolk" bereitete den kommenden Tag vor, auch sehr geräuschvoll. In regelmäßiger Reihenfolge kamen zuerst die Straßenkehrer und Müllentsorger, dann die Zeitungsjungen, oft der Scherenschleifer, eine kräftige Stimme hatte auch der Aiche– und Foul–Verkäufer. Und zu uns kamen zwischendurch immer die Mücken.

Ein lustiges Erlebnis hatten wir dennoch. Am zweiten Abend wollte Achmeds Vater mit mir schlafen gehen. Und das kam so: Nach dem reichlichen Mahl, einem Glas Whisky zum Verdauen stand ich auf und teilte allen mit: „Danke, es hat phantastisch geschmeckt, es ist schon spät, ich möchte mich verabschieden." Wie von der Tarantel gestochen, sprang Achmeds Vater auf: „Warte bitte, ich komme mit." „Wie bitte?", staunte ich nicht schlecht. „Du willst mit mir schlafen gehen?"
Völlig verstört schaute er abwechselnd mal auf mich, mal auf die Uhr, setzte sich dann, wenn auch Kopf schüttelnd wieder auf den Balkon zu den anderen, lautes Gelächter empfing ihn. Ich hörte nur noch: „... sind eben Deutsche, verstehen nichts vom Leben, nur vom Arbeiten..."
Dieses Erlebnis machte mich nachdenklich. Denn die Worte: „Warte bitte, ich komme mit.", so lieb sie auch gemeint waren, zeugten von der Tradition, dass eine Frau nicht allein, also ohne männliche Begleitung das Haus verlassen durfte. Wenn man dabei bedachte, dass Achmeds Vater Naturwissenschaftler, praktizierender Arzt mit eigener Klink war, spürte man, wie sehr die Moslems in ihrer

Religion gefangen, aber auch von ihrer Beschützerrolle überzeugt waren.
Vorzeitig brachen wir den Kurzurlaub ab, Hurghada war halt schöner für uns, hier konnten wir einigermaßen nach unseren Vorstellungen leben.

Wir wurden von Mustafa schon sehnlichst erwartet. Er hatte zwar alles im Griff, aber ohne Laura und mich fühlte er sich einsam. Gemeinsam bereiteten wir die Villa für die neuen Gäste vor. Wir drei wirbelten herum, nur einer saß faul in der Sitzecke und kiffte: Achmed.
Das ging uns tierisch auf die Nerven, so forderte ich ihn zum Arbeiten auf. Er ließ sich wenig beeindrucken, bastelte an seinen mit Haschisch aufgepeppten Zigaretten, rauchte seelenruhig und sah uns mit verklärtem Blick zu. Plötzlich, Laura war gerade im Begriff, Geschirr in den Schrank zu stellen, stand mit dem Rücken zu Achmed, sprang dieser auf, ergriff eine Yucca–Palme und wollte sie meiner Enkelin auf den Kopf schlagen. Ohne nachzudenken, schnellte ich dazwischen, zerrte Achmed am Arm und schrie: „Bist du noch normal, du fauler Kiffer?“
Eine Schimpftirade ergoss sich über ihn.
Mit irrem Blick schaute er mich an und donnernd fiel die schwere Pflanze auf die Fliesen. Mir zitterten die Knie, ich musste mich übergeben. Achmed nahm die Treppe in Drei–Stufen–Schritten nach oben, schloss sich in sein Zimmer ein, ward an diesem Tag nicht mehr gesehen. Gut so, denn wir hatten absolut keine Lust auf ihn.
Die folgenden Tage verliefen in unterkühlter Atmosphäre, so was ließen wir uns nicht bieten!
Achmed tat so, als ob er sich nicht erinnern könnte. Wie überlegten, sagte er die Wahrheit, so brauchte er dringend ärztliche Behandlung; log er wie immer, was dann? Dann lebten wir oder zumindest Laura sehr gefährlich. Mit Isabells Hilfe konnten wir nicht rechnen, sie war zwar sprachlos, aber nicht bereit, das Geschehene zu glauben.
Wir hatten für dieses Problem auch wenig Zeit, denn unter unseren nächsten Gästen waren zwei sehr nette Frauen mittleren Alters. Sie nahmen uns voll in Anspruch, da beide, seit einigen Jahren

alleinstehend, schon schlechte Erfahrungen mit den sogenannten „Beznessmännern“ gemacht hatten, auf die „Liebesbeteuerungen“ erbarmungsvoll reingefallen waren. Nun wollten sie einfach einen wunderschönen Urlaub in einem Land, das sie über alles liebten, verbringen und wir sollten ihnen diese Zeit so angenehm wie möglich gestalten.

Das Versprechen konnten wir nur die 1. Woche ihres Aufenthaltes einlösen. Denn, die Erlebnisse der letzten Tage, Sehnsucht nach der Familie weckten in Laura und mir den Wunsch, schnellstens nach Deutschland zu fliegen. Also bestand Gesprächsbedarf.
Und eines Morgens beim Frühstück kam ich dann raus mit der Sprache: „Wir müssen reden.“
„Ist was passiert?“, wollte Reni wissen.
„Nein“, erwiderte ich, fuhr umständlich und mit einem flauen Gefühl im Magen fort, „in den nächsten Tagen müssen wir für einige Zeit nach Hause. Ihr wärt allein hier. An unsere Stelle tritt zur Gästebetreuung Achmed und für alles andere, was euch den Urlaub verschönern soll, habt ihr Mustafa.“
„Geht klar“, antworteten beide gleichzeitig. „Mit Mustafa kommen wir sehr gut aus, er ist ein netter und ehrlicher Junge. Und an Achmed können wir uns auch gewöhnen, denn gestern Abend war es sehr schön, schade, dass ihr nicht mit in seiner Villa am Meer wart. Wir fanden seine charmante Art hinreißend, der Wein war süffig...“, helles Gelächter ließ sie das für mich Unverständliche unterbrechen.
Ich war geschockt. Hinter unseren Rücken hatte er sich erfolgreich an unsere Gäste herangepirscht, so als Boss und „Allesbringer“, natürlich Geld witternd. Keiner von den beiden hatte dabei bemerkt, dass sie dem schlimmsten Strandläufer auf den Leim gegangen waren.
„Was soll‘s?“, dachte ich. „Nach Hause, nach Hause.“
Laut hörte ich mich sagen: „Dann ist ja alles bestens und wir können beruhigt fahren.“
Vor der Abfahrt nahm ich mir Achmed noch zur Brust, gab ihm die wichtigsten Verhaltensregeln für den Umgang mit den deutschen Urlaubern.

„Ich werde dich nicht enttäuschen, und von dem Abend mit den beiden Frauen habe ich dir nichts gesagt, weil ich testen wollte ob du mich mit Deutschen allein lassen kannst“, log er mir frech ins Gesicht, ohne rot zu werden.
Ich erwiderte nichts, wozu auch. Mit den Urlauberinnen vereinbarte ich noch täglichen Telefonkontakt und ab ging‘s.
Im Prinzip verbrachte ich eine schöne Zeit mit meiner Familie, wenn da nicht das Telefon gewesen wäre, was regelmäßig den Familienfrieden störte.
Denn, kaum war ich weg, begann für die beiden Frauen ein Terror-Urlaub. Achmed spielte sich als Chef des Reisebüros auf, hielt sich, wie von mir geahnt, an keine der abgesprochenen Vereinbarungen So kam es, dass mindestens zwei Mal am Tag die „Egyptline“ zum Kummertelefon wurde.
Zuerst nahm Achmed den Frauen unseren Mustafa weg, nur heimlich konnte er sich in die Villa schleichen, um den beiden zu helfen. Achmed darauf angesprochen: „Ich brauche Mustafa für mich, er muss die Villa am Meer sauberhalten, Einkäufe für mich erledigen. Außerdem, liebe Isabell, weißt du genau, dass ich nicht allein zu Hause sein kann. Und ich denk mal, die Frauen sind alt genug, die können sich allein versorgen.“
Ich schäumte vor Wut, als die Frauen mir noch mitteilten, dass kein Frühstück zur Verfügung stehe, überall Ameisen seien, Achmed nur Kontrollgänge in die Villa unternahm und oft auftauchte, wenn er der Ansicht war, die Gäste wären außer Haus. Dabei nutzte er die sogenannten Kontrollgänge dazu, den
Kühlschrank leer zu fressen, anstatt wie abgesprochen, ihn zu füllen.
Meine Tochter sah das relaxter und meinte: „Die Frauen sind selber schuld. Wer weiß, was in Wirklichkeit abgeht, denn, wenn ich Achmed anrufe, höre ich sie im Auto kichern und sie lassen mir mitteilen, das Achmed ein supernetter Typ sei. Ihnen macht der Urlaub mit ihm Spaß. Sogar dich sollte ich grüßen und dir sagen, dass alles in Ordnung sei.“
Hallo, was war das denn? Ab da hatte sich alles für mich erledigt, enttäuscht zog ich mich zurück.

Was wird nur aus Frauen, wenn sie ägyptische Luft schnuppern, vermutlich geht sie nicht in die Lunge, sondern ins Gehirn und lässt die rosarote Brille in Aktion treten.

Ich hatte den Vorfall abgehakt, die beiden Damen nicht, es kam ein Beschwerdebrief mit Geldrückforderung. Also, hatte Mutter im Grunde genommen doch wieder Recht. Obwohl, was dort in meiner Abwesenheit wirklich abgelaufen war, ich würde es nie erfahren. Jeder bestätigte mir, dass nur seine Aussage die Wahrheit sei.
Der Brief aber bestätigte meine Version, denn diese Art mit Urlaubern umzugehen, kannte ich von Achmed nur zu gut.
Beide wollten 50 % vom Reisepreis zurück und begründeten es folgendermaßen:
„Am Anfang war alles zu unserer größten Zufriedenheit (...) bis Kristin am 01.09. die Villa verließ, von da an wussten wir eigentlich nie mehr so ganz genau, was eigentlich los war (...) Vom Service, den wir ja eindeutig gebucht haben, war keine Rede mehr (...) Überhaupt war Mustafa für uns nur selten erreichbar...
Ständig wurde er abgeholt, und erledigte unserer Meinung nach Arbeiten aller Art für Achmed (...)
Ab 14.09. stand Mustafa überhaupt nicht mehr zur Verfügung (...) Ansprechpartner war nun nur noch Achmed, der löste die Probleme auf seine Weise, entweder viel zu spät oder gar nicht...“
Wir gingen jeglichem Ärger aus dem Weg und überwiesen das geforderte Geld.

Um Unstimmigkeiten zu klären, und weil Isabell sicher auch den Wunsch hatte, mit Karim in Ägypten zu leben, teilte sie mir eines Tages mit: „Heute Abend spreche ich mit Achmed und sage ihm, dass er die Villa am Meer aufgeben und die Nachbarvilla renovieren soll. Wenn er alles gerichtet hat, kommen Karim und ich nach Ägypten zurück und testen, ob ein Familienleben nach meinen Vorstellungen möglich ist.“
„Wenn du meinst“, war mein einziger Kommentar.

Ende September ging's in Richtung Süden.
Isabell hatte sich aber alles einfacher vorgestellt, jetzt hieß es, hart zu arbeiten, arbeiten für zwei. Achmed konnte kaum vor zwei Uhr nachmittags aufstehen, weil er ja nachts so viel arbeiten musste, in der „Calypso", versteht sich. Er heuchelte Traurigkeit, da er Isabell nicht mitnehmen konnte, aber einer musste ja schließlich bei Karim bleiben, und das sei nun mal die Mutter.
Und so begann das Chaos schon am Morgen. Der Kleine wollte versorgt werden, die Gäste warteten auf das Frühstück, Achmed verbot jeglichen Lärm, vor allem Kindergeschrei; all das verbesserte auf keinen Fall die erneut angeschlagene Gesundheit meiner Tochter.
Die Gäste machten gute Miene zum bösen Spiel, wie es treffender für die Situation nicht heißen könnte. Sie bereiteten sich ihre Mahlzeiten selber, deckten den Tisch, kurzum erledigten Isabell und Achmeds Arbeit. Oft spielten sie auch mit Karim oder nahmen ihn an den Strand mit.
In den Feedbacks nach dem Urlaub erfuhr ich dann immer, was so während der eigentlich schönsten Zeit des Jahres passiert war. Ich konnte mich immer nur entschuldigen und auf Sitten und Gebräuche der Ägypter, also auf Achmed hinweisen.
Allerdings wurde der Traumwandler immer dann putzmunter, wenn es darum ging, den Leuten Geld aus der Tasche zu ziehen, sprich überteuerte Ausflüge anzubieten oder sich bereit zu erklären, mit den Gästen einkaufen zu gehen. Dabei vergaß er nie, die Einkaufswünsche schnellstmöglich zu erfahren: „Ich frage nur deshalb, damit wir nicht unnötig durch die Geschäfte ziehen, ist ja eure Zeit", pflegte er scheinheilig zu erklären und fügte dann gönnerhaft hinzu: „Natürlich fahren wir mit meinem Auto, könnt ihr schon die Taxikosten sparen." Die meisten glaubten diesen Schwachsinn sogar.

Dabei läuft aber ein ganz perfides System ab. Denn jeder Strandläufer hat „seine" Shops. Telefonisch wird der Einkauf angekündigt, vor allem, was gebraucht wird und wie es mit der finanziellen Situation der Urlauber ausschaut.

Meistens wird der Einkaufsabend mit einem Essen in „irgendeinem Restaurant", wer's glaubt, wird selig, eröffnet. Und wie Deutsche so sind, vor allem in ihrer Urlaubslaune, zahlen sie für ihren Begleiter mit.
Bingo, das erste Geld ist ergaunert. Denn zum einem muss „ein begleitender Ägypter" sein Essen, wenn er Gäste mitbringt, niemals bezahlen. Zum anderen gibt es einen nicht unerheblichen Preisunterschied, was die Zeche für Einheimische und für Urlauber kostet. Dann wird geteilt.
Nachdem der Strandläufer sich artig und etwas verlegen bedankt, einen auf Ordentlichkeit und Ehrlichkeit gemacht hat, geht es zur großen Abzocke, nämlich ins Geschäft.
Dort angekommen, wird erst mal Tee oder Cola angeboten und gelabert, die Deutschen mit Lobeshymnen überschüttet, erzählt, dass man schon paar Mal in Deutschland waren, es fallen vor allem die Namen Hamburg, München Berlin, Heidelberg.
Leicht kann man die Märchenerzähler enttarnen, wenn man begeistert vom Hofbräuhaus in Hamburg, von den Elbtunnels in Heidelberg oder vom Brandenburger Tor in München schwärmt. „Ja, ja, das hab ich alles gesehen. Ach, war es schön in Deutschland", lügen die „Strandläufer" dann, ohne rot zu werden.
Anschließend geht das Drama los, oft in Deutsch: „Schau ma mal.", ein Gewinnerlächeln mit dem Hinweis, dass sie das in Bayern gelernt haben, leider weit weg von München.
Wenn man genau überlegt, müsste man jetzt den Shop verlassen. Hier kann man nur übers Ohr gehauen werden.
Aber daran hindern uns meistens Anstand und Taktgefühl. Und darauf spekuliert der Verkäufer und bietet alles, was sich die Urlauber aussuchen, mit unverschämten Preisvorstellungen an.
Jetzt ist die Zeit des „begleitenden Ägypters" gekommen und es fallen Bemerkungen wie „sind keine gewöhnlichen Touristen", „meine Freunde", „hol dir das Geld von den anderen Touristen." Das geht so eine Weile hin und her, dabei erfährt der Käufer, dass der Händler von dem wenigen Geld eine Riesenfamilie ernähren muss, vor allem will er nur Gutes für seine Kinderschar, und, und, und.

Im Endergebnis wird auf Initiative des „begleitenden Ägypters“ der Preis angeblich dem Wert der Ware angeglichen und was verdienen muss der arme Mann ja auch.
Bis zu diesem Moment verlaufen die Verhandlungen in Englisch, aber dann geht das Komissionsgespräch nur noch auf Arabisch abgehalten und dabei geht es um einen Anteil zwischen 25 und 50%.
Der Tourist erfährt dann später, dass noch Privates besprochen werden musste, man habe sich lange nicht gesehen.
Das Kuriose zeigt sich darin, der deutsche Gast bedankt sich noch dafür, dass er betrogen und verklappst worden ist. Peinlich ist, wenn dieser dann auch noch als Empfehlung weitergibt, dass man gut beraten ist, wenn man mit einem Einheimischen einkaufen geht.
Zum Trost: Ausnahmen bestätigen die Regel.

Die Gespräche mit Isabell über diese Art, mit Urlaubern einkaufen zu gehen, endeten immer mit dem Satz: „Achmed weiß schon, was er macht, ist lang genug in Hurghada.“

Im Oktober hatten wir wieder volle Häuser. Mein Mann und ich waren uns im Klaren, dass das nicht gut gehen konnte. Schadensbegrenzung war angesagt, so flogen wir Ende September 2005 beide nach Hurghada.

Isabell war erleichtert und froh, bei Achmed hielt sich die Freude in Grenzen, wusste er doch, dass ich ein Auge auf ihn werfen würde und das nicht aus übergroßer Sympathie.
Und richtig, für ihn war die „schöne“ Zeit zu Ende. Die Gäste betrachteten mich als Ansprechpartner, nahmen Achmed lediglich als notwendiges Übel wahr. Einige flüsterten mir zu: „Schau dem in die Augen, dann weißt du alles“, und lehnten ihn rundweg ab.
Achmed kochte, über Isabell hatte er noch Gewalt, sie musste, sofern unsere Gäste nicht zugegen waren, tun, was er befahl, sie waren nach ägyptischem Recht verheiratet.
Schwieriger hatte er es mit mir. Sein ernst gemeinter Hinweis, ich sei seine Schwiegermutter und müsste ihm gehorchen, da er auch für mich verantwortlich sei, ließ mich fast an einem Lachanfall ersticken.

Anschließend erklärte er meinem Mann, dass ich für ihn und seine Familie rufschädigend sei und er solle mich zur Raison bringen. Aber da war er an der richtigen Adresse, da Thomas ein gestörtes Verhältnis zu Ägyptern hatte. Das war einfach erklärt. Erstens war er ein Liebhaber von Schweinefleisch, besonders Eisbein hatte es ihm angetan, am „Federvieh", wie er Pute und Hähnchen diskriminierend betitelte, störte ihn schon der Geruch beim Zubereiten. Fische aß er als Angler auch nicht, da sie „seine Freunde" waren.
Und zweitens war mein Mann handwerklich begabt, hatte schon an Handwerkern in Deutschland immer etwas auszusetzen, weil sie ihm angeblich nicht exakt genug arbeiteten, 1mm war halt 1mm...
Also kam von ihm nur die kurze, aber alles sagende Antwort: „Wer schädigt wessen Ruf? Schau in den Spiegel und du siehst ihn."
Superschlechte Karten für Achmed, aber eine schöne und erlebnisreiche Zeit für alle anderen.

Isabell konnte sich in Ruhe um Karim kümmern, mit ihm spielen, an den Strand gehen, sogar ohne ihren Ehemann, der sich nicht traute als Einziger unter Deutschen hierbei ägyptisches Recht aufkommen zu lassen.

Meine Arbeit machte mir Spaß. Ich war Küchenchef, mein sympathischer und fleißiger Mustafa – unser Hausangestellter – unterstützte mich tatkräftig. Er hatte sich in kürzester Zeit zu einem unersetzbaren Mitglied im Team entwickelt, beherrschte einfach alle Facetten des Alltags, arbeitete gewissenhaft und schnell. Gemeinsam mit Mustafa konnte ich alle Probleme – bis auf eines – lösen. Auch die Urlauber fühlten sich in seiner Gegenwart sicher und wohl, verwöhnten ihn.
Natürlich gefiel das Achmed weniger und an seinen boshaft und argwöhnisch blickenden Augen erkannte ich, dass er sich bestimmt eine Gehässigkeit einfallen lassen würde. Für ihn war es ein untragbarer Zustand, Mustafa beliebt und anerkannt zu sehen während er , der sogenannte Allesbringer und selbst ernannte Boss, sowohl von uns, als auch den Urlaubern ignoriert wurde.
Die Intrige ließ auch nicht lange auf sich warten.

An einem der nächsten Tage flüsterte er mir zu, dass er mich unter vier Augen sprechen möchte. Er lud mich dazu in ein Café ein, damit wir uns ungestört unterhalten könnten. Klang ja spannend, ich überlegte, welche Lügen mich erwarten würden, aber mir fiel nichts ein.
Kaum dort angekommen, eröffnete er mir, dass das mit Mustafa keine gute Wahl gewesen sei und ich solle ihn entlassen.
„Schick ihn nach Quena zurück. Dort gehört er hin, kann sein Unwesen treiben, aber nicht hier mit dir“, begann er sein Geschwätz.
„Wieso, was ist passiert?“, wunderte ich mich.
„Glaub mir, er schadet uns enorm. Ich werde dir alles erzählen, aber der Reihe nach. Als erstes, ich habe eine Telefonrechnung über 1800 LE bekommen. Nun überleg mal, wer vom Haustelefon anruft, du nicht, ich nicht, denn wir haben Handys...“
„Mustafa auch nicht, denn er hat auch ein Handy“, unterbrach ich ihn. Oft hatte ich Mustafa gefragt, ob ich ihm eine Karte zum Aufladen kaufen solle, damit er seine Familie anrufen könne. Stets verneinte er mit der Begründung: „Ich gebe meinem Vater ein R-Gespräch, der ruft mich sofort zurück.“ Also konnte es Mustafa nicht sein, die Urlauber, klares Nein. Wer blieb übrig? Achmed selbst.
Oder, mir kam noch ein anderer Gedanke. Mittellose junge Ägypter, viele nicht älter als 12 Jahre, versuchten, in Hurghada Geld zu verdienen, was ihre Familien, in den umliegenden Dörfern wohnend, dringend brauchten. So zapften sie Festnetzleitungen an, um mit ihren Angehörigen zu sprechen, mal die vertraute Stimme des Vaters, der Mutter hören zu können. Das machte dann ihr armseliges Leben etwas leichter.
Ich teilte Achmed meine Gedankengänge mit, er war empört und versprach, die Aufstellung von der Telefongesellschaft anzufordern und sie mir als Beweis zu geben.
„Aber“, druckste er herum, „da ist noch was anderes. Ich soll die gesamte Summe schnellstens bezahlen, sonst ...“
„Dein ‚sonst‘ interessiert mich wenig, bezahle es von dem Geld, was du hinter meinem Rücken den Urlaubern abgenommen hast“, giftete ich ihn an. „Schluss mit dieser Thematik. Was liegt noch an?“
Sich windend und mit dem treuesten Hundeblick heuchelte er mir

mit trauriger Stimme: „Du, das ist mir peinlich, denn ich habe dir Mustafa empfohlen. Aber er hasst dich abgrundtief, spricht schlecht über dich und Thomas. Ich mag die Worte nicht wiederholen, mit denen er euch charakterisiert."
„Noch was?", fragte ich unbeeindruckt. „Oder war's das?"
Erstaunt sah er mich an: „Ist das nicht schlimm genug, reicht das nicht zum Rauswerfen?" Achmed war entsetzt, das einzig Wahre an der gesamten Vorstellung. Ich ließ ihn mit diesem Gefühl allein, musste fort, frische Luft atmen. So viel Boshaftigkeit in einer Person, das war zu viel.
Auf die Telefonaufstellung musste ich, trotz ständigen Mahnens, lange warten, er auf sein Geld nicht.
Isabell hatte Verständnis. Bis heute glaube ich, dass diese Aufstellung getürkt war. Später habe ich noch erfahren, dass er die Geschichte vom bösen Mustafa auch seiner Mutter erzählt und Geld kassiert hatte, so ein Verbrecher!

Dafür waren unsere Gäste, alle aus und um Dresden stammend, supernette Leute. Sie wollten keine Hotelanlagen, sondern Land und Leute kennen lernen, hatten das Bedürfnis, sich unter die Ägypter zu mischen.
Da kam mir eine Idee. Ich zeige ihnen mal den typisch ägyptischen Markt, fernab vom Massentourismus.
Der „Souk" in Hurghada gehört zu meinen Lieblingsplätzen. Hier sind Menschen, die hart arbeiten müssen, die sympathisch sind, die ich sehr mag.
Der erste Eindruck von diesem Markt war für alle Urlauber zunächst ein Schock. Das unverständliche Stimmengewirr, dazwischen Marktschreier, die auf eine für uns befremdliche Art, ihre Ware anzubieten, erzeugt Angst. Hinzu kommt, dass uns als Deutsche der Markt ungegliedert und schmutzig erscheint. Nicht selten sitzen die Verkäufer im Schneidersitz ganz oben auf Bergen von Obst und Gemüse.
Das Ergebnis: „Schnell weg hier!"
Dann musste ich den Touristen erklären: „Hallo, ihr seid in einem anderen Land, in einem Land, dass das deutsche sterile Dasein gar

nicht verwirklichen kann. Aber Obst und Gemüse sind heute am frühen Morgen geerntet worden, frischer geht es nicht."
Überaus herzlich wurde ich begrüßt: „Saba el hir, Madame Kristin, kulu tamem?" Auch meine Gäste wurden nett behandelt.
Und so begann das Erlebnis „Souk". Mittelpunkt des phantastischen Treibens bildet ein überdachtes Viereck mit vielen Ständen und den Marktschreiern, die, wenn man ihren lautstarken Anpreisungen Glaube schenkt, alle die besten, eben geernteten Waren haben.
Dieser Teil des großen Marktes bietet alles, was man für eine gesunde Verpflegung der Urlauber benötigt. Nur für Frischfisch gibt es gesonderte Stände mit Kühlanlagen, wobei es trotzdem am besten ist, diesen auf dem Fischmarkt direkt am Hafen zu kaufen.
Eine Augenweide sind die Obstauslagen. Nicht schlecht staunt man, wenn es Mitte Februar die ersten super süß schmeckenden Erdbeeren gibt. Meistens nehmen die Touristen welche als Attraktion mit ins kalte Deutschland. Aber auch das viele andere Obst ist lecker, eben sonnengereift. Erstaunen bei meinen Gästen, da sie bislang glaubten, dass es hier nur Melonen, Bananen und Apfelsinen gäbe, das typische „Hotelobst" eben.
Gründe dafür gibt es einige. Obst, wie Erdbeeren, Mangos, Feigen, Datteln, um nur einiges aufzuzählen, übersteigt das Budget eines Hotels.
Das preisgünstige Angebot auf einem typischen Ägyptermarkt kennen die wenigsten, trauen sich meistens nicht hin.
Das Obst- und Gemüseangebot in der City bieten die Händler überteuert an.
Beeindruckend auch die Fleischstände, der Uneingeweihte mag sich bei dem Anblick ekeln.
Denn vor dem „Laden" hängen die Hälften von Gamuse, Rind, Lamm und Ziege im „roten Anstrich".
Fürs Ekeln besteht aber nicht der geringste Grund. Ist diese Farbe doch ein Schutz vor Insekten und vorzeitigem Verdorbensein.
Allerdings, wenn ich die Fleischer beobachtete, wie sie Stücke abschnitten, hätte ich weinen können. Bei ihnen ist Fleisch eben Fleisch, da gibt es nicht Lende, Fleisch für Rouladen oder das feine kleine Lendchen auf dem Hammelkotelett. Meistens nahm ich das

Messer selbst in die Hand, um mir alles fachgerecht auszulösen, eine Attraktion für die Fleischer. Es fehlte auch nie an Angeboten, mit ihnen zusammenzuarbeiten, eine Deutsche als Fleischverkäuferin auf dem Ägyptermarkt!

Außerhalb dieses Zentrums findet man weitere Obst- und Gemüsestände. Außerdem gibt es kleine Supermärkte für Waren des täglichen Bedarfs.
Für mich ein weiteres schönes Plätzchen, der Besuch bei meiner kleinen Brotverkäuferin, bei ihr kaufte ich Aiche schams, ein in und von der Sonne gebackenes rundes Brot, einfach köstlich.
Ich begann den Einkauf immer bei meinem Freund Ali. Er wusste schon, was ich benötigte: Kartoffeln, Zwiebeln, Paprika.
„Wieso gibt er dir das Eingekaufte nicht, sondern stellt es auf den Boden?“, wollten die Urlauber immer wissen.
„Ja, das ist einfach erklärt. Wir kennen uns schon lange und er weiß, dass ich meinen Einkauf bei ihm beginne und beende. Also nehme ich die Sachen dann mit. Gehe ich allein einkaufen, trägt er mir die Waren bis zum Auto. Dabei verwehrt er jegliches Trinkgeld. Seht ihr, auch das ist Ägypten, mein geliebtes Ägypten.“
Weiter ging‘s zu einem der vielen Obststände. Das Angebot versetzte meine Gäste immer wieder in Begeisterung.
„Das hab ich noch nie gesehen, Ägypten besteht doch fast nur aus Wüste“, sprudelte es aus ihnen heraus.
„Ägypten ist ein Geschenk des Nils und das sind einige der Geschenke“, erklärte ich zum wiederholten Mal. „Merkt euch das endlich“, belehrte ich sie lachend.
„Kostet ruhig von allem und vergesst die Aussage, dass in Ägypten alles schmutzig sei“, riet ich ihnen.
Für die Touristen war es immer ein unvergessliches Erlebnis, mich auf den Markt zu begleiten, sie kosteten, versuchten sich, natürlich mit Händen und Füßen, mit den Ägyptern zu unterhalten, schossen Erinnerungsfotos.
Diese Eindrücke konnte man mit dem Ausruf von Marios Sohn zusammenfassen: „Wisst ihr, so was hab ich im Fernsehen schon gesehen, beim kleinen Muck, aber wo ist der?“

Unser herzhaftes Lachen war die Antwort.
Nach dem Einkauf verkündigte ich: „Und jetzt kommt die Attraktion, folgt mir.“
Sie konfrontierten mich mit der einhelligen Meinung, dass eine Steigerung des Erlebten doch gar nicht mehr möglich sei.
Doch – der Assapstand! An einer Ecke des Marktes befindet er sich, einem kleinen Bistro gleichend, ausgestattet mit einer Theke, einem großen Glaskühlschrank, der „Saftmaschine“, Tischen und Stühlen.
Zuerst führte ich die Gäste nach hinten, hier konnten sie sehen, fotografieren und filmen, wie aus dem Zuckerrohr, aufgefangen in einer großen Glaskanne, der Assap, der herrlich schmeckende Zuckerrohrsaft, gewonnen wurde. Eingegossen in Halb-Liter Henkeltöpfe, servierte ich dann selbst diese Köstlichkeit, verbunden mit den Hinweisen über die heilende, vor allem aber entschlackende Wirkung für unseren Körper. Die meisten meiner Gäste fanden das Getränk erfrischend und schmackhaft, einige tranken es mit verkniffenem Gesicht, sicher aus Anstand.
Nicht nur der Assap war das Besondere an dieser Location, nein, man erlebte mehr. Hier wollte keiner so schnell weg, denn das Markttreiben verwunderte, entsetzte und begeisterte den Europäer.
Einmal erlebten wir etwas Einmaliges, „eingeläutet“ durch lautes angsterfülltes arabisches Geschrei.
Die einen Händler rafften ihre Ware zusammen und verschwanden in der Tiefe des Marktes, andere wiederum holten die Auslagen in ihre kleinen Geschäfte, dritte rannten wie kopflos hin und her, nicht wissend, wohin.
Dann sahen wir den Grund ihrer Aufregung – eine Razzia der Polizei.
Wie aus dem Nichts tauchten sie auf, sammelten Brot, Gemüse, Obst, Elektrogeräte, ja sogar Händler ein. Zurück ließen sie eine aufgebrachte, zum Teil laut jammernde Menschenschar.
Ich war empört, zumal die Polizei den Menschen auch körperliche Gewalt angetan hatte. Und wieder kam mein anderes Denken durch: „Ok, ich bin Deutsche, mir kann keiner. Ich gehe jetzt sofort zum Gouverneur und beschwere mich. So geht das nicht. Es wird wohl auch in diesem Land Gerechtigkeit geben. Und wo war denn euer so gepriesener Allah?“, fügte ich unüberlegt und gereizt hinzu.

Komisch, alle Englisch verstehenden Händler, hielten mich fest, versuchten, mich zu beruhigen. Dann des Rätsels Lösung. Wie auch in Deutschland müssen sich die Händler registrieren lassen und einen Obolus an den Staat entrichten. Sie erhalten daraufhin die Erlaubnis und eine Mitteilung über die Größe ihres „Verkaufsraumes“. Halten sie diese Gesetze nicht ein, wird bei einer Razzia die „Schwarzware“ konfisziert und die falschen Händler kommen mindestens für 24 Stunden ins Gefängnis.
Vor letzterem haben die Ägypter die meiste Angst, man versuchte, mir zu erläutern, warum. Ich finde, es ist besser, man weiß es nicht, ist eben eine andere Welt.
So konnte ich meinen Gästen den Grund dieser „Einlage“ erläutern. Sie sagten gar nichts, schüttelten nur mit dem Kopf und wollten in die Villa zurück.

Gern weilte ich auch mit den Urlaubern auch auf dem Fischmarkt am Hafen, für alle ungewöhnlich.
Am unangenehmsten ist der Gedanke, dass die lustig bunten Fische von Schnorchel– und Taucherlebnis nun tot auf dem Holzklotz oder auf Eis liegen und gegessen werden sollen.
Daher baten mich die Urlauber, nur „hässliche“ Fische zum Verzehr zu kaufen - ging nicht. Denn, nicht ohne Grund preisen die Ägyptenkataloge ihre einmalige farbenprächtige Unterwasserwelt an, die wie ein Aquarium anmutet, aber keins ist. Die Hotelgäste haben nicht im Geringsten die Möglichkeit, den Fisch vom alltäglichen Buffet vor der Verarbeitung zu betrachten, haben dort also Nullprobleme beim Essen.
Zum Glück arbeitete einer der Urlauber als Koch. „Schluss mit der Gefühlsduselei, unsere Schlachttiere sehen auch gut aus, und was ist das Ende vom Lied?“, fragend schaute Udo in die Runde. „Sie landen auf dem gedeckten Tisch.“
Sagte es und wählte mit dem Händler den besten Fisch für unser großes Fischdinner aus.
Nur seine Frau und ich durften ihm bei den Vorbereitungen helfen.
Gegen 20:00 Uhr eröffneten wir das köstliche Mahl, unsere Urlauber waren voll des Lobes. Zwei Stunden lang erlebten

wir die phantastische Unterwasserwelt der anderen Art. Sogar Achmed versuchte, in katastrophalem Deutsch Udo zu loben, wen interessierte es? Er saß mit am Tisch, kaum einer nahm Kontakt zu ihm auf.
So ignoriert, konnte er nur aufstehen, sagen: „Ihr entschuldigt mich, ich habe noch ein Arbeitstreffen."
Das vielsagende Schmunzeln unserer Gäste war wohl die beste Antwort darauf und der Abend wurde noch richtig schön.
In dieser Runde kam dann auch die Idee auf, dass alle zwei Tage lang nach Kairo fahren wollten.
„Ok, ist doch auch für dich, Isabell, eine tolle Idee, dann könnt ihr drei, unterstützt von Mustafa, mal einen auf Familie machen", entschieden wir gemeinsam.
Achmed war über unsere Idee hocherfreut, alle glaubten falsch, ich nicht. Denn, was war schon Familie für ihn. Elf Personen, zwei Tage Kairo brachten ihm einen Gewinn von mindestens 1000 Euro Hinzu kam die Gewissheit, dass alles ordnungsgemäß ablief, da ich die Urlauber begleiten würde. Das war der wirkliche Grund dafür, dass seine Augen strahlten, er sich als der netteste Mensch zeigte, sogar mich konnte er anlächeln.

Um bei der Wahrheit zu bleiben, musste man aber Folgendes hinzufügen: Kairo-Reisen, von Achmed bis ins Detail organisiert, waren kaum zu toppen.
Für diese Trips hatten wir gemeinsam ein Programm aufgestellt, ich war für das inhaltliche Niveau verantwortlich. Achmed hatte die schwierigere Aufgabe, das Ganze zeitlich exakt mit seinen ägyptischen Partnern, oft nach dem Prinzip lebend: „Was sind schon zwei Stunden Verspätung?", abzustimmen.
Gab es doch mal irgendwelche unüberwindbaren Hindernisse, der Onkel konnte es richten.
Achmed besprach das Wesentliche mit den Gästen, gab hilfreiche Hinweise, warnte sie vor unüberlegten Einkäufen und vermittelte ihnen die Sicherheit, immer telefonisch erreichbar zu sein.
Unvorstellbar, im gesamten Gespräch keine einzige Lüge. Was doch Geld und Anerkennung alles bewirken können!

Am Vortag erhielt ich die Tickets. Um die Verpflegung kümmerte er sich selbst, kaufte ein und bereitete einen appetitlichen Frühstückskorb vor.
Gegen ein Uhr nachts brachte er uns zur El–Gouna–Busstation. Die Urlauber waren überrascht, zum einen war es einer der modernste Mercedes-Reisebusse, zum anderen saßen wir im vorderen Bereich des Busses und nicht über den Rädern.
Pünktlich 01:15 setzte sich der Bus in Bewegung. Die Gäste hatten ca. fünf Stunden Zeit, um ausgeschlafen in Kairo anzukommen. So dachten sie, Pustekuchen! Kaum Hurghada hinter uns lassend, begann das „Kulturprogramm", zuerst Koran, dann aufatmen, wohltuende Ruhe. Nichts da – Überlandbusse haben eine wichtige Aufgabe. Denn, dieses laute ägyptische Fernsehprogramm soll größtenteils die Bürger zu ordentlichen Menschen erziehen. Da wird gebrüllt, gesungen, betrogen, geschlagen – am Ende schämen sich die Bösewichte, alle sind wieder lieb und sich einig. Das Spektakel endet erst kurz vor Kairo.
Mich stört das alles wenig, ich schlafe trotzdem.
Kurz vor Kairo weckte mich mein Handy – Achmed: „Und, ist alles in Ordnung, wie geht es den Gästen, anders gesagt, ihren Ohren?" Bla, bla, bla. Dann, die mich interessierenden Infos: „…und unser Kairo–Guide Mustafa erwartet euch schon. Und denk dran, wenn irgendwas nicht wie besprochen abläuft, ruf mich an."
Die Fahrt in die Hauptstadt dieses interessanten Landes ist für Urlauber weniger schön und wohltuend, denn nach dem Schock für die Ohren kommt der Schock für die Augen. Genauso wie ich vom ersten Blick auf Kairo enttäuscht war, erging es auch den Gästen.
„Wohin hast du uns denn entführt?", empörten sie sich.
„Seid nicht so voreingenommen", beschwichtigte ich sie. „Der Nebel löst sich bald, uns erwartet ein wunderschöner Tag." Natürlich glaubten sie mir nicht. Und es wurde schlimmer, denn der Bus raste mit Höchstgeschwindigkeit durch die überfüllten Straßen der Stadt. Am besten war, wenn man sich da schlafend stellte. So hörte ich nur ihr Wimmern, die angstvollen Aufschreie und die alles beinhaltende Frage: „Werden wir diese Stadt jemals lebendig verlassen?"
Obwohl ich den Ägyptern absolut nicht vertraute, wusste ich, dass

sie doch eines konnten: Auto fahren. Kurzerhand „machen“ sie aus einer dreispurigen Straße eine fünfspurige, zwängen sich außerdem in die kleinste Lücke, dazwischen Passanten, in der Hoffnung, unbeschadet die andere Straßenseite zu erreichen – es funktioniert, und das bei hohen Geschwindigkeiten.
Dabei hat Kairo Ampeln, die arbeiten sogar, aber die Ägypter vertrauen ihnen nicht, sondern lieber ihrer Fahrweise.
Haben die Urlauber ca. fünf Kilometer „Stadtfahrt“ hinter sich gebracht, verspürt man eine gewisse Achtung vor den Fahrkünsten der Ägypter.
Nun konnte ich wieder „aufwachen“ und Fragen beantworten, vor allem: „Wie viele Verkehrsunfälle pro Stunde?“
„So gut wie keine“, konnte ich mit ehrlichem Gewissen antworten, verschwieg aber, dass, wenn es krachte, dann richtig.
Ungeduldig wurden wir von Guide und Fahrer schon erwartet. Nach der herzlichen Begrüßung ging es zum Picknick in Pyramidennähe, schon mal ein Vorgeschmack auf den Nachmittag.
Nach dem Frühstück im Freien war für die Gäste das Ägyptische Museum, für mich das Einchecken im Hotel, vorgesehen.
Begeistert kamen die Urlauber gegen Mittag aus dem Museum, einhellig die Meinung: „Super, aber anstrengend.“
Nach einer kurzen Ruhepause dann die Attraktion: die Pyramiden und der Sphinx. Staunen, Bewunderung, Achtung vor der Arbeit der Erbauer waren die Gefühlsäußerungen. Udo fasste es zusammen: „Es muss nicht heißen: Ägypten ist eine Reise wert, sondern die Pyramiden sind eine Reise wert.“
Ich musste ihn korrigieren: „Für heute hast du Recht, aber wenn du die Vielzahl der anderen Sehenswürdigkeiten kennen gelernt hast, fasst du alles unter dem Begriff ‚Ägypten‘ zusammen. Glaub mir, ich weiß, wovon ich rede.“

Den Abend verbrachten wir in einem Fischrestaurant am Nil.
Müde, zufrieden mit dem Erlebten und neugierig auf den nächsten Tag begaben sich alle zur wohlverdienten Ruhe.
Der Vormittag gehörte der Mohamed–Ali–Moschee, einem pracht- und prunkvollen Bauwerk.

Diesen Teil des Programms gönnte ich mir immer wieder, obwohl ich dem Inhalt der Erläuterungen, der ägyptischen Deutung des Korans und der Geschichte, keinen Glauben schenken kann.
Also nahm ich nur diese wunderschöne Moschee und nicht den Text dazu in mich auf, der mir zu frauenverachtend, sich anderen Religionen und Atheisten gegenüber demütigend anhörte. Dem Guide meine auf wissenschaftlicher und völkerfreundlicher Basis beruhenden Gedanken nahezubringen, hatte ich längst aufgegeben.

Nach dem Mittagessen in einem urigen ägyptischen Restaurant folgte der Besuch des alten Basars, leider von den Gästen nicht so begeistert aufgenommen wie von mir. Sie hatten genug gesehen, wollten zurück nach Hurghada.
Hier war alles beim alten, Achmed meist außer Haus, Isabell überfordert, Karim genervt, nichts mit „einen auf Familie machen".
Isabell gestand mir: „Ich freu mich auf Deutschland, auf zu Hause. Ich glaube, Achmed zerstört sogar meine Liebe zu Ägypten."
Mitte Dezember 2005 fuhren wir alle nach Deutschland und beschlossen, Januar und Februar des kommenden Jahres selbst einmal Urlaub zu genießen, vor allem in Wellness–Kurztrips unserem Körper etwas Gutes zu tun. Das brauchte, nach einem längeren Aufenthalt in Ägypten, vor allem die Haut.

Achmed und Isabell nutzten diese Zeit, unternahmen Werbetouren für unser Unternehmen. Es dauerte auch nicht lange und wir waren für 2006 so gut wie ausgebucht.

„Also, Mutter und Achmed, ab Mitte März geht's wieder nach Ägypten. Ich hoffe, ihr vertragt euch!"
Der erste Teil von Isabells aufmunternden Worten, akzeptabel, der zweite, ein Scherz, eine Hoffnung oder gar ernst gemeint?
Zum Glück mussten wir getrennt fliegen. Vielleicht war das auch der Grund, warum ich mein Ticket selbst bezahlen musste, Achmed bekam seins bezahlt.
Ich wurde schon von einer netten Familie aus dem Norden Deutschlands erwartet. Sie hatten mitten in Hurghada vorgemietet,

leider über ihnen in der Wohnung Russen, das hielt niemand lange aus.
Beide schon Rentner und zu meinem Erstaunen, sie gebürtige Ägypterin, lebte aber schon ca. 40 Jahre mit ihrem Gatten in Deutschland.
Das ging bestimmt gut, so dachte ich, denn Achmed konnte sich mal mit einem Gast in seiner Muttersprache unterhalten. Aber wie immer, weit gefehlt.
Er erklärte mir, dass diese Frau eine Schlampe sei, weil sie als Moslem einen Christen geheiratet, somit Allah seine Kinder weggenommen habe. Auf meinen irritierten Blick hin informierte er mich:
„Das ist so, die Religionszugehörigkeit bestimmt der Vater nicht die Mutter, begreifst du es endlich?"
„Nein, gehört hab ich den Schwachsinn, begreifen werd und will ich ihn nicht. Religion, Nichtreligion ist die Entscheidung beider Eltern und irgendwann die des Kindes."
„Deinem letzteren Gedanken stimme ich zu, mit 21 Jahren kann, ob darf weiß ich nicht, der Junge sich für eine Religion entscheiden.", so Achmeds letzte Worte, kopfschüttelnd beendete ich das Gespräch.
Achmed mied Attiha, so hieß die Ägypterin, mir wurde sie von Tag zu Tag sympathischer, zumal sie ein ernsthaftes Wort wegen Achmed mit Isabell sprechen wollte.
Dazu kam es vorerst nicht, da die neuen Urlauber, drei Ehepaare und fünf Kinder anreisten und meine gesamte Aufmerksamkeit in Anspruch nahmen.
Zum Glück kam Birthe, meine kesse Berlinerin zur Unterstützung, sie hatte sich entschieden, nach Ägypten auszuwandern. Wir beide verstanden uns ohne Worte und die Betreuung der Urlauber machte uns richtig Spaß.
Weniger Spaß bereitete es meiner Tochter, sie war eifersüchtig auf Birthe, traute ihr nicht. Und diesmal sollte sie Recht behalten.
Erstaunlich, aber den wenigsten Aufwand machte die Familie mit den drei Kindern. Arndt und Anja, liebevolle Eltern, hatten alle drei „voll im Griff", kein lautes Wort, kein Geschrei, alles perfekt. Sogar das vierte, noch im Bauch der Mutter, „spielte mit". Obwohl sie, was verständlich ist, keine Ausflüge bei Achmed buchten, kam er mit ihnen

zurecht, die erste Familie, die es gut bei ihm hatte, verwöhnt wurde. Dafür hatten die anderen um so mehr auszustehen. War Achmed anfangs lieb und nett, spielte er sich aber immer mehr als Boss auf. Schlimm wurde es dann für ihn, als er im morgendlichen Gespräch die Gäste informierte, dass beide Villen ihm gehören würden, ich seine Angestellte sei und sie am besten jeglichen Kontakt zu mir abbrechen sollten. Er würde bestimmen, was passierte, vom Tagesablauf übers Essen bis hin zur Taxibestellung.
Einer der Urlauber, Oli, ein Bauingenieur, viel im Ausland tätig, resolut, und seine Ehefrau wiesen Achmed schnell und energisch in seine Grenzen: „Pass auf, mein Jung, wir haben einen Reisevertrag und einen Ansprechpartner. Das ist Kristin, deinen Namen haben wir hier das erste Mal gehört, dabei erfahren, dass du für Ausflüge verantwortlich bist. Also, kümmere dich um unseren Trip nach Kairo, und gut. Auf weitere Gespräche mit dir legen wir keinen Wert."
Das war‘s dann mit Boss spielen. Achmed schäumte vor Wut, kam in die Küche gestürzt und beschimpfte mich wüst. Ich wollte ihn gerade aus der Villa werfen, als Oli im Türrahmen auftauchte und vor meinen Augen nochmals Achmed Maß nahm. Das war zu viel. Lautstark arabische Schimpfworte von sich gebend, verließ er die Villa und ward zwei Tage nicht gesehen.
Dann eines Tages, Motorgeheul, Achmed tauchte wieder auf. Förmlich und korrekt teilte er den Urlaubern mit, dass der Trip nach Kairo gebucht, er sie in der kommenden Nacht – um 01:15 – zum Bus abholen ließe. Er verlangte einen Vorschuss von 50 Prozent und verschwand mit einem hochmütigen Lächeln, das mir galt.
Kleinlaut und gar nicht mehr hochmütig weckte er mich so gegen 22 Uhr. Mürrisch fragte ich: „Was ist passiert, was fällt dir ein, mich mitten in der Nacht zu wecken. Die Urlauber habe ich versorgt, sie warten auf dich in der Nachbarvilla."
Er mit weinerlicher Stimme: „Ja, darum geht es doch, ich hab vergessen, Tickets für den Bus zu kaufen und jetzt ist er ausgebucht. Kannst du nicht mit den Urlaubern reden und..." Weiter kam er nicht, denn meine letzten Worte, bevor ich ihn aus dem Zimmer warf, waren eindeutig: „Ich, als deine Angestellte, die überhaupt nichts zu sagen hat? Ich lach mich gleich kaputt."

In der Nachbarvilla ging es anschließend sehr laut zu, mich amüsierte es nur.
Weniger amüsant der Anruf von Isabell, die mich für alles verantwortlich machen wollte, mir vorwarf, Achmed nicht zu unterstützen, ihn nur zu blamieren.
Da gab's nur, Handy ausschalten, Tür von innen verschließen und zufrieden weiterschlafen.
Mit gemischten Gefühlen erwartete ich am nächsten Morgen die Urlauber zum Frühstück.
Oli teilte mir im Namen der Gäste mit: „Mach dir keine Gedanken, die Trips gehen dich gar nichts an. Der soll sich mal drum kümmern und uns nicht glauben machen wollen, dass du das verpatzt hättest. Bis Mittag hat er Zeit, dann erwarten wir eine Entscheidung, entweder Trip oder Geld zurück. So jetzt wollen wir schön frühstücken, setz dich zu uns."
Kleinlaut, mit leisem Motor, kam Achmed im Laufe des Vormittags angeschlichen: „Kairo geht in den nächsten Tagen nicht. Aber ihr könnt Luxor kennen lernen. Ich habe einen Bus extra für euch besorgt, dazu einen der besten Guides engagiert." Einige konnte er begeistern, die anderen wollten ihr Geld zurück. Letzteres war ein Problem, denn Achmed hatte es schon ausgegeben. Den mich suchenden Blick ignorierte ich. Daran konnte auch der folgende Anruf von Isabell nichts ändern. Im Prinzip hätte ab jetzt alles gutgehen können. Aber, wenn Achmed kein Geld bekam, trotz Isabells telefonischer Aufforderung, flippte er aus. Und so war es.

Nachdem die Urlauber an den Strand gegangen waren, wir allein in der Villa waren, begann er, mir zu drohen: „Jetzt hör mir mal gut zu. Die Firma gehört Isabell, sie ist meine Frau, also gehört auch alles mir. Das heißt, du hast auf das Geld der Urlauber kein Recht und übergibst mir sofort die Kasse."
Da mich sein Geschwätz zum Lachen anregte, wurde er unverschämter und teilte mir mit, dass ich meine Sachen packen, Schlüssel und Geld abgeben und die Villa schnellstens verlassen müsse.

Ansonsten informiere er die Polizei und ließe mich ins Gefängnis werfen. Setzte mir ein zeitliches Ultimatum und verließ, mir einen triumphierenden Blick zuwerfend, die Villa.

Daraufhin verließ auch ich die Villa, aber nur, um zum Anwalt zu gehen.
Nach der ersten „Anwaltspleite“ hatte ich mich beim Konsul von Hurghada nach einem ordentlich arbeitenden Rechtsanwalt erkundigt. Mit den Worten: „Am besten, Sie suchen mal den Sami Agil auf. Er ist zwar etwas eigenwillig, sehr von sich eingenommen, für meine Begriffe sündhaft teuer, aber er gewinnt jeden Prozess. Außerdem spricht er perfekt Deutsch“, und mit einem Schmunzeln fügte er hinzu: „Er ist jung und sieht verdammt gut aus.“
Ich konsultierte ihn, er nahm mich als Klientin, schmunzelte mich vielsagend an. Er glaubte, wie er es von seinen Mandantinnen her kannte, dass ich mich mit einem etwa 30-jährigen Ägyptern abgegeben und nun alles verloren hätte
Sich meine Problemen anhörend, fragte er unverblümt: „Na, was für Schweinereien hat denn der schon wieder gemacht?“
Peinlich für mich, er kannte Achmed, zeigte sich total geschockt, nachdem ich ihm den familiären Hintergrund dargestellt hatte.
Ich informierte ihn umfassend und er entschied, schnellstens gemeinsam in die Villa zu fahren, damit Achmed keine Zeit habe, die Schlösser wechseln zu lassen – eine beliebte und weit verbreitete Tätigkeit der Ägypter.
Recht hatte er, denn Achmed besprach bereits mit dem Rechtsanwalt seiner Familie, wie er mich am besten los werden könnte.
Nach einem kurzen Gespräch beider Rechtsanwälte, leider in Arabisch, mahnte der Gegenanwalt Achmed zur Mäßigung und verließ die Villa.
So stand er als Verlierer vor uns. Nicht, dass er sich schämte oder entschuldigte. Nein, er schrie Mister Agil an und forderte ihn auf, seine Villa zu verlassen.
Leise, aber bestimmt redete mein Anwalt auf Achmed ein, natürlich verstand ich wieder kein Wort, konnte aber an Achmeds giftigen Blicken erkennen, dass er viele Wahrheiten verkraften musste.

Diese Schlacht hatte ich gewonnen, wusste aber sofort, dass mein Gegenüber gedanklich schon am Racheplan arbeitete.
Es dauerte zwei Tage, die Gäste waren von Luxor zurück, oberflächlich betrachtet konnte man meinen, dass wieder Ruhe eingezogen war. Der Schein trog.
Am Abend saß ich beim Essen mit einem Manager vom benachbarten Hotel, als auf einmal Oli hereingestürmt kam: „Jetzt reicht's, komm bitte sofort mit rüber. Das ist nun dein Verantwortungsbereich. Dieser Unmensch hat das Zimmer von Attiha und ihrem Mann aufgebrochen, alle Sachen in die Koffer gepackt, selbige auf die Straße gestellt, lässt die Familie nicht in die Villa, tobt wie ein Besessener auf der Straße herum."
Schon von weitem sah ich einen Pulk wild gestikulierender Menschen, inmitten Attiha und Achmed, vermutlich sich auf Arabisch beschimpfend.
Ich überlegte kurz, Rechtsanwalt anrufen, brachte nichts. Wie gerufen, drehte wie schon oft die Touristenpolizei ihre Runden, flink hingelaufen, über den Vorfall informiert und schon war Achmed erst mal festgenommen. Wir mussten zur Klärung des Vorfalls mit ins Büro.
Dort wurde alles, natürlich auf Arabisch, protokolliert, zum Glück war Attiha wortführend. Die Touristenpolizei konnte oder wollte die Anzeige weder auf Englisch noch auf Deutsch aufnehmen. Kam man ohne Dolmetscher dorthin, hatte man schlechte Karten, musste dann warten, bis irgendein Ägypter Zeit hatte, bei der Anzeigenaufnahme den Behörden zu helfen, Zustände, die für Deutschland unvorstellbar waren und das Vertrauen in die ägyptische Rechtssprechung schmälerten.
Ergebnis dieses vierstündigen Rapports, so nannte man das ganze Spektakel, wir erhielten eine Tagebuchnummer, die Angelegenheit würde dem Gericht übergeben und Achmed wurde einbehalten.
Zufrieden berichteten wir dann so gegen 3:00 Uhr morgens den anderen Urlauber von unserem Erfolg.
Nicht schlecht staunten wir dann am Frühstückstisch, als Achmed quietschvergnügt auftauchte, mir mit einem überheblichen Lächeln zuwarf: „Du weißt doch, dass mir in Ägypten niemand etwas kann.

Jetzt hole ich meinen Schlaf, den ihr mir geraubt habt, erst mal nach.“
Die Mutter, der Onkel, wer auch immer, hatten diesen Verbrecher wieder in Schutz genommen.
Ohne Zwischenfälle konnten unsere Gäste ihren Urlaub beenden, nicht ohne mir noch mitzuteilen, dass sie auch im nächsten Jahr zu mir kommen würden, wenn Achmed von der Bildfläche verschwunden wäre.
Nun waren Birthe und ich allein in der Villa, Achmed hatte Mustafa ohne mein Zustimmen „entfernt“, fühlte die Konkurrenz. Denn Mustafa war bei mir und den Gästen nach wie vor anerkannt und beliebt.
Wir überdachten nochmals die letzte Zeit und kamen zum Entschluss, den Rechtsanwalt zu beauftragen, eine Komplettanzeige aufzusetzen. Auch das zeigte keinen Erfolg, der Onkel konnte es richten.
Nach diesen vielen Ausrastern im Frühjahr 2006 hielt es Isabell für angebracht, wieder zu wechseln, sie kehrte mit Karim nach Ägypten zurück. Ich flog nach Deutschland.
Ok, wie lange würde das funktionieren!

Es begann schon mit einer Enttäuschung. Birthe behandelte Isabell wie jemanden, der in der Villa nichts zu sagen hatte, verstand sich mit Achmed zu gut. Isabell warf sie kurzerhand raus.
Zur Verstärkung holte sie sich Laura und ihren Freund Roy, beide hatten sich einen 14-tägigen Urlaub verdient.
Anfangs war Achmed begeistert, er fand Roy prima, hatte er doch jemanden, dem er die „Calypso“ zeigen konnte. Passte er nicht mehr ins Konzept, ließ er ihn unter dem Vorwand, zu einem Arbeitsgespräch zu müssen, in die Villa bringen.
Aber irgendwann kam auch der Gutgläubigste hinter die Machenschaften. Isabell stellte ihn zur Rede, natürlich ohne Erfolg. Unter dem Motto „Angriff ist die beste Verteidigung“ beschimpfte und belog er sie, wie „Du bist die Frau eines Ägypters, also hast du kein Recht darauf, mich zu fragen, was ich wann tue. Erfülle deine Aufgabe als Mutter und Ehefrau. Da gibt es genug Defizite.

Ich habe den Eindruck, deine Mutter ist besser für Karim als du."
Also gab es nur Streit, ständig ließ er wieder mal die Familie allein. Der Streitfaktor wurde größer, als unser Stammgast Thomy, ein lebenslustiger Frauenliebhaber, samt Tochter, Jaqueline, Mitte Juni für 14 Tage Urlaub aufkreuzte. Klar, dass Achmed bei ihm keinerlei Chance hatte. Und das demonstrierte er Tag für Tag. Perfekt Englisch sprechend, kritisierte er Achmeds „Pittiplatsch–Englisch", demütigte ihn, wo er nur konnte.
War Achmed in der Nähe, suchte er Kontakt zu Isabell, scherzte mit ihr. Das gefiel Achmed so ganz und gar nicht, also verbot er Isabell den Umgang mit Thomy, für Letzteren der hellste Lacher.

Für Isabell begann ein Martyrium. Bis auf nachts kontrollierte er sie ständig, verbot ihr, das gemeinsame Schlafzimmer ungefragt zu verlassen. Dass unsere Gäste ein Recht auf Frühstück und Urlaubsbetreuung hatten, ignorierte er einfach. Um größeren Ärger zu vermeiden, übernahmen Laura und Roy die Betreuung unserer Gäste. Diese revanchierten sich bei Achmed mittels Missachtung, übersahen ihn einfach.
Das war zu viel, er suchte für die Situation eine Verantwortliche, für ihn kam nur eine in Frage, die Ehefrau. Er schloss sich mit ihr ins Zimmer ein, um sie nach „ägyptischer Tradition" zu bestrafen.
Natürlich ließ sie sich nicht misshandeln, schrie so laut sie konnte. In Angst um die Mutter, trat Laura die Türe ein und Roys durchtrainierte Figur ließ Achmed nur noch stammeln: „Was ist los? Was habt ihr vor? Warum stört ihr uns? Wir wollten halt mal ungestört sein. Ist das ein Verbrechen?"
Keiner glaubte ihm, bestimmt er sich nicht mal selbst. Damit war die Situation vorerst mal gerettet.
Trotz allem bestand bei Achmed Handlungsbedarf. Schnell überlegt – und neue Pläne geschmiedet.
Kurz entschlossen rief er mich an, klagte sein Leid. Das, was er mir am Telefon ins Ohr schleimte und log, war eine handfeste Beleidigung für meinen Intelligenzquotienten: „Mam, ich brauche deine Hilfe. Bitte, komm schnellstens nach Hurghada. Es gibt viele Gründe dafür. Isabell macht, was sie will, flirtet mit den männlichen

Urlaubern, wird von Laura auch noch unterstützt. Roy hat auf beide einen sehr schlechten Einfluss, er ist überhaupt nicht der Richtige für deine Enkelin. Alle drei hetzen die Gäste gegen mich auf, sodass mich keiner beachtet..." So ging es bestimmt eine halbe Stunde weiter.
Ich bemühte mich, geduldig zuzuhören, obwohl ich die wahren Zusammenhänge schon längst mitgeteilt bekommen hatte.
In diesem Gespräch wurde mir immer mehr klar, dass dieser Mensch schwer kopfkrank sein oder an totaler Selbstüberschätzung leiden musste. Egal, ich wurde in Hurghada gebraucht.

In dieser Situation fasste ich auch den Gedanken, um Isabell und Karim zu schützen, sie systematisch auf ein geordnetes Leben in Deutschland vorzubereiten.
Unterstützt in meinem Vorhaben wurde ich von Thomy, der mich auf dem Weg zum Flughafen noch abpasste, mir in unfreundlichem Ton mitteilte: „Ich kann dein Verhalten nicht nachvollziehen. Weißt du überhaupt, was in Hurghada abgeht, wenn du nicht unten bist?"
Natürlich wusste ich es, aber die Hoffnung starb bekanntlich zuletzt.

In Hurghada wurde ich von allen herzlichst begrüßt, sogar von Achmed, armer Irrer, perfekter Heuchler?
Schnell erkannte ich die Situation, Achmed war in Nöten.
In der Villa hatte er nichts mehr zu sagen, sogar Isabell wehrte sich. Er musste ihrer Seele sehr weh getan haben. So versuchte er ständig, mir Gespräche aufzudrängen, wollte mir glaubhaft machen, dass er sich geändert habe. Für ihn sei nur noch die Familie wichtig. Ich beendete dieses Gefasel mit: „Achmed, sag doch einfach, was du wirklich willst. Brauchst du Geld. Hast wieder jemanden betrogen, und ich soll dich aus diesem Schlamassel herausziehen? Also; was ist los?" Er gab mir keine Antwort. Ich grübelte, na klar. Ende Juli war die Hochzeit von Madiha, seiner Schwester, anberaumt. Logisch, dass dabei alle Achmeds neue Familie kennen lernen wollten. Sicher das normalste der Welt, nicht fürs Großmaul, der in seiner Verwandtschaft verbreitet hatte, seine Frau sei Deutsche, aber eine „ordentliche" Ehefrau. So glaubten sicher alle, dass

sie bald Muslimin werden würde, sich traditionell kleiden und ihrem Ehemann ehrfurchtsvoll gehorchen würde. Er musste also verhindern, dass alle die wahre Isabell kennen lernen konnten.
Weiter lügen, die Schwiegermutter mitnehmen – das war sein Ziel. Mir war es recht, und das aus verschiedenen Gründen. Zum einen konnte Isabell ihre Zelte in Ägypten abbrechen - für immer, zum anderen konnte ich eine typisch ägyptische Hochzeit der High Society erleben. Das war es mir wert. Den Zukünftigen von Madiha hatte ich während meines Kurzurlaubes in Agamil kennen und schätzen gelernt. Und das kam so:

An einem Morgen spürte ich Hektik in der Wohnung. Beide Dienstmädchen flitzten als Putzwunder durch selbige, neue Teppiche wurden ausgelegt, das beste Kaffeeservice zurechtgestellt, am Ende Madiha gerichtet.
Mein fragender Blick wurde mit: „Heute ist der Anstandsbesuch von Madihas Zukünftigem, wir Eltern sind uns einig, aber jetzt muss noch Wichtiges besprochen werden.“Keiner sagte mir, was noch besprochen werden sollte, und Madiha als Braut hatte eh kein Mitspracherecht, ihn auch noch niemals im Leben gesehen.
Der Tisch wurde vor den großen Balkon geschoben, sieben Stühle daran gestellt; komisch, wir waren doch acht Personen. Dann wurde auch für acht Personen eingedeckt. Ich wurde immer neugieriger, die Familie aufgeregter, der Kuchen fehlte.
Endlich klingelte es, die Mutter gab auf Arabisch allen noch kurze Anweisungen, dann stand er, bewaffnet mit einem großen Paket in der Tür.
Hallo, sah der Mann gut aus, edel von Wuchs, smarte Kleidung, ein markantes, ehrliches Gesicht.
Ich schätzte ihn auf Mitte zwanzig. Meine ersten Fragen an Achmed: „Das soll ein Ägypter sein? Der sieht doch voll europäisch aus. Hat er die Blumen vergessen?“
Achmed antwortete mir nicht, ich sah, wie er neidvoll auf diesen Adonis starrte.
Langsam begriff ich, Blumen waren nicht wichtig, denn der Inhalt des Paketes bestand aus feinsten Tortenstückchen, was bei allen

gut ankam. Davon wurde jedem eins auf den Teller gegeben, Tee eingegossen und zum Setzen aufgefordert. Die Sitzordnung für mich verwirrend, zuerst nahm der Zukünftige Platz, links und rechts davon die Brüder Madihas, Achmed und Mohamed, die restlichen vier Plätze für mich, Laura, die Mutter und neben Achmed der Vater. Und Madiha, die Hauptperson, saß in der 2. Reihe, stumm, sie wurde auch zu nichts befragt. Unterhalten haben sich nur die vier Männer, worüber? ich hab es nie erfahren.
Irgendwie arrangierte die Familie, dass ich mich in Ruhe mit Tamir, so hieß Madihas Zukünftiger, unterhalten konnte.
Der Mann sah nicht nur super aus, sondern war auch für jede Schwiegermutter ein Glücksgriff. Er kam aus einer der angesehensten und reichsten Familien Kairos, wusste sich zu benehmen, ein Gentleman von Kopf bis Fuß.
Studierte hatte er in den USA, zuerst in Washington, zuletzt hatte er ein Praktikum in San Diego absolviert. Nach Ägypten war es erst vor einiger Zeit zurückgekehrt, arbeitete in Kairo als so eine Art Architekt und Designer.
Nun war es an der Zeit, eine Familie zu gründen. Die Eltern hatten schon etliche gut situierte und jungfräuliche Töchter aus dem Bekanntenkreis unter die Lupe genommen, mit den Eltern die Sache vorbesprochen. Madiha war die Auserwählte der beiden Eltern. Jetzt musste sich noch der Sohn mit den Brüdern des Mädchens einig werden.
Mir gegenüber bekundete Tamir, dass er Madiha hübsch und begehrenswert fand, so stelle er sich seine Ehefrau vor. Ich pflichtete ihm bei, denn Madiha hatte so einen netten Menschen verdient.
Alles war besprochen, ich hatte mir ein Bild vom Bräutigam gemacht, man konnte zum 2. Teil des Besuches übergehen.
Dabei durften sich die beiden Versprochenen allein unterhalten, sich kennen lernen, was auch immer, mir verriet keiner, worum es dabei ging. Kurios für mich, dieses Zusammensein dauerte eine Stunde, in standesgemäßem Abstand auf einer Bank vor dem Haus sitzend. Argusauge Vater überwachte vom Balkon aus das Date.
Aufgeregt kam Madiha zurück, zerrte mich in ihr Zimmer. „Und?“, sprudelte es aus ihr heraus. „Ist Tamir der Richtige für mich?“ Lange

schaute ich sie an, ließ sie etwas zappeln: „Ich beneide dich um diesen Mann.“ Ich hatte noch nicht ganz zu Ende gesprochen, da fiel sie mir schon schluchzend um den Hals. „Ich bin ja so glücklich“, flüsterte sie mir mehrmals ins Ohr.
Im Wohnzimmer waren alle guter Dinge, die Hochzeit konnte vorbereitet werden.

Und so wartete ich am 24.06.2006 im Hotel darauf, abgeholt zu werden. Endlich, so gegen 22:00, war es soweit, ich wurde ins Sheraton Hotel von Kairo gefahren, um Gast bei dieser Prunkhochzeit sein zu können.
Die gesamte Hochzeitsgesellschaft, geschätzte 250 Personen, war bereits im großen festlich geschmückten Saal versammelt. Ich blickte in erwartungsvolle und neugierige Augen, wer weiß, welche Fakten über mich schon vor mir den Saal erreicht hatten. Artig hatte ich Madihas Vater versprochen, als „ordentliches“ Oberhaupt unserer Familie zu erscheinen. Ich war in erquicklichem Schwarz, goldbehangen, erschienen, nur Hände – Fingernägel auch in Gold-Schwarz lackiert - Haare und Gesicht dem Betrachter frei gegeben.
Wortreich wurde ich den Honoren von Kairo vorgestellt. „Wahnsinn“, dachte ich, „die Verwandtschaft dieses Strandläufers bildet die Creme der Gesellschaft von Ägypten.“
Nach dieser Zeremonie wurde ich an einen mir würdigen Tisch geführt, ältere Damen und Herren, natürlich alle im vornehmen Schwarz, nebst etwas bunteren Kindern.
Nach den 22 Begrüßungsfloskeln endlich in Ruhe gelassen, konnte ich das Brautpaar bewundern.
Madiha, ein Traum in Weiß, bildhübsch, aufs Feinste geschminkt und frisiert, strahlte mich glücklich an. Neben ihr, ein Dauerlächeln im Gesicht, der Bräutigam. Beide saßen wieder auf einer Bank, diesmal auf der Bühne, die festlich in Grün und Weiß geschmückt war. Ich konnte kaum den Blick von beiden wenden.
Ab und an kamen Hochzeitsgäste auf einen Plausch zu mir. Mir war alles sehr angenehm. Vom vielen Reden wurde ich durstig. Achmeds Vater, der dies bemerkte, orderte einen Kellner zu mir, endlich. Die Palette der Getränke auf dem Tablett war groß, aber es fehlten

Drinks, Sekt, Wein; kurz gesagt: Alkoholische Getränke durften nicht ausgeschenkt werden. Ich entschied mich für Cola.
Mit dem Brautpaar wurden die unterschiedlichsten Spiele veranstaltet, die von den Gästen mit Klatschen und Riesen–Hallo belohnt wurden. Viele dieser „Amüsements“ waren auch mir bekannt, aber nur von Kindergeburtstagen.
So gestaltet, kam der Abend zum ersten Höhepunkt. Ein in Ägypten angesehener Sänger gratulierte dem Hochzeitspaar mit einem Medley schwermütiger Musik. Das gefiel ja noch allen.
Aber dann, die Musik änderte sich schlagartig und eine spärlich bekleidete bildhübsche Ägypterin erschien auf der Tanzfläche. Ich erlebte Bauchtanz vom Feinsten, war begeistert. Dieses Gefühl teilte ich nur mit den Männern am Tisch, die gierig, wenn auch verstohlen, das Bild von Anmut und Sinnlichkeit in sich aufnahmen. Die schwarzen Gespenster zu meiner Rechten und Linken keiften ohne Unterlass, warfen todbringende Blicke auf die Tanzfläche, es half nichts. Arme, im Glauben und im teilweise falsch interpretierten Koran gefangene Frauen!
Aber jeder noch so schöne Bauchtanz hatte mal ein Ende. Es wurde anschließend, sicher zur Versöhnung, Süßes für Magen und „schwarzes Gemüt“ gereicht. Der Seelenfrieden war wiederhergestellt und alle fröhlich gestimmt. Nein, nicht alle – ich nicht, noch nie ein Freund von solch Leckereien. Anstand und Taktgefühlverboten es mir, diese Köstlichkeiten abzulehnen. Mir wurde langsam übel. Ich brauchte einen Whisky.
Meinen suchenden Blick hatte Achmeds Vater bemerkt: „Was ist los? Brauchst du was?“
Er verstand mich ohne Worte. An meinem Gesichtsausdruck erkannte er, was zu tun war: „Steh auf und komm einfach mit.“
Bereitwillig folgte ich ihm. Im Eiltempo durchquerten wir Säle, Gänge, es ging treppauf, dann treppab, wollte er Verfolger abschütteln? Endlich, vermutlich im Keller, am Ende eines Ganges entdeckte ich eine Bar.
„Ich muss zurück in den Saal. Bleib hier, solange du willst. Ich kläre alles mit dem Barmann, an ihn kannst du dich vertrauensvoll wenden. Auf Fragen der Hochzeitsgäste dann, deine Abwesenheit

betreffend, antworte, dass du spazieren warst. So, viel Spaß, oder besser guten Schluck, ich beneide dich.“ Und weg war er.

Die Bar war kuschelig eingerichtet, es gab Säulen, Figuren, große künstliche Grünpflanzen. Indirektes gedämpftes Licht beleuchteten die Sitzecken kaum. Sicher war alles mit Bedacht so hergerichtet. Ich fühlte mich wohl, nicht nur, weil mir ein Glas Whisky gereicht wurde. Meinen Magen gut auf die kommenden Attacken vorbereitet, stürzte ich mich erneut ins Hochzeitsgetümmel. Erstaunlich, welche Freude, Ausgelassenheit, Unbeschwertheit diese Menschen ohne den geringsten Alkohol erreichen konnten. Wäre ich nicht der Überzeugung, dass das so Realität darstellte, hätte ich auf mindestens 1,8 Promille getippt. Vom Kleinkind bis zu den Ältesten hopste es auf der Tanzfläche herum, jeder nach seinen Vorstellungen, allein, zu zweit, in lustigem Ringelrein oder aufgereiht Männlein und Weiblein sich gegenüber antanzend.
Das Brautpaar sah diesem Treiben mit Begeisterung zu.
Dann – Stille, alle rannten auf ihre Plätze und starrten erwartungsvoll Madiha und Tamir an. Ich vermutete ein weiteres Hochzeitsritual.
Und so war es: In die Mitte der Tanzfläche wurden ein Tisch und zwei Stühle gebracht. Das Brautpaar stieg würdevoll vom Thron und setzte sich. Kellner brachten winzige Teller mit Speisen.
Erst begann Tamir sein Gegenüber zu verköstigen, dann übernahm Madiha diese Rolle. Ab und an aßen sich beide, an ihrem Ende beginnend, zur Mitte, besser gesagt zu den Lippen des anderen durch.
Nach ca. 15 Minuten beendete das Brautpaar unter dem Hallo der Gäste ihr Mahl und setzten sich wieder auf die Bühne.
Jetzt verspürte ich eine gewisse Unruhe unter den Anwesenden, die ich nicht, noch nicht, deuten konnte. War was falsch gelaufen? Hatte sich einer von den beiden „vergessen“?
Eine vertraute Stimme an meinem Ohr klärte mich auf: „Bleib bitte sitzen, denn gleich wird das Buffet eröffnet und das wollen wir dir nicht zumuten. Dir werden alle Gänge am Tisch serviert. “
Kaum ausgesprochen, teilten die Eltern des Bräutigams mit, dass man guten Appetit wünsche.

Unglaubliche Dinge spielten sich ab, aber ich konzentrierte mich voll auf das, was mir gleich Gutes passieren sollte.
Zuerst musste ich mich erheben, ein ca. ein Quadratmeter großer Teil vom Tisch wurde peinlichst gesäubert.
Ich wurde zum Sitzen aufgefordert. Dann ging‘s los, ein Gang nach dem anderen wurde serviert. War ich schon wieder in der französischen Gourmetküche angekommen? Diese Köstlichkeiten wurden geschickt mit typisch einheimischen Gerichten ergänzt. An ein Zwischengericht erinnere ich mich zu gern, jedes Mal muss ich schlucken, eine Meeresfrüchteplatte. Nichts fehlte, so viel Hummer hatte und habe ich in meinem Leben nicht gegessen.
Leider, das Sättigungsgefühl stellte sich viel zu schnell ein, einen Calvados, „Le Trou Normand“, oder ähnliches konnte, besser durfte ich am Tisch nicht trinken. Und so machte ich währen der großen Fleischplatte schlapp. Schnell in die Bar, denn mehrere Feinheiten als Dessert sollte ja noch serviert werden.
Auch dabei musste ich zu bald aufgeben.
Gut gegessen, hastig getrunken, hatten sie ihre Wirkung nicht verfehlt. Mein suchender Blick traf Achmeds Vater. Er war ganz Ohr und erwartete meine nächsten Bitten, war aber geschockt, als ich ihm zuraunte: „Du ich bin so was von müde, könnt ihr mich in mein Hotel fahren?“ Entsetzen in seinem Gesicht:
„Was, jetzt schon? Es sind doch noch nicht mal alle Gäste anwesend. Du sollst doch den Bruder meiner Frau noch kennen lernen.“
Das passierte aber dann nicht mehr. Gegen halb drei wurde ich mutig, vielleicht sogar boshaft: „Also, letztmalig, entweder du lässt mich ins Hotel bringen oder ich such mir ein Taxi.“ Gegen halb vier fiel ich todmüde ins Bett. Im Video konnte ich mich dann überzeugen, dass die Feier, wenn auch ohne Tamir und Madiha, bis in die Vormittagsstunden anhielt.

Zu einem Gespräch mit Achmeds Vater über die Unverschämtheiten seines Sohnes in den letzten Wochen und Monaten kam es nicht. Ich war überzeugt, er kannte nur die halbe Wahrheit des Geschehens und die schön verpackt. Auch wollte ich ihn, der so glücklich über die gelungene Hochzeit war, nicht traurig stimmen.

Nach Hurghada zurückgekehrt, erwartete mich Unerfreuliches, eine förmliche Mail von Familie Stork, in der ich unter anderem las: *„Liebe Kristin, wir haben uns nur langsam nach den Ereignissen in eurem Haus erholt. So schön es dort auch sein könnte, wenn der ‚Bad Boy' Achmed nicht gewesen wäre und sein Unwesen getrieben hätte. Du erinnerst dich, dass wir am 27. April fluchtartig die Villa verlassen mussten.*
Habe bitte Verständnis dafür, dass wir auch eine kleine finanzielle Entschädigung erwarten (...)"
Wir zahlten, hatten wieder liebe Kunden verloren, denn Achmed ließ sich so leicht nicht abschütteln.
Aber ich konnte ihn überreden, nach Deutschland überzusiedeln Somit gestalteten sich der Juli und August für meine Gäste und mich phantastisch.

Die erholsame Zeit ging Anfang September zu Ende, Achmed kam zurück. Auf meine Frage, was denn passiert sei, musste ich mir sein Geschwätz anhören: „Am Anfang war alles gut. Isabell war mit mir auf dem Arbeitsamt, füllte ein Formular aus, damit ich Geld erhalten konnte... *hab ich mich jetzt verhört, oder bekommt ein Ausländer, ohne gearbeitet zu haben, Hartz IV...* Ich meldete mich im Einwohnermeldeamt an, wir erhielten eine schöne Wohnung. Stell dir vor, wir mussten nicht mal Miete zahlen. Ich hab mir dein Auto geholt... *der Frechheit größter Gipfel...* denn Thomas hat ja sein Motorrad. Eigentlich lief alles prima... *glaub ich, ohne Arbeit, aber mit Geld, BMW, einer Frau, die alles richtet...* Aber dann nervte das Arbeitsamt, ich sollte einen Deutschkurs absolvieren, mir Arbeit suchen... *zufriedenes Schmunzeln überzog mein Gesicht...* Isabell machte für mich einen Termin bei deiner BMW–Werkstatt... *um Himmels willen, was müssen die von mir halten...* Das machte nicht richtig Spaß. Ich sollte von früh sechs bis nachmittags drei arbeiten, hatte nur eine Stunde Mittagspause. Das halte ich nicht aus. Noch dazu glaubten die, alles besser zu wissen. Also ging ich nicht mehr hin. Isabell, dein Mann, die Frau vom Arbeitsamt, alle hatten was zu meckern, ließen mich nicht in Ruhe. Als dann die Polizei sich noch über meinen Fahrstil aufregte und Bußgeld von mir verlangen

wollte, habe ich mir gedacht, dass ich nicht nach Deutschland gehöre. Ich bin eben ein Ägypter und gehöre nach Ägypten. Nun bin ich wieder da, um mit dir zusammen zu arbeiten... *Schlimmer geht's nimmer, womit hab ich das verdient?"*
Natürlich brauchte er eine Woche Ruhe, um sich von den „deutschen Strapazen" zu erholen. Somit hatten auch unsere Urlauber kaum Kontakt zu ihm.

Endlich Dezember, alle waren abgereist, ich konnte nach Deutschland fliegen, natürlich ohne Achmed.
Er hatte die Nase voll von Deutschland, war wieder ständig in seiner 2. Heimat, der „Calypso" zu finden. Telefonisch hatte er Isabell informiert, dass sie ihm ein Ticket für den 23. Dezember senden sollte. Sie war wenig erfreut, wollte es ihm aber trotzdem schicken. Ich hörte sie nur noch enttäuscht sagen: „Na toll, wozu haben wir uns eine Wohnung eingerichtet, dich in Deutschland angemeldet? Allein kann ich in der Wohnung nicht bleiben. Also bin ich wieder bei meinen Eltern eingezogen. So kommen auch Karim und ich finanziell besser zurecht." Seine Antwort hätte ich zu gern gewusst, aber Isabell schwieg mit traurigem Gesicht.

Die Vorweihnachtswoche brach an und das Telefon meldete sich – Achmed. Seiner Aussage nach war er todkrank, angesteckt von einem Urlauber, einem sehr netten älteren Herrn, der gar nicht wusste, was krank sein bedeutete, so fit war der Mann.
„Nichts als Lügen, der hat keine Lust, nach Hause zu kommen, fühlt sich in seiner „Calypso" bei den ‚Russian girls' wohler als bei Frau und Kind", stellte ich realistisch fest.
Daraufhin flippte Isabell so aus, dass sie mein Mann rauswerfen wollte, ich konnte ihn beschwichtigen.
Also rief Isabell Achmed an, stellte das Telefon auf Lautsprecher, damit ich mithören konnte, wie schlecht es ihm gehe. Er sprach von eitrigem Ausschlag am ganzen Körper und dass er ins Krankenhaus müsste, dafür aber kein Geld habe. Aus der Villa traue er sich kaum raus, so abscheulich würde er aussehen. Das Beste wäre, wenn Isabell und Karim sofort nach Hurghada kämen, zumal es Isabells

Pflicht sei, ihren Ehemann gesund zu pflegen. Irgendwas ließ mich am Wahrheitsgehalt seiner Worte zweifeln, Isabell muss es ebenso gegangen sein, denn, zurück nach Ägypten? Sie wusste nicht, ob sie das wirklich wollte.
Und ich wusste, was Achmed wirklich wollte, seine „mobile Bank“ mit Namen Isabell.
Sie befragte Achmed nach dem Krankenhaus, den behandelten Arzt und der Telefonnummer.

Am nächsten Tag wurde sie bei der Krankenkasse vorstellig und besprach die Einzelheiten. Achmed könnte sich, so nötig, eine umfassende Behandlung leisten, die deutsche Krankenkasse hätte die Kosten dafür getragen. Natürlich war ich skeptisch und recherchierte.
Die einzige Krankheit, die Achmed hatte, wenn man das überhaupt so bezeichnen konnte, war wirklich Geldmangel. Im genannten Krankenhaus kannte man ihn nicht mal, eine Arztrechnung erhielten jemals weder wir noch die Kasse aus Ägypten.
Mein zweiter Gedanke war: „Schau doch mal ins Internet auf der russischen Webseite für ‚bad boys‘ nach.“ Ich wurde fündig. Achmed war im „Gespräch“: Die Mädels informierten sich gegenseitig, dass man sich vor ihm in Acht nehmen müsse, ihm kein Wort glauben dürfe. Er wäre verheiratet, habe also Frau und einen Sohn, bestreite das aber hartnäckig. Eine andere wusste, dass irgendeine deutsche Tussi ihm sogar ein Ticket geschickt habe, damit er mit ihr in Deutschland den Jahreswechsel feiern könne.
Dieses Ticket soll er sogar in der „Calypso“ gezeigt und abfällige Bemerkungen geäußert haben...
Ich informierte Isabell, sie Achmeds Vater. Er und der Ehemann von Madiha bereiteten dem Spuk ein schnelles Ende. Achmed musste sofort nach Alexandria, verbrachte die gesamte Zeit bei den Eltern, musste sich Standpauken ohne Ende anhören. Ob‘s auf Dauer helfen würde?

Nach den Aufregungen zwischen Weihnachten und Silvester verhieß das kommende Jahr Gutes. Nicht zuletzt hatten Achmeds Eltern den

Frieden wieder hergestellt. Er verhielt sich brav wie ein Lamm. Alle waren fest davon überzeugt, dass er endlich sein Leben in den Griff bekommen habe.
Ich war da anderer Ansicht, kannte ich ihn doch lang und auch gut genug, um zu ahnen, nein, zu wissen, dass er eine neue Show abzog. Bestimmt grübelte er ohne Ende, wie er mich ausschalten und sein früheres nutzloses Leben unbehelligt fortführen könnte. „Holzauge sei wachsam“, mahnte ich mich selbst zur Vorsicht.
Wie schon erwähnt, bereits Anfang Januar waren wir bis Oktober 2007 so gut wie ausgebucht. Das bedeutete, ich brauchte Unterstützung. Diesmal sollten es deutsche Mitarbeiter sein.
Wir wandten uns ans Arbeitsamt und schnell war eine Reiseverkehrsfrau gefunden. Ilka, eine intelligente und angenehme Endvierzigerin, stellte sich nach einigen Telefonaten persönlich bei uns vor.
„Nicht schlecht“, dachte ich während des Gesprächs, „die könnte zu mir passen.“ Nur etwas störte mich. Sie brachte, vielleicht als Verstärkung, ihren Ehemann mit. Darauf angesprochen, erklärte sie zu mir gewandt: „In einem unserer ersten Telefonate haben Sie darüber geklagt, dass Frauen nicht lange ordentlich arbeiten. Dann ist man irgendeinem Ägypter verfallen und macht nur noch, was der will, es gibt Ärger und Sie kündigen den Frauen, schicken Sie nach Deutschland zurück. Richtig?“
Natürlich hat mich das die Erfahrung gelehrt und ich gab zu: „Ja, so war das bisher immer, ohne Ausnahme, ganz gleich welchen Alters.“ Dass die älteren Frauen die schlimmsten waren, verschwieg ich allerdings.
Unbeirrt fuhr sie fort: „Genau deshalb ist mein Mann mit. Ihr sollt auch aus seinem Mund erfahren, dass wir eine glückliche und harmonische Ehe führen.“
Mein Gesichtsausdruck muss meine Zweifel widergespiegelt haben, denn mit vielsagenden Blick schaute sie ihren Mann an: „Stimmt‘s? Und daran kann nichts und niemand was ändern. Wir haben so viel durchmachen müssen. Das schweißt zusammen.“
Der Mann pflichtete dem bei und lobte seine Frau in den höchsten Tönen.

Abschließend kam von Ilka auch noch der Satz: „Der charmanteste Ägypter hätte bei mir kein Glück.“ Und das machte mich hellhörig, denn ich vernahm eine geheime Vorfreude in allem, was sie sagte, wie sie sich benahm, etwas zu affektiert, wäre der richtige Ausdruck dafür. Na gut, wir würden sehen.

Die letzten Vorbereitungen waren abgeschlossen und wie vereinbart, flog sie Anfang Januar 2007 für zwei Wochen Probezeit mit mir nach Hurghada.

Natürlich fand ich, wie immer, die Villa verwahrlost wieder. Achmed konnte allein in der Villa nicht wohnen, da die Geister von Mahmoud ihr Unwesen mit ihm treiben würden. Falsch, sein Nachtleben und seine arbeitsunwilligen Finger ließen ihn das Haus meiden. Da ich ihm frank und frei diese Einschätzung auch sofort mitteilte, war der erste Streit perfekt, er beschwerte sich telefonisch bei Isabell, fand nicht die notwendige Unterstützung, denn ich hatte Ilka als meine Augenzeugin zur Seite.

Das hätte der Moment sein können, um meinen verhassten Schwiegersohn abschießen zu können.

Aber es kam alles ganz anders, die Ägypter „schlugen zu“ und hatten vollsten Erfolg.

Besser der Reihe nach ...

Ilka, die bis jetzt fleißigste aller Bewerberinnen, und ich brachten die Villa in kürzester Zeit auf Vordermann. Die Frau konnte arbeiten. Sie brachte neue Ideen mit, ob fürs Frühstücksbuffet oder für die Ausflüge, perfekt.

Pünktlich zur Ankunft der ersten Gäste strahlte die Villa in vollem Glanz. Edda und Edgar, schon Stammgäste, waren begeistert und zählten gleich auf, was sich seit ihrem letzten Urlaub verändert hatte.

Am nächsten Morgen nahmen sie mich beiseite: „Du mal ehrlich, dieser Ehemann deiner Tochter gefällt uns nicht mehr. Bring es auf die Reihe, dass wir wenig Kontakt mit dem haben müssen. Der ging uns gestern Abend, nachdem du weg warst, mächtig auf den Geist, wir sollten gleich Ausflüge bei ihm buchen und er drängte uns, baldigst Termine fürs Einkaufen zu verabreden.

Weiß er nicht, dass wir sechs Wochen bleiben wollen? Alles hatte so was Bedrohliches an sich. Ach, und eins noch, du bist unser Ansprechpartner nicht der. Wir unternehmen alles nur mit dir."
Ich versprach beiden, mit Achmed zu reden.
Den gesamten Vormittag überlegte ich nun, wie ich dieses unschöne Gespräch einleiten könnte.
Musste ich nicht, denn gegen Nachmittag kam Achmed angerauscht und fragte mich vorwurfsvoll und bissig, was ich mit Edgar und seiner Frau abgesprochen hätte. Bingo, ich hatte den Aufhänger für die Auseinandersetzung geliefert bekommen.
Unschuldig antwortete ich: „Was willst du von mir? Die sind gestern Mittag doch erst angekommen und abends hatte ich mein Treffen mit deutschen Frauen. Vom Termin zurück gekommen, haben sie schon geschlafen, sind halt nicht mehr die Jüngsten."
Und er erzählte, mich dabei hasserfüllt anblickend, was ich schon wusste. Kaum konnte ich meine Siegerstimmung, oder war es Schadenfreude verbergen.
Gelassen sagte ich: „Ach, hast wieder Mal alles vermasselt, deine Geldgier hat dich dazu gebracht, gravierende Fehler zu begehen, Klasse. Und ich soll das wieder richten. Vergiss es."
„Bitte, rede mit den Gästen, es ist doch dein Schulfreund", bettelte dieser Heuchler, wollte mich sogar noch verklapsen, indem er hinzufügte: „Ich mache alles, was du willst, wirklich, ich schwör's beim Augenlicht von Karim." Oh Gott, war denn niemand, nicht mal der eigene Sohn vor der Geldgier dieses Mannes sicher?
„Ok", antwortete ich, „dann verschwinde aus der Villa, lass unsere Gäste in Ruhe. Wenn sie was unternehmen wollen, dann teile ich dir das mit. Am besten, du besuchst wieder mal deine Eltern in Alexandria und löst dabei endlich deine Probleme mit der Armee."
Er schaute mich entsetzt an und heuchelte weiter: „Wie soll das gehen? Du bist in Hurghada ohne mich doch schutzlos, jeder kann mit dir machen, was er will. Die werden dich betrügen..."
Ich beendete seinen nichtigen Redeschwall mit einem herzhaften Lachen. Er verstand mich und schlug vor, in zwei Tagen für einige Zeit nach Kairo und Alexandria zu gehen.

Im Prinzip begann für uns nun eine schöne und entspannte Zeit, so dachte ich. Falsch gedacht, denn es gab ja noch Ilka.
Ihre Arbeit perfekt, aber was war das? Sie machte meinem Bekannten, einem ca. 23-jährigen Reiseleiter, schöne Augen.
Ich hatte Moha, so sein Name, im August 2006 im Microbus kennen gelernt. Richtig vermutend, dass ich Deutsche sei, nahm er allen Mut zusammen und sprach mich einfach an. Im ersten Moment fand ich das anmaßend, aber er erklärte mir seine Absicht – sein Deutsch zu vervollständigen und viel über deutsche Sitten und Bräuche zu erfahren. Nachdem wir uns gegenseitig vorgestellt hatten, waren wir uns einig, ich würde ihm helfen und er mir.

Moha hatte in Kairo das Goetheinstitut absolviert, bei einer älteren Dame sein Deutsch perfektioniert. Zusätzlich hatte er sich zum Reiseleiter ausbilden lassen. Da der Großteil seiner Familie, natürlich nur die Männer, in Hurghada arbeitete, entschloss er sich, auch in diesem Touristenzentrum sein Glück zu versuchen. Seine Deutschlehrerin legte ihm ans Herz, sich zuerst nach einem „Ersatz“ für sie umzuschauen. So fand er mich. Unsere Zusammenarbeit war für beide gewinnbringend. Worum ich nicht gebeten hatte, waren ständige Belehrungen über die Schädlichkeit des Alkohols. Aber mit einem Glas Wein spülte ich sie weg. Trotzdem fand ich gut, dass er als Moslem nach dem Koran lebte.
Und nun das! Ilka fand diesen großen Jungen super. Sicher konnte ich das verstehen, denn auch ich hatte mich an ihn gewöhnt, wollte ihn nicht missen. Für mich war er wie mein Enkel, ich mochte ihn. Das wusste er und auch, dass ich verheiratet war und niemals mit einem anderen Mann ein Verhältnis anfangen würde, auch der charmanteste Ägypter hatte keine Chance. Das wusste er genauso wie alle meine Freunde, ein Grund, vielleicht sogar der ausschlaggebende, dass sie mich akzeptierten.
Ilka zeigte ihm offen ihre Gefühle. Am Anfang verwirrte ihn das, später fühlte er sich anerkannt, schließlich wurde er von einer Deutschen begehrt. Ich zeigte Abstand, das interessierte beide wenig. Schließlich überraschte ich Ilka und Moha, wie sie Hand in Hand durch die Straßen spazierten.

Ich war empört, stellte Ilka zur Rede, erinnerte sie an ihre ach so tolle Ehe und ihren Ehemann.
Sie lachte meine Bedenken mit den Worten: „Das ist doch nur Spaß" weg. Trotzdem bemerkte ich eine gewisse Verlegenheit.

Und wie es der Zufall wollte, am selben Tag nach dem Abendbrot wollte Edda unbedingt mit mir noch eine Runde laufen. Ok, Edgar half Ilka in der Küche und wir begaben uns auf einen Verdauungsspaziergang.
Etwas unsicher begann Edda: „Du, versteh mich nicht falsch, aber ich muss dir was sagen."
„Dann schieß mal los, ich bin hart im Nehmen und dass Achmed ein Tunichtgut ist, weiß ich doch schon lange."
„Nein; es geht nicht um Achmed, sondern um Ilka", gestand sie leise.
„Raus mit der Sprache, was hat sie angestellt? Macht sie Edgar etwa schöne Augen? Das ist nicht so schlimm, es macht ihr einfach nur Spaß, mit den Männern zu flirten – ‚midlifecrisis' nennt man das", lachte ich ihre Befürchtungen weg.
„Nein, das ist es auch nicht, viel schlimmer. Wenn du nicht dabei bist, baggert sie regelrecht die Ägypter an, schäkert mit ihnen und tauscht Telefonnummern aus. Sie hat mit einem sogar schon ein Date vereinbart."
„Das glaub' ich jetzt nicht, sag, dass das nicht wahr ist", empörte ich mich.
„Doch das ist die Wahrheit, frag Edgar, der war auch so entsetzt", erwiderte sie.
Ich war fassungslos, was sollte ich tun? Hatte sie mir doch hoch und heilig versprochen, sich mit keinem Ägypter einzulassen. Ich erinnerte mich an die Schwärmereien von einer perfekten Ehe. Trotz allem, würde ich sie nicht sofort zur Rechenschaft ziehen. Man musste über solch katastrophale Mitteilungen schlafen, dann sah alles anders aus.
Ich teilte Isabell das eben Gehörte mit. Sie lachte nur und wollte mich beruhigen: „Mutter, wie oft muss ich dich noch aufklären? Warum soll Ilka die Ausnahme sein? Du bist doch lang genug in

Ägypten und kennst das ‚Spiel mit der Liebe' Also, was regst du dich auf? Schick sie zurück und gut."
Das war leichter gesagt, als getan. Ich musste ja erst mal mit ihr reden und ihr mein Missfallen bekunden.

Am nächsten Morgen grübelte ich, ob ich sie zur Rede stellen sollte. Musste ich nicht, denn sie kam verheult in die Küche: „Du, gestern hat mein Mann angerufen. Zu Hause gibt es große Probleme. Das bedeutet, das nächste Flugzeug ist meins. Ich habe nur eine Hoffnung, es gibt keine freien Plätze."
Ich versicherte ihr, mich drum zu kümmern, und es gab viele freie Plätze.
Um mit Kurt Tucholsky zu sprechen: „Vorbei, verweht, nie wieder."
Somit war das Kapitel „Mir kann geholfen werden" wieder mal unrühmlich zu Ende gegangen.
Wir drei, Edgar, Edda und ich verbrachten eine wunderschöne Woche in Hurghada und Makadi Bay.

Aber es sollte noch schöner werden. Eines Nachts rief mich Achmed an, er hatte eine „Wiedergutmachidee", die wie folgt aussah: „Sag Edgar und seiner Frau, dass sie eine Woche in Alexandria verbringen können. Sie zahlen dafür nur 100 Euro."
Das war ein Angebot.
Beide waren hocherfreut und nahmen an. Ich besorgte uns Bustickets, toll, ca. 900 km für 10 Euro wo gab es noch so was? Wir fuhren mit einem der neuesten Mercedesbusse, nicht mal elf Stunden.
In Alexandria angekommen, wurden wir von Achmeds Vater aufs Herzlichste begrüßt, der es sich nicht nehmen ließ, uns persönlich abzuholen. Das Abendbrot ein Gedicht, Fisch vom Feinsten. Edgar war voll des Lobes.
Achmeds Mutter hatte das Gästezimmer herrichten lassen und meine Freunde fühlten sich wie im siebten Himmel. Vor dem Schlafengehen raunte mir Edgar noch zu: „Was du nur hast, das sind so nette Leute, ich bin sprachlos. Sehe ich das richtig, dass wir die Woche hier leben werden?"

„Ja, du siehst das richtig, schwarze Schafe gibt es eben überall, auch in einer der angesehensten Familien von Ägypten“, konnte ich nur ganz entnervt sagen.
Hatte es dieser Mensch doch wieder geschafft, die Leute auf seine Seite zu ziehen und mich als garstige Alte dastehen zu lassen. Aber was tut man nicht alles für die Urlauber. Ich machte halt wieder gute Miene zum bösen Spiel, das hinterhältige Grinsen meines Widersachers wohl bemerkend.

Diese Woche in Alexandria wurde dank Achmeds Eltern ein einmaliges Erlebnis für Edgar und Edda.
Früh und abends wurden wir verköstigt, und das reichlich und gut. Jeden Tag erkundeten wir einen Teil dieser phantastischen Stadt am Mittelmeer, die 331 v. Chr. von Alexander dem Großen gegründet worden ist.
Leider waren viele der bedeutendsten Kulturdenkmale für die Neuzeit nicht erhalten geblieben, verbrannt oder zerfallen, besonders während der Thronstreitigkeiten zwischen Kleopatra und ihrem Bruder.
Trotz allem, Alexandria war zu neuem Leben erwacht, wir hatten also genug zu besichtigen.
Da sei zuerst die neuerbaute Bibliothek genannt, Ergebnis einer guten Zusammenarbeit zwischen der UNESCO und der ägyptischen Regierung. Dieses futuristische Bauwerk beherbergt eine große Sammlung alter Handschriften, daneben kann man jedes auf der Erde existierende Werk im Computer lesen, so die Hinweise des Guides. All das war für meine Gäste nicht so spannend.
Größeres Interesse erzeugte bei Edgar und Edda das Fort Qaitbay, erbaut aus dem Schutt des Leuchtturms von Pharos, eines der Sieben Weltwunder der Antike. Trotz seines Rufes, ein technisches Meisterwerk zu sein, stürzte er, obwohl ständig restauriert, im 14. Jahrhundert ein.

So entdeckten meine Freunde jeden Tag etwas Neues, seien es die Menschen von Alexandria oder bekannte Bauwerke, feinste Fischrestaurants, alte Kaffeehäuser.

Und abends lernten sie Familienleben auf ägyptisch kennen, für Edgar sehr ungewohnt und so gab es manch lustigen Zwischenfall.

Wir saßen alle im Wohnzimmer und verzehrten einen schmackhaften Nachtisch, die Arbeit in der Küche war erledigt und Dienstmädchen Wasna, sah mit uns fern, natürlich auf dem Boden sitzend.
Edgar stand auf und forderte uns zum Zusammenrücken auf, damit Wasna Platz hätte.
Vergeblich versuchte ich ihm zu erklären, dass das in Ägypten so sei.
„Das kann doch nicht wahr sein“, polterte er los. „Der Hund sitzt auf der Couch, wird mit Schokolade gefüttert und dieses fleißige Mädchen.“ Vor Empörung verschlug es ihm die Stimme, hatte aber Kraft für einen Versuch, Wasna aufs Sofa zu zerren - erfolglos. Die Familie schaute dem Treiben amüsiert zu, nicht wissend, worum es Edgar ging. Ein lautes und strafendes „Edgar!“ seitens Edda ließ sein Vorhaben mit den Worten: „Dann hat sich der Abend für mich erledigt“ beenden. Demonstrativ ging er schlafen.
Ich versuchte, Achmeds Eltern Edgars Verhalten zu erläutern, bis heute nicht wissend, ob sie begriffen, was wirklich passiert war.
„Komm, vergessen wir das ganze bei einem Whisky“, schlug der Vater vor. Danke, Edgar!
An einem Freitag passierte dann das Unfassbare. Die Männer waren mit ihren kleinen Teppichen zur Moschee unterwegs, wir warteten auf Achmed, um mit ihm unsere Abreise am nächsten Tag zu besprechen.
Bei einem Tee, die Erlebnisse der letzten Tage Revue passieren lassend, vertrieben wir uns die Wartezeit.
Plötzlich sprang Edgar auf schrie uns an: „Folgt mir ins Speisezimmer, wir müssen helfen, Achmeds Mutti liegt leblos auf dem Boden, nur mit einem Stück Gardine auf dem Kopf.“
Bevor ich ihm den Grund ihres „auf dem Boden liegen“ mitteilen konnte, war es zu spät, seine „Wiederbelebungsversuche“ an der sich vehement wehrenden Frau waren in vollem Gange.
„Edgar hör auf, sie betet“, beruhigte ich ihn. Peinlich berührt und total verstört, kam er ins Wohnzimmer zurück. Ich erklärte ihm,

dass nur die Männer in die Moschee gingen, die Frauen beteten zu Hause. „Lies den Koran“, ergänzte ich. „Darin erfährst du unter anderem, dass beim Beten nichts vom Denken an Allah ablenken darf. Nun stell dir vor, vor dir hockt eine junge Frau. Woran denkst du dann?“ Ein Aufleuchten in seinen Augen, bewies mir, er hatte begriffen.

Nach einer erlebnisreichen Woche, vollgestopft mit den phantastischsten Begebenheiten, fuhren wir drei nach Hurghada zurück. Achmed hatte in Alexandria wegen der Armee noch sehr viel zu tun, ich glaubte ihm nicht, aber wen interessierte das schon. Mit Eddas Hilfe brachte ich die Villa auf Vordermann und die nächsten Gäste, gute Bekannte meines Ehemanns, konnten anreisen.

Michael und Mandy, das erste Mal in Ägypten, waren beeindruckt. Sie fühlten sich in der für sie fremden Welt immer wohler, freuten sich, der Empfehlung meines Mannes Folge geleistet zu haben.
Dann, eines Tages stand ein junger Mann an der Tür, teilte mir mit, dass er von Achmed beauftragt worden sei, meine Gäste und mich vor Unannehmlichkeiten zu schützen. Er forderte, Bettzeug und richtete sich auf der Bank neben dem Eingang häuslich ein.
Empört rief ich Achmed an: „Was soll das? Ich brauche die Bank für die Urlauber, du weißt wie gern sich alle dort zum Plausch einfinden, besonders früh am Morgen, um den Tag gemeinsam zu planen.“
„Das ist nun vorbei, die können sich woanders hinsetzen. Das ist ab jetzt der Platz für meine Security. Ich habe erfahren, dass viele fremde Menschen dich besuchen. Außerdem kommt täglich Bob. Und das will ich nun ganz und gar nicht. Also, bitte, mach keinen Ärger, wir haben uns doch in Alexandria so gut verstanden.“
„Ja, das haben wir“, bestätigte ich und fuhr fort: „Aber doch nur deshalb, weil du so gut wie nie da warst. Ok, ich willige ein, aber spätestens 6 Uhr morgens ist der Typ verschwunden.“
Darauf einigten wir uns. Trotzdem, das ungute Gefühl, ständig beobachtet zu werden, schlich sich ein. Ich ahnte, es war nur noch eine Frage der Zeit, dass diese Situation eskalierte.

Eines Abends luden wir Moha zum Essen ein, um mit ihm einen Ausflug nach Sharm el Sheik zu besprechen, vom Buchen war zu dieser Zeit noch gar keine Rede. Nach dem Abendessen setzten sich alle in die Sitzecke.

Plötzlich vernahm ich mächtigen Lärm, Männer stritten sich lauthals auf der Straße. Das war nichts Besonderes, aber ich hörte heraus, dass jemand nach mir rief. Draußen angekommen, sah ich Bob mit der neuen Security und zwei weiteren Ägyptern wild gestikulieren.

„Was geht hier vor, was wollt ihr von Bob? Der wird von mir schon dringend erwartet, da die Waschmaschine nicht funktioniert."

„Nein, der darf nicht in die Villa, hat mit seinem Fahrzeug sofort die Straße zu verlassen. Der will nämlich Achmeds Villa ausräumen", giftete das Security-Männlein. Aha, der steckt hinter dieser Attacke. Ich jagte die drei Großmäuler weg, beschwichtigte Bob und sprach mit ihm einen späteren Termin ab. Die Gemüter sollten sich zuerst beruhigen, so dachte ich.

Die drei selbst ernannten Aufpasser hatten aber nichts anderes zu tun, als in die Villa zu stürmen und laut schimpfend Moha aus der Villa zu zerren. Zu spät bemerkte ich dieses Treiben, nämlich erst, als Moha neben mir stand und nur ein Wort herausbrachte: „Achmed".

Ich schäumte vor Wut, musste auf alle einen furchterregenden Eindruck hinterlassen haben. Die drei „Ordnungshüter" waren wie vom Erdboden verschluckt, Edda hielt mich fest, führte mich behutsam nach drinnen und Edgar hielt mir schon das obligatorische Glas Whisky hin.

„So, nun beruhig dich mal, ist doch nichts passiert, die haben sich nur auf Moha gestürzt, uns haben sie nichts getan."

Alle rieten mir, den Vorfall unter Ulk zu verbuchen, hatten einen Grund, den Abend feuchtfröhlich zu beenden.

Es wäre vielleicht im Sand verlaufen, hätte ich nicht gegen Mitternacht noch einen Anruf von Moha erhalten.

Einer von diesen selbst ernannten Aufpassern hatte Achmed telefonisch über den Ausgang seines Auftrages informiert. Dass sich die Ordnungshüter von mir in die Flucht schlagen ließen, empörte Achmed über alle Maßen. Jetzt schäumte er vor Wut und beauftragte

sie, sich an Mohas Fersen zu heften. Wäre der dann weit genug von der Villa entfernt, sollten sie ihn bitten, Achmed anzurufen, da er ihm Wichtiges mitzuteilen habe. In diesem Telefonat bekam Moha eine Lügengeschichte aufgetischt, die ihresgleichen suchte.
Er teilte ihm u. a. mit ich sei von Haus aus boshaft, eine Diebin und Betrügerin, hätte ein Verhältnis mit Bob und würde von Achmeds Geld leben. Außerdem riet er Moha, es wäre besser für ihn, sich von mir fernzuhalten.
Natürlich glaubte ihm Moha kein Wort, sondern informierte mich, dass er jetzt ein Taxi nehmen, mich abholen, mit mir zur Touristenpolizei fahren und den gesamten Vorfall anzeigen würde. Gesagt, getan. Gegen drei Uhr morgens war dann alles, auch ich, erledigt.

Das Frühstück war auf neun Uhr verlegt worden, trotzdem konnte ich die Zeit nicht einhalten und die Urlauber vergnügten sich wie jeden Morgen auf der Bank vor dem Haus.
Plötzlich Gekreische und Geschimpfe, ich rannte vor die Tür und glaubte, meinen Augen nicht zu trauen. Unser Gärtner, der jeden Morgen und Abend die Grünpflanzen erfrischte, richtete den Wasserstrahl auf die Urlauber und freute sich diebisch über deren Reaktionen. In dem Moment vergaß ich mich nun doch, aber er überlebte. Murrend, wüste Beschimpfungen mir zuwerfend, trollte er sich von dannen.

Das Maß war voll, denn ich vermutete richtig, dass Achmed diese Schandtat veranlasst hatte.
Stehenden Fußes rief ich Isabell an, teilte ihr kurz die Fakten mit: „Es reicht, was muss noch passieren? Soll erst einer vom Wasserauto überrollt werden oder erkennst du endlich den Ernst der Lage und den Übeltäter?“ Und wie immer in solchen Situationen ließ ich sie gar nicht zu Wort kommen, legte auf.

Etwa eine Stunde später klingelte mein Telefon - Isabell, sollte ich mit ihr reden, den Schwachsinn vom ach so armen Achmed mir anhören? Ich ließ es läuten.

„Los, geh ran, du weißt doch gar nicht, was sie erreicht hat", bestürmten mich die Urlauber. „Wir wollen wissen, was deine Tochter für uns getan hat."
Also gut: „Ich höre, konntest du was bewegen?"
„Mutter, hör mir gut zu. Ich habe mit einem Mr. Amir von der ägyptischen Botschaft in Berlin gesprochen. Der war empört und wird dir helfen. Er ruft dich in ca. einer halben Stunde an und erklärt dir, wie es weitergeht. Unternimm nichts, mach, was der sagt."
Kaum hatte ich das Gespräch beendet, rief mich dieser Mr. Amir auch schon an. Er entschuldigte sich für das Fehlverhalten den Touristen gegenüber, informierte, dass mich heute noch ein Vertreter des Security-Ministeriums anrufen und sich der Sache annehmen würde. Ok, wir würden sehen.
Keine Stunde später hatte ich den ersten Sekretär des Security–Ministeriums von Kairo am Apparat.
Ihm musste ich den gesamten Vorfall nochmals mitteilen. Er wollte es dem Gouvernement von Hurghada übergeben.

Kurze Zeit später wurde ich zum obersten Polizeichef von Hurghada gebeten. Es wurde alles protokolliert und Anzeige erstattet. Und hier unterlief mir ein Fehler. Oft wurde ich gefragt, ob ich nur Anzeige gegen Ramadan, unseren Gärtner, und nicht gleich eine gegen Achmed, den Urheber allen Übels, stellen wolle.
In Rücksicht auf Isabell und Karim verneinte ich.

Es blieb interessant, am nächsten Tag meldete sich die Hauptstelle der Touristenpolizei von Hurghada bei mir. Sie baten um ein Gespräch. Ich stimmte zu und wir trafen uns kurze Zeit später im benachbarten Hotel.
Freundlich konnten die auf einmal sein, einfühlsam, bedauerten den Vorfall zutiefst und distanzierten sich von der mangelhaften Arbeitsweise ihrer Kollegen von der Dienststelle in Dahar. Sie hatten eigens für mich, damit sich wegen der Sprachschwierigkeiten keine Missverständnisse einschleichen konnten, einen Dolmetscher mitgebracht. Letzterer war ein Lacher. Sicher, er beherrschte die deutsche Sprache, nahm aber die von der Polizei gebotene

Möglichkeit sofort wahr, um mich anzubaggern und mich zu bitten, ihm viele Touristen in seinen Shop zu schicken. Dümmlich grinsend fügte er hinzu: „Du hast dann auch was davon.“
Ich musste den gesamten Vorfall nochmals darlegen, ein Protokoll unterschreiben. Ramadan wurde eingefangen, mir gezeigt, ob er der Täter gewesen sei und mitgenommen.
Die weiteren Recherchen ergaben, dass Ramadan infolge zweier Attacken auf Urlauber in Gewahrsam, sprich Gefängnis, genommen wurde, obwohl ich von dieser Maßnahme absehen wollte, konnte ich mich doch an die Erläuterungen der krassen Zustände in den Gefängnissen erinnern. Außerdem kannte ja jeder den wahren Täter, den Fadenzieher. So beantragte ich lediglich eine „Bannmeile“.
Das interessierte die Polizisten wenig, sie mussten Bericht abgeben. Der Chef der Touristenpolizei verabschiedete sich vorwurfsvoll mit den Worten: „Es ist unsere Angelegenheit, was in Hurghada passiert und nicht die der Botschaft in Berlin. Merken Sie sich das für die Zukunft bitte.“
Hallo, was sollte diese Belehrung, die Touristenpolizei war nicht da, als ich sie dringend benötigte. „Gewonnen ist gewonnen“, flüsterte ich in mich hinein und versuchte, ein zweideutiges Lächeln aufzusetzen.
Es dauerte nicht lange und Achmed kreuzte auf: „Was fällt dir ein, Ramadan ins Gefängnis zu bringen? Wenn er diese Tortur nicht überlebt, ist es einzig und allein deine Schuld“, versuchte er mich einzuschüchtern.

„Du bist also auch überzeugt, dass eigentlich du dahin gehörst? Außerdem glauben weder ich noch die anderen, dass es einzig meine Schuld ist. Jeder weiß, dass du hinter allem steckst. Also reg dich ab. Sag, was liegt wirklich an“, konterte ich.
„Das wirst du in den nächsten Tagen noch erleben. Ramadans Eltern sind im Anmarsch, sie wollen den Schuldigen auf ihre Weise bestrafen“, frohlockte er.
Ich ließ ihn stehen, war mir doch klar, dass er Mittel suchte, seine Haut zu retten. Niemand mochte wohl glauben, dass ich jemandem absichtlich Leid zufügen würde.

Zur Absicherung meiner Vermutung stattete ich den Jungs vom Taxi–Stand einen Besuch ab.
Ich musste gar nicht erst fragen, denn sie begrüßten mich gleich mit den Worten: „Na, zittert das Großmaul schon vor Angst? Ramadans Eltern, eingefleischte Oberägypter, haben ihm eine Frist von zwei Tagen gestellt. Wenn ihr Sohn dann nicht in Freiheit ist, rücken sie mit der gesamten Familie an. Da vergeht einem schon beim Anblick dieser Sippe das Lachen."
„Ja, ihr habt Recht, er wirkte zwar eingeschüchtert, muss mich aber als die Schuldige genannt haben", antwortete ich.
„Lass gut sein, jeder hier weiß, dass du nicht mal einer Fliege was zu Leide tun kannst", beruhigten sie mich. „Außerdem ist uns allen bekannt, dass du gegen Gefängnis für Ramadan warst, er sollte lediglich um dich und die Villa einen großen Bogen machen", ergänzte einer vom Hotel.

Achmed wurde von Tag zu Tag unruhiger, telefonierte ständig mit seinem Rechtsanwalt, bis er endlich, gönnerhaft lächelnd, mir mitteilte: „Kannst dich abreagieren, Ramadans Vater kommt nicht nach Hurghada. Ich hab heute Ramadans Freilassung beantragt. Weiterhin habe ich ihm jegliche Kontaktaufnahme zu dir verboten. Also, was hab ich gesagt, ohne mich bist du schutzlos in Hurghada." Sprach's und ging.
Es dauerte einige Zeit, bis ich wieder klar denken und meinen Mund schließen konnte.
Damit war das Kapitel „Schutzlos ohne mich" nach außen hin abgeschlossen. Innerlich zermarterte Achmed sich und sann auf Rache, zumal ihn alle, ohne Ausnahme, spüren ließen, dass das insgesamt ein Schuss ins Nichts gewesen war.
Trotzdem, die Angelegenheit ging auch an mir nicht spurlos vorbei, ich spürte förmlich, dass er Gemeines im Schilde führte. Ich musste mich schützen, aber wie?
Da kam mir ein Zufall zu Hilfe. Ich saß, wie öfters, nach getaner Arbeit mit meinen Bekannten im Restaurant „Pita Sphinx" und ließ meine Freunde an den Erlebnissen der letzten Tage teil haben.

„Sei wachsam und pass gut auf dich auf. Dieser Unmensch ist zu allem fähig“, warnte mich Babara.
„Ja, sie hat Recht“, pflichtete ihr Kleo bei. „Wir haben immer Angst um dich, wenn es freie Tage zwischen den Belegungen gibt und du mit dem allein bist.“
Barbara, wie immer ideenreich, rief den Besitzer des „Pita Sphinx“ an unseren Tisch und begann das alles entscheidende Gespräch: „Sag mal, du vermietest doch Wohnungen. Hast du hier im Haus eine frei? Kristin braucht dringend eine.“
„Na klar, in dieser Woche wird die Wohnung 9 in der 4. Etage frei“, und zu mir gewandt: „Wenn du willst, können wir die gleich anschauen. Im Moment wohnt nur meine Tochter drin.“
Und los ging‘s. Die Besichtigung fiel positiv aus und ich hatte ab 01. Februar eine schöne kleine Wohnung mit Meerblick. Dorthin konnte ich mich zurückziehen, mit Freunden treffen, war vor Achmed sicher.
Tja, meine beiden Beschützerinnen, Babara und Kleo, ich war froh, sie kennen gelernt zu haben.

Der reine Zufall hatte uns zusammengebracht, zu einer Zeit, in der ich noch glaubte, den moslemischen Frauen helfen zu können, eben die Vereinigung zum Schutz der Frauen gründen zu müssen. Auf der Suche nach deutschen Frauen, die in Ägypten lebten und arbeiteten, empfahl man mir dieses Restaurant, Treffpunkt der Deutschen.
Schnell ins Gespräch kommend, konnte ich beiden mein Anliegen vortragen. Die Reaktion war so was von unterschiedlich, keine kam meiner Idee entgegen.
Babara, die als Krankenschwester im einem großen Hospital tätig war, lachte meine Idee einfach weg und erklärte mir: „ Lass gut sein, du hast ein großes Herz, aber das will hier keiner, am wenigsten die Frauen. Die müssen nach deiner Hilfe mit ihren Männern weiter zusammenleben. Und vergiss nie, mit der Heirat werden die Frauen Eigentum ihres Mannes. Sie haben andere Pflichten als sich gegen ihre Gebieter zu behaupten. Ja, du hast richtig verstanden. Die Frauen müssen gehorchen. Wenn nicht, dann landen sie bei mir in der Notaufnahme. Und denke nicht, dass die dann die wahre

Ursache ihrer Verletzungen preis geben. Diese geschundenen Frauen berichten von Küchenunfällen, unglücklich gestürzt zu sein und Ähnlichem."
Ich entgegnete ihr: „Der Beruf hat dich hart gemacht. Klar, du kannst nicht mit den Frauen leiden. Deine Aufgabe ist es, die Patienten medizinisch zu betreuen."
„Glaube mir und versuche nicht, das Zusammenleben nach deutschen Gepflogenheiten regeln zu wollen, das funktioniert nicht."
Einige Zeit nach der „Belehrung" erlebte ich hautnah, wie Recht Babara hatte. Wir saßen wieder gemütlich im Restaurant, Babara ging es an diesem Tag nicht besonders gut. Unser Beisammensein wurde jäh beendet. Babara verlor blitzartig das Bewusstsein und rutschte unter den Tisch. Kleo, unterstützt von den Kellnern, versuchte, sie aus der Ohnmacht zurückzuholen – erfolglos. Ich rief im Hospital an und informierte dieses über den Zustand von Babara. In kürzester Zeit war der Krankenwagen da, wir fuhren ins Hospital und Barbara wurde untersucht. Für mich erstaunlich, dieses Krankenhaus verfügte über moderne medizinische Geräte.
Sie erhielt einen Tropf und wurde an ein Beatmungsgerät angeschlossen. Damit war klar, es konnte dauern und ich hatte Gelegenheit, eine ägyptische Notfallaufnahme zu erleben. Vorweg gesagt, es war furchtbar, wovon ich in dieser Nacht alles Zeuge wurde.

Zuerst hörte ich es hinter dem Vorhang jammern. Was sollte ich tun, denn meine Aufgabe war es, bei Barbara zu bleiben. Ich unternahm nichts. Das Jammern wurde lauter, in hilfloses Wimmern übergehend. Vermutlich half keiner, ich musste nachsehen.
Schock, eine zarte junge Frau wand sich vor Schmerz. Arme, Hände Beine total zerschunden.
Schlimmer ihr Gesicht, die Stirn blutete, ein Augen blau unterlaufen, Würgemale am Hals. So lag sie vor mir, auf ärztliche Hilfe wartend.
Ich fragte sie, was passiert sei. Ängstlich um sich blickend, stotterte sie zuerst, dann maß sie mich mit einem bösen Blick und wandte sich ab. Hinter mir war ihr Ehemann aufgetaucht.
Ich konnte, durfte ihr nicht helfen.

Lautes, markerschütterndes Kindergeschrei lenkte mich von dieser armen Frau ab. Ärzte und Schwestern rannten mit Spritzen, Tuben und Verbandsmaterial hin und her, verwehrten mir den Eintritt in das Zimmer. Welche Tragödie muss sich da abgespielt haben! Vor dem Zimmer, auf den Boden liegend, beteten weinende Frauen unterschiedlichen Alters.
Ein Arzt kam, nahm mich beiseite und sagte mir mit ruhiger aber fester Stimme: „Geh zu Barbara, die braucht dich. Den Kindern kannst du nicht helfen. Sie haben am gesamten Körper Verbrennungen 3. Grades. Unsere Ärzte bekommen das wieder hin. Zuerst nehmen wir ihnen die Schmerzen, dann sehen wir weiter. Allah wird uns beistehen." Der letzte Satz aus dem Mund eines Arztes verwirrte mich.
Barbara fühlte sich etwas besser, die Ärzte entließen sie nach Hause und gaben ihr den nächsten Tag frei.
In der Wohnung angekommen, brühte ich ihr noch Tee, sie schlief dann auch sofort ein.
Später gab sie mir zu verstehen, dass diese Nacht nicht so dramatisch gewesen wäre.
„Tja, unsere Ärzte sind schon was Besonderes. Hier trifft zu, dass sie Götter in Weiß sind" beendete sie die Thematik über ihre Arbeitsstätte, wollte nie mehr über den Alltag in der Notaufnahme eines ägyptischen Krankenhauses reden.

Ganz anderer Natur war Kleo. Sie, eine geborene Belgierin, war jahrelang mit einem deutschen Geschäftsmann verheiratet, bis er ihr eines Tages mitteilte: „Du, das war's. Ich liebe dich nicht mehr so wie am Anfang. Am besten, du ziehst aus unserer Villa schnellstmöglich aus." Schock für Kleo.
Tapfer hatte sie die Zeit danach überlebt. Und wie in meiner Familie, so auch bei ihr. Die Tochter teilte ihr eines Tages mit: „Mutti, die schlimmste Zeit hast du hinter dich gebracht, deine schwere Krankheit überstanden, fang nun wieder an zu leben. Am besten, ab in die Sonne, ich hab an Ägypten gedacht."
Ohne Ägypter als Liebhaber wahrzunehmen, sich anderen Menschen zu öffnen, erholte sich Kleo gut, bekam wieder neuen Lebensmut.

Die Tochter war zufrieden, Mutter bekam der gemeinsame Urlaub prächtig.

Aber dann, eines Tages begann das Ungeplante. Zoe, Kleos Tochter, wurde von einigen Kellner des Hotels angesprochen: „Entschuldigen Sie bitte, wir würden gern mit Ihnen reden. Wir beobachten Ihre Mutter schon einige Tage genauso wie unseren Manager für ‚food und beverage'. Beide wirken sehr verschlossen und einsam. Wir glauben, sie würden gut zusammenpassen, zumal wir bemerkt haben, dass unser Chef ab und an heimlich Ihre Mutter verträumt anschaut. Bitte helfen Sie uns, denn wir wollen ein Date organisieren." Zoe verneinte jegliche Hilfe, versprach aber, nichts gegen die „Kellneraktivitäten' zu unternehmen.
Wenn Kleo vom ersten gemeinsamen Abendessen erzählte, musste sie noch immer lachen, denn so was extrem Komisches hatte sie noch nie erlebt.
Anfangs stocherten beide wort- und blicklos auf den Tellern herum. Dann begann Hyssem, so sein Name, mit einem Schwall von Entschuldigungen. Später erzählte er von seinem Leben, Kleo entdeckte Gemeinsamkeiten. Auch ihm hatte das Leben übel mitgespielt, ihn einsam gemacht.
Sie kamen sich näher, konnten sich stundenlang über alles unterhalten. Und das Wichtigste, in beiden kehrte das Gefühl wieder, einem Partner vertrauen zu können. So ging der Urlaub viel zu schnell zu Ende, Kleo flog nach Hause, Hyssem stürzte sich wieder in seine verantwortungsvolle Arbeit.

Trotzdem, beide litten unter der Trennung, vermissten den Partner, der zuhören, verstehen konnte.
Und wieder war es die Tochter: „Mutti, du hast mir in Ägypten viel besser gefallen, du sahst so gut aus. Flieg wieder hin, testet euch, vielleicht passt ihr doch zusammen, ihr seid doch gleichaltrig. Das ist nicht das übliche ‚Geschäft mit der Liebe'. Das könnte eine Liebe für immer werden."
Jetzt leben Kleo und Hyssem schon vier Jahre glücklich zusammen. Sie war meine beste Freundin geworden, er für mich ein sympathischer Ägypter.

Oft und gern besuche ich beide noch heute, fühle mich wohl mit ihnen, bin für kurze Zeit wieder in meinem geliebten Ägypten.
Meine beiden Freundinnen schafften es, dass ich die schlimmste Zeit mit Achmed folgenfrei überstand, mein Verhältnis zu Ägyptern kaum Schaden erlitt; nicht zuletzt durch die von Barbara vermittelte Wohnung.

Heimlich holte ich mir wichtige Gebrauchsgegenstände und Kleidung in meinen Unterschlupf. Auf Achmeds Fragen über mein nächtliches Ausbleiben kam immer eine Antwort: „Bei Kleo", „Bei Barbara."
Er war mit der Antwort zufrieden, als ich ihm außerdem mitteilte, dass ich weder fürs Essen noch Schlafen etwas bezahlen müsste.
Ich bereitete für die nächsten Gäste, zwei Familien mit Kindern, alles vor, hatte das Programm bereits in Deutschland mit ihnen besprochen. Achmed holte sie mit einem Kleinbus ab und, Geld witternd, lud er sie zum Abendessen ein. Steffen und Steffi waren von ihm nicht begeistert, baten mich, den Kontakt zu ihm auf ein Mindestmaß zu begrenzen. Das war dieses Mal für Achmed kein Problem, da die anderen Urlauber, Familie Müller, sich sofort zu ihm hingezogen fühlten, besonders Mutter und Tochter.

So verwunderte es mich gar nicht, als Achmed mir mitteilte, gemeinsam mit Familie Müller nach Deutschland zu fliegen. Also witterte er finanzielle Chancen.
Auch gut, ich hatte zwei Tage Zeit, mich auf die neuen Gäste, Sebastian und Petra aus Berlin, vorzubereiten.
Es war eine traumhafte Zeit mit den beiden. Noch heute haben wir Kontakt, schwelgen dann immer in Erinnerungen.

Mitte April hatte es dann Achmed plötzlich sehr eilig, nach Ägypten zurückzukommen. Keiner konnte mir am Telefon den Grund dafür mitteilen. Nach einigen Fragen meinerseits, wie: „Hat ihm jemand Geld gegeben, konnte er sich ein Auto leisten, hat er teure Kleidung mit fremden Geld gekauft..."

Isabell unterbrach mich: „Mutti, woher weißt du das? Hat Achmed mit dir telefoniert?“
„Nein, nichts von alledem“, enttäuschte ich sie, „aber ich kenne den Typen lang genug und besser als du. Also, wann kreuzt er hier wieder auf?“
Und sie erzählte mir, dass sie ein freundschaftliches Verhältnis zur Familie Müller aufgebaut hätten. Sie verstehe sich mit Andrea sehr gut, Achmed und Andy wollten sogar gemeinsam einen deutsch–ägyptischen Autohandel aufbauen. Als Einstieg hätte Andy einen großen BMW gekauft, der nach Alexandria verschifft werden würde, Achmed könne ihn dann so gegen 22.04.2007 abholen, Gewinn bringend verkaufen und bis spätestens Mitte Mai zurück nach Deutschland kommen. Natürlich musste das Auto auf Achmeds Namen geschrieben werden.
Ich konnte vor Entsetzen nur noch fragen: „Seid ihr so dumm oder tut ihr nur so?“
Mir war rätselhaft, wie es dieser Mensch wieder geschafft hatte, alle zu belügen und betrügen, Beruhigend für mich war die Tatsache, dass am Ende dieses hinterhältigen Weges ich stehen würde.
„Also, Junge, zieh dich warm an“, war das Harmloseste, was ich vor mich hin giftete.
Und wirklich, am Abend des 14. Aprils rief mich ein gut gelaunter Achmed aus Alexandria an und verkündete mir, dass er in einer Woche einen, und zwar seinen, wunderschönen BMW 735i in Empfang nehmen könnte, dann käme er sofort nach Hurghada.
Meine Antwort darauf: „Na, dann komm mal.“, deutete er vollkommen falsch, glaubte, ich freute mich auf seine Ankunft – der große Irrtum eines dummen Strandläufers!

Eines Morgens, so gegen 6 Uhr, kam er mit stolzgeschwellter Brust in die Villa, bedeutete mir, mit ihm nach draußen zu gehen, um mir „seinen Fang“ zu präsentieren.
Ein schnittiger BMW stand auf der Straße. Anerkennend sagte ich: „Toller Schlitten, da wirst du allerhand Dollar für bekommen, ein guter Start für euer...“
Weiter kam ich nicht, verstört schaute er drein, mich zurechtweisend:

„Dachtest du, ich bin in Deutschland total verblödet? Das ist mein BMW und weit größer als deiner.“ Triumphierend blickte er mich an.
„Das ist jetzt nicht dein Ernst“, erwiderte ich empört. „Ich denke, du und Andy, ihr wollt gemeinsam ein Geschäft aufbauen, dieses Auto soll der 1. Versuch sein. Außerdem haben doch Andy und Andrea das Auto bezahlt.“
Ich war fassungslos. Zur Bestätigung, dass er niemals vorhatte, dieses Auto zu verkaufen, zeigte er mir Brief und Zulassung des Autos, beides auf seinen Namen.
Ich startete einen erneuten Versuch: „Das kannst du doch nicht machen. Isabell sagte mir, dass Andy und du sehr gute Freunde geworden sind.“
„Du weißt doch, ich hab nur einen Freund und der heißt Geld“, lachte er mir frech ins Gesicht. „Komm steig ein, wir fahren mal meine Freunde ab. Und, merke dir eins, wage dir zu sagen, dass es nicht mein Auto sei.“
Angewidert drehte ich mich weg, ging in die Villa zurück.
Was tun? Isabell anzurufen hatte sicher wenig Sinn.
Ich rief Andy an und teilte ihm die Neuigkeit mit. Er wollte es nicht so richtig glauben, beruhigte mich mit den Worten: „Wir warten mal den Mai ab, in Abständen ruf ich Achmed an und frage, wie das Geschäft läuft.“
Achmed überstand jeden Anruf, fühlte sich als der Größte, war ständig mit dem Auto unterwegs.

Der große Krach kam mit dem nächsten Ehepaar, zwei netten Leuten aus Frankfurt. Er holte sie vom Flughafen ab, stellte sich als Chef vor, behandelte mich anschließend in der Villa wie „den letzten Husten“. Ich sagte nichts, schmunzelte in mich hinein, begrüßte Anett und Udo freundlich und zeigte ihnen das Zimmer. Achmed, hinterherstiefelnd, wollte die Urlauber sofort zum Gespräch über Ausflüge zwingen, aber Anett: „Das wird nicht nötig sein, denn wir sind schon das 12. Mal in Ägypten, kennen von Alexandria bis Abu Simbel alles. Wir wollen uns die 14 Tage nur erholen“ Daraufhin drehte sie sich um und verschwand mit Udo im Zimmer.

Das musste Achmed erst mal verdauen, eine Kehrtwende, die Tür fiel laut ins Schloss, der Motor heulte auf.
Am nächsten Morgen kreuzte er wieder auf, teilte mir mit, dass er dienstlich in Kairo zu tun habe und:
„Wenn ich in drei Tagen zurück bin, hast du das mit den Leuten geklärt. Hier wohnt niemand, wenn er nicht bei mir Trips bucht."
Mit arroganter Dienstmiene kam er zurück und verkündete den erstaunten Urlaubern: „Also, habt ihr euch überlegt, welchen Ausflug ihr bei mir buchen wollt?"
„Na keinen, wir haben dir doch den Grund genannt", rechtfertigte sich Udo.
„Wovon soll ich leben? Dann bezahlt mir eure Übernachtung, und das sofort", wurde Achmed lauter und unverschämter. Meinen Einwand, dass beide schon in Deutschland bezahlt haben, wischte er mit einer Handbewegung weg.
Udo ließ sich nicht beirren. „Kristin hat Recht, wir haben das Geld schon längst überwiesen. Was willst du eigentlich von uns?"
Nun wandte sich Achmed an mich: „Ist ok. Dann bekomme ich eben das Geld, es müssten 190,00 Euro sein, von dir."
„Geht's noch?", war das Einzige, was ich fragen konnte.
„Nein, so geht's nicht", konterte Achmed. „Entweder ich bekomme sofort das Geld oder ich werfe die Urlauber raus, ist ja schließlich mein Haus und ich bin der Chef."
Jetzt war es genug: „Du bekommst keinen Cent von mir. Solltest du es wagen, Udo und Anett rauszuwerfen, verlasse ich die Villa mit. Mein erster Weg führt zur Touristenpolizei, der zweite zum Anwalt."
Achmed starrte mich an, verließ die Villa. Wir vernahmen noch, wie er seinen Frust am Auto abreagierte.
Für Udo und Anett war die schöne Zeit des Erholens bei uns in der Villa nicht mehr gegeben. Sie baten mich, ihnen ein neues Quartier zu suchen. Schade, diese beiden netten Menschen hatte ich auch für immer verloren.
Achmed kam am übernächsten Tag reumütig zurück, wem sollte das schon nützen?

Ich nahm mir vor, nochmals alles zu überschlafen und dann mit Isabell ein ernstes Wort zu reden. Und so redete ich mir alles von der Seele. Isabell war entsetzt, konnte das alles nicht glauben.
„Aber", so fing sie an, „es war doch alles bestens. Er hat mir vorgeschwärmt, dass in Deutschland leben und arbeiten das Einzige ist, was für ihn in Frage kommt. Er würde sich auf das Geschäft mit Andy und das Zusammenleben mit mir und Karim freuen, uns nie wieder im Stich lassen."
Armes verblendetes Mädchen!
Ich grübelte, wie es weitergehen sollte. Isabell, im 4000 km entferntem Deutschland, handelte, buchte für sich und Karim ein Ticket für den 3. Mai. Sie wollte Achmed überraschen.
Ich durfte ihm nur mitteilen, dass kurzfristig neue Gäste anreisen würden und wir sie gemeinsam vom Flughafen abholen müssten.

Im International Airport angekommen, hielt es Achmed für angebracht, im Auto zu warten.
Leise schlichen wir drei uns an ihn heran und ich schrie: „Hallo, deine neuen Gäste."
Aber was war das? Achmed drehte sich enttäuscht, empört weg, rief Isabell zu: „Was willst du denn hier? Möchtest du zurück nach Ägypten? Hast du mich gefragt, ob du kommen darfst?" Isabell schaute mich verunsichert an. Karim freute sich: „Mein Papa, ich bin wieder bei meinem Papa", zerrte an Achmed herum, um hochgenommen zu werden, wollte ihn umarmen, küssen. In diesem Moment hätte ich diesen Strandläufer umbringen können.
Widerwillig forderte er uns auf, in das Auto zu steigen, die Fahrt verlief stumm, nur ich scherzte mit Karim.
In meiner Brust kämpften zwei Gefühle. Einerseits hatte ich Mitleid mit Isabell, so behandelte man nicht seine Ehefrau, die bedingungslos alle Wünsche zu erfüllen versuchte. Andererseits ertappte ich mich bei dem Gedanken: „Geschieht ihr ganz recht. Wieso hat sie meinen Warnungen so wenig Glauben geschenkt, hat, warum wollte sie nicht realisieren, dass alles von ihm ein eiskalt geplanter Schachzug war und ist."

Ich ermahnte mich zur Objektivität, nahm mir vor, diesen Unmenschen genauestens zu beobachten und wenn es an der Zeit war, ihn offen zu bekämpfen.

In der Villa angekommen, packte Isabell ihre Geschenke für ihren Mann aus. Ich sah ihm eine gewisse Freude an, er bedankte sich auch, nahm die Koffer und trug sie ins gemeinsame Schlafzimmer. Isabell bat mich, mit Karim an den Strand zu gehen, weil sie in Ruhe mit Achmed reden wollte.
Abends vom Hotel zurückgekehrt, fand ich nur Isabell in der Villa Traurig sah sie mich an: „Mutti, warum hast du immer Recht? Er ist der abgebrühteste Mensch, den man sich nur denken kann. Sobald ich Tickets bekomme, fliege ich mit Karim zurück“
Mehr erfuhr ich vom Gespräch nicht, konnte mir aber denken, wie es ungefähr abgelaufen war, konnte nur noch fragen: „Und was wird aus mir?“
„Entscheide selbst, ob du die Firma schließt. Ich kehre niemals wieder nach Ägypten zurück, werde froh sein müssen, das Land mit Karim unversehrt verlassen zu können.“

Nun war ich an der Reihe, mit Achmed ein ernstes Wort zu reden. Das konnte ich aber erst am nächsten Morgen.
Sicher musste er sich gründlich die ganze Nacht vom Schreck erholen.
Nun schickte ich Isabell mit Karim an den Strand.
Lustig verlief unser Gespräch nicht, oft wurde ich laut, viel zu laut, was Achmed immer innerlich als kleinen Sieg feierte. Zum Schluss wollte er mir einreden, es wäre gut, wenn nur er und ich die Firma leiten würden, vielleicht sogar, er in Ägypten, ich in Deutschland. Ich stimmte all seinen Vorschlägen zu, hatte ich doch Angst um meine Tochter und mein süßes Enkelchen.
Der Gedanke „Bürschchen, warte ab, bis Isabell und Karim in Sicherheit sind, dann kannst du mich erleben“ beruhigte mich ungemein.
Und dann endlich, zwei Plätze waren frei, beide kehrten gesund, wenn auch nicht munter und glücklich in die Heimat zurück.

Jetzt ging's ans Kämpfen.

Zuerst verschwand ich für vier Tage in meiner Wohnung, für Achmed nur telefonisch erreichbar, was ihn enorm nervte. Er hatte mich nicht unter Kontrolle. Ich nutzte die Zeit, allen, ob sie wollten oder nicht, die wahre Geschichte von seinem Auto und dem Verhältnis zu Isabell und Karim zu erzählen. Dabei spielte ich erfolgreich die Traurige, Verzweifelte, Hilflose. Das kam bei den Ägyptern gut an.
Achmed nutzte die Zeit auch. Boshaft wie er war, rief er meinen Mann an, teilte ihm mit, dass ich mit einem Ägypter zusammen und nicht mehr in der Villa leben würde.
Mein Mann wissend, wo ich mich aufhielt, verblüffte ihn mit: „Ok, wenn's ihr Spaß macht.“, und legte auf.
Ich setzte mich mit Freunden zusammen, schilderte ihnen die momentane Situation, beendete meine Ausführungen mit: „So kann es nicht weitergehen. In einer Woche kommen die nächsten Urlauber. Wie bekomme ich den los?“
Stille, Nachdenken, plötzlich Barbara: „Ich hab eine Idee, die mit Gefängnis für ihn enden wird.“
Gespannt lauschten wir ihren Vorschlag: „Also, pass auf Kristin. Du erkundest, wann er in der Villa weilt, möglichst allein. Vielleicht schaut er Fernsehen, bereitet sich in der Küche einen Drink oder kifft. Das wäre das Beste. Bist du überzeugt, dass du meinen Vorschlag in die Tat umsetzen kannst, rufst du mich sofort an, damit ich im Hospital alles vorbereiten kann. Dann wirfst du dich im Vorgarten auf den Kies, wetzt mit dem Gesicht darauf herum, sodass es stark blutet, schreist so laut du kannst um Hilfe, rennst auf die Straße und brüllst, dass er dich umbringen wollte. Alles andere regeln dann ich und die Touristenpolizei.“
Alle fanden Barbaras Idee amüsant und machbar, ich sicherlich auch. Doch das entsprach nicht meiner Art zu kämpfen. Also lehnte ich ab, teilte allen mit, dass ich am nächsten Tag in die Villa gehen werde, um mit Achmed das weitere Vorgehen zu besprechen.

Ich verwirklichte mein Vorhaben. Achmed war hocherfreut, betrachtete leider mein Wiederauftauchen als ein Schuldeingeständnis meinerseits und legte los: „Ich hab mir in den letzten Tagen Gedanken um unsere Firma gemacht. Dabei bin ich zu dem Ergebnis gekommen, dass Isabell unfähig ist, so ein Unternehmen erfolgreich zu leiten. Das bedeutet, dass ich die Firma übernehme. Ich habe auch schon Kontakt mit einem ukrainischen Reisebüro aufgenommen, mit dem wir in Zukunft zusammenarbeiten werden."

Entnervt konnte ich nur entgegen: „Bist du schon wieder zugekifft?"

„Nein, so klar denkend wie jetzt war ich lange nicht", klang es wie im Traum in meine Ohren. „Jahrelang hab ich ohne Lohn für euch gearbeitet. Das ist vorbei, gewöhn dich schon mal an den Gedanken, dass ich jetzt das Sagen habe. Gegen Abend kommt die Chefin des Partnerunternehmens, schaut sich die Villen an. Außerdem besprechen wir, welchen Raum wir für ein Büro einrichten werden, da ich in Zukunft auch für eine Immobilienmaklerin arbeite."

Ich wollte mich nicht an den Gedanken gewöhnen und stellte ihn vor die Wahl, entweder den Schwachsinn abzublasen oder mich als Partner zu verlieren.

Und so teilte er mir am 13. Mai 2007 mit einem Siegerlächeln mit: „Ok, du hast dich entschieden. Schau dich nochmals in beiden Villen um und nimm Abschied von allem, was du siehst. Und das, was du siehst, gehört mir, niemandem sonst. Morgen, am 14. Mai, kommen meine ersten Gäste. Und die gehen dich gar nichts mehr an. Ja, so geht es Menschen, die nicht machen, was ich will. Flieg nach Deutschland, wage es, jemals wieder nach Ägypten zu kommen. Hier hassen dich alle."

Der Inhalt, besonders der der letzten Worte, war und ist mir ein Rätsel. Es gab nur eine Erklärung – der Typ war wirklich zugekifft, was sonst.

Ehrlich gesagt, ich war nicht wirklich traurig über das Vorgefallene. Denn seit dem letzten Zusammentreffen mit Karim fühlte ich eine andere Bestimmung in mir. Mein Innerstes riet mir, mich um meinen kleinen Sonnenschein zu kümmern, da meine Tochter wieder Arbeit bei einer Bank gefunden hatte. Für Achmed begann mit meiner Entscheidung der große Abstieg.

Seine ersten Gäste waren Deutsche, die total unzufrieden – früher als geplant – wieder abreisten Die nächsten Urlauber ließen auf sich warten, Mietzahlungen und Hausunterhaltung nicht. Die Halbjahresabrechnung nahte, die Gläubiger gaben sich die Klinke in die Hand. Achmed war zahlungsunfähig und ratlos.
Es gab Ärger, niemand war bereit, ihm Geld zu borgen.
Was tun? Na klar, nach Deutschland telefonieren, und das hörte sich dann so an: „Mam, bitte, verzeih mir, du kennst mich doch, ich hab's nicht so gemeint. Was soll ich denn machen, vor allem, ohne dich?" Dann das übliche Geschleime, aber auf einmal: „Wir... *wer war denn wir?...* verlieren die Villen. Dir gefallen sie doch so... *Hallo, seit wann gefällt mir das, was ich schmerzhaft hergeben musste?...* Ich habe eine Idee... *oh, jetzt musste ich wachsam zuhören, denn all seine Ideen waren mit meinem Geld verbunden...* wir arbeiten wieder gemeinsam. Ich hab mir das so vorgestellt: Als erstes brauche ich 600,00 Euro, am besten über Western Union schicken, bekommst alles garantiert zurück..." Mein erster Lachanfall unterbrach seinen Redeschwall. *„...Er weiß gar nicht, wie Geld zurück geben geht...* Bitte lass mich ausreden. Mit diesem Geld könnte ich die Villen retten. Du weißt doch, dass ich das alles nur für Karim tue... *jetzt wurde er einen Tick unverschämter, noch nichts, rein gar nichts hatte er für Karim bezahlt...* und außerdem erbt er alles, was ich habe... *Um Himmels Willen, nur das nicht. Denn das, was der hat, sind nur Schulden..."*
Barsch unterbrach ich seine Lügenmärchen: „Du bekommst keinen Cent von mir, erinnere dich an den 13. Mai", das Einzige, was jetzt zu tun war, drücken des roten Telefons auf meinem Handy. Er rief nicht wieder an, endlich hatte er es begriffen, dachte ich. Hatte er nicht.
Eine fiel wie immer auf seine Lügen herein, seine Mutter. Und in deren Auftrag meldete sich am Abend der Vater.
So musste ich mir den Schwachsinn ein zweites Mal anhören. Meine Wahrheiten akzeptierte der Vater nicht, faselte davon, was Achmed alles für uns getan, jahrelang ohne Lohn gearbeitet hätte und jetzt würden wir ihn im Stich lassen. Ich war erst nur sprachlos, im weiteren Gespräch wurde ich wütend und schrie die ihm die

sattsam bekannten Wahrheiten durchs Telefon. Natürlich lenkte er ein, entschuldigte sich, gab zu, dass Achmed sehr überzeugend seine momentane Situation dargestellt und mich als die Schuldige hingestellt hätte. Krönung des ganzen war dann seine Frage, warum wir ihn im Mai allein gelassen hätten.
So nicht - und am Ende unseres Gesprächs waren nicht ich sondern Achmeds Eltern sprachlos, da ich den Vater an allen Schandtaten seines Sohnes akustisch teilhaben ließ, ihn über unseren Rauswurf aus den Villen, aus Ägypten informierte.
Die letzten Worte, wie immer: „Bitte, kümmere dich um ihn, er hat doch nur euch."
Gereizt erwiderte ich: „Nicht mehr, ich glaube, er hat auch Eltern."
Schluss aus, das Sinnvollste war es aufzulegen.
Trotz allem machte sich Genugtuung in mir breit. Ich war zufrieden, hatte er doch endlich bekommen, was er schon längst verdient hatte.

Meine Tochter und ich orientierten uns in Deutschland neu, das Kapitel Ägypten war fast abgeschlossen. Nur zwei Familien wollten noch im August für drei Wochen eine Villa mieten. Das würden wir noch hinkriegen, vermutete ich damals.
Isabell bereitete sich in einem Seminar auf ihre Arbeit bei der Bank vor, mein Mann und ich widmeten uns Karim, versuchten, ihm eine intakte Familie zu geben. Der Kleine war glücklich, entwickelte sich prächtig, fragte kaum nach seinem Papa Achmed.
Der meldete sich bei mir nicht mehr, was erstaunlich war. Denn wie konnte der ohne Geld und Boshaftigkeiten gegen uns leben?

Und er konnte nicht leben, ohne dass er andere, besonders Isabell, aufs tiefste verletzte. In der Nacht vom 4. zum 5. Juli klingelte mein Telefon. Am Anfang verstand ich kein Wort, so heftig weinte Isabell. Was war passiert? Ich versuchte, sie zu beruhigen. Langsam konnte sie sich mitteilen: „Mutti, das glaubst du nicht. Eben hat mich Achmed angerufen. Erst dachte ich, die Leitung wäre verrauscht. Dann bekam ich mit, dass er angerufen hat, um mich bei hemmungslosem Sex mit einer Russin zuhören zu lassen. Ich hab aufgelegt, beim nächsten Klingeln hab ich nicht abgenommen. Was ist das nur für ein Mensch?"

„Kein Mensch, es reicht. Nimm eine Tablette, leg dich schlafen. Du hast ja morgen einen schweren Tag, da steht doch der Test auf dem Programm. Ich ruf jetzt die Eltern an."
Diese Aktion hätte ich mir sparen können, die Mutter weinte wie immer, der Vater wollte es nicht glauben. „Ruf doch deinen Sohn an, vielleicht kannst das Ende noch miterleben", höhnte ich ins Telefon und legte auf.
Natürlich setzte sich der Vater mit Achmed auseinander. Der stritt alles ab. Anschließend erhielten Isabell und ich die gemeinsten SMS von diesem verkommenen Subjekt. Wir leiteten sie postwendend dem Vater weiter. Achmeds Einstellung zu uns legte sich schnell wieder, es kam eine Entschuldigung eine SMS nach der anderen, wir waren wieder die besten Menschen. Also hatte er noch immer kein Geld.

So kam der August 2007, die Zeit, in der die zwei Ehepaare aus dem Norden Deutschlands die gesamte Villa gemietet hatten, Uns brauchten sie als Betreuung nicht, da einer der fünf Personen Ägypter war.
Weil es mit Achmed aber nur noch Probleme gab, warnte ich Isabell vor einem Fiasko. Es interessierte sie nicht mehr: „Lass ihn machen, vielleicht kommt er mit Mohalins, so der Name des einen Ehepaares, klar, noch dazu ist ein Landsmann dabei, sie sprechen eine Sprache."
Doch die Korrespondenz mit Achmed schien doch nicht so erfolgreich zu laufen, denn eines Tages gegen Ende Juli teilte sie mir plötzlich mit: „Mutter, es ist besser, du fliegst sofort nach Hurghada. Achmed hat wieder ein Profilierungsproblem, die Schlösser in der Villa sind ausgewechselt und er arbeitet angeblich nur noch mit dem ukrainischen Reisebüro zusammen, und die Villa sei bis Oktober 2007 ausgebucht. Ich glaube, der spinnt, ich hab tüchtig mit ihm geschimpft und gefragt, was das soll. Seine Antwort, wie immer, ich brauche Geld. Weder du noch deine Mutter geben mir welches. Wovon soll ich denn leben, und ähnlichen Schwachsinn."
Also flog ich kurzerhand zur Klärung des ewigen Problems nach Ägypten.

Dass Achmed seinem ersten Auftritt überlebte, war nur dem Umstand zu verdanken, dass ich keine Lust hatte, mir die Finger schmutzig zu machen.

In einem Café erwartete er mich zum Gespräch. Igitt, ein großkotziges aufgedunsenes Etwas stand auf, um mich zu begrüßen. Ihm die Hand geben, konnte ich nicht, hatte Angst, mich vor Ekel übergeben zu müssen.
„Also, pass auf", begann er zu schwadronieren. „Die Zeiten haben sich geändert. Schluss damit, dass ich arbeiten muss und ihr steckt das Geld ein. Den Mietvertrag für die Villa habe ich, damit gehört mir auch das gesamte Inventar. Eure Urlauber können drei Wochen in der Villa wohnen, der Preis pro Tag beträgt 150 Euro. Die gesamte Summe bekomme ich zwei Tage vor Anreise der Touristen von dir. Ansonsten lasse ich sie nicht in die Villa." In diesem arroganten Ton berichtete er mir von seinem neuen Leben als cleverer Geschäftsmann. Ich sagte nichts, stand auf und ging wortlos nach draußen, setzte mich dann ins Restaurant von einem meiner Bekannten und brauchte erst mal einen großen Whisky.
Die gesamte Wut musste dann meine Tochter am Telefon verarbeiten. Nach ihren Worten: „Mutti, das glaube ich dir nicht" legte ich auf und war den gesamten Tag für niemanden mehr zu erreichen, verkroch mich in meine Wohnung und heulte mich über so viel Unverschämtheit letztendlich in den Schlaf.

Der nächste Morgen erlebte mich in Kampfesstimmung. Bis zur Ankunft der Urlauber hatte ich noch vier Tage Zeit, bis ins letzte geplant, ging ich ans Werk. Zuerst rief ich eine Bekannte in Kairo an, die eine leer stehende Villa in der Nähe der unsrigen besaß. Ich hatte Glück, so glaubte ich, denn sie war nicht vermietet. Schnell war ein Termin mit ihr und ihrem Rechtsanwalt abgesprochen.
Überlegen musste ich nur noch, wie ich diesem Nichtsnutz von Achmed beikommen konnte. Ich hatte eine Idee. Ich rief Achmeds Vater an.
„Du, ich habe in Kairo zu tun und würde gern einen Abstecher zu euch nach Alexandria machen. Wie sieht es mit deiner Zeit aus?"

Hocherfreut antwortete Achmeds Vater: „Du weißt, dass du immer gern gesehen bist und für dich haben wir Zeit. Teile mir mit, wann du mit dem Bus ankommen wirst. Ich hole dich ab.“ Wunderbar, geht doch; ein bisschen schämte ich mich aber schon, wusste ich doch, dass nach unserer Begrüßung seine Freude vergehen würde. Aber was sollte es, hatte ich die Eltern doch oft genug auf Achmeds wahren Charakter hingewiesen.

Pünktlich 1 Uhr 15 begab sich der Bus in Richtung Kairo. Ich hatte gut Platz, konnte also bis Alexandria schlafen. Gegen 5 Uhr wurde ich vom Handyklingeln geweckt – Achmed. Na klar, die „Calypso“ hatte nur bis da geöffnet.

„Ich höre, was gibt es?“, fragte ich unfreundlich.

„Na, hast du dir mein Angebot überlegt, wann bekomme ich das Geld?“

Ich drückte ihn weg, nach dem vierten Versuch, mich zu erreichen, schaltete ich mein Handy aus.

Kurz vor Alexandria wachte ich auf, ausgeschlafen, kampfesmutig. Auf meinem Handy fand ich noch einige unverschämte Mails vom cleveren Geschäftsmann, also war die Villa doch nicht vermietet wie immer, blauer Dunst.

Interessant, natürlich auch beruhigend, niemand hatte ihm mitgeteilt, dass ich mich auf dem Weg zu seinen Eltern befand.

Vom Busbahnhof abgeholt, wurde ich dann zu Hause aufs Herzlichste begrüßt und bewirtet.

Überraschung für mich, Madiha war mit Ehemann und dem Kleinen da.

Gleich bat mich der Vater zu einem Gespräch unter vier Augen. Ihm hatte Achmed vorgejammert, dass er hart für uns arbeite, wir ihm dafür nicht mal etwas Geld geben würden. Im April dieses Jahres hätte er fluchtartig Deutschland verlassen müssen, da ich ihn sonst ins Gefängnis gebracht hätte.

Irgendwann unterbrach ich diesen Lügenschwall: „Jetzt hör mir mal gut zu. Dein eben Gesagtes lässt jegliche Wahrheit entbehren. Dein Sohn hat dich nach Strich und Faden belogen. Kannst du mit deiner angegriffenen Gesundheit die Beweise vertragen? Ich habe alle Unterlagen mit, die zeigen, dass Achmed infolge selbst verschuldeter

Geldproblemen und Betrügereien Deutschland mit einem großen BMW fluchtartig verlassen hat. Und außerdem hat er bis heute noch keinen Cent für Karim ausgegeben. Die Unterhaltszahlung hat unser Staat übernommen."

Ruhe, Achmeds Vater verließ den Raum, die Mutti kam herein und streichelte mich liebevoll, ihre Freude über meine Anwesenheit bekundend, wollte sie wissen, wie es Isabell und Karim ginge. Konnte ich dieser Frau die Wahrheit sagen? Nein!

Nach ca. einer halben Stunde kam Achmeds Vater zurück und bedeutete seiner Frau, das Zimmer zu verlassen.

„Also, ich höre, was hat er weiter angestellt?", fragte er tonlos.

Zuerst erzählte ich ihm von Achmeds Schulden, mindestens 8000 Euro, mit denen er ein deutsch–ägyptisches Autogeschäft aufbauen sollte. Das erste Auto dieser eben gegründeten Fusion zwischen Achmed und Andy, der BMW, als Test und Eröffnungsgeschäft gedacht, war auf Achmeds Namen geschrieben. So gab er ihn auch überall als den seinen aus. Mir hatte er mit Vergeltung gedroht, sollte ich ihn jemals verraten. Dazu zeigte ich einen von Achmed unterschriebenen Schuldschein als Beweis. Entgeistert starrte der Vater darauf, griff zum Telefon.

Alles konnte ich natürlich nicht verstehen, aber so viel war klar, freundliche Worte wählte der Vater nicht. Achmeds Lügen hatten keinen Erfolg, da Andy außerdem geschrieben hatte, wofür das Geld gedacht war, nämlich als Grundstein für die Zusammenarbeit.

Wütend beendete der Vater das Telefonat und fragte mich: „War's das oder hat er noch mehr verbrochen?"

„Tut mir leid, aber es liegt noch Etliches vor", flüsterte ich fast schon.

„Her damit, es reicht, ich will alles erfahren, dann sehen wir weiter", sagte er barsch, darauf sich sofort entschuldigend: „Sorry, du kannst ja nichts dafür, hast ja versucht, ihn in die Reihe zu bringen, hast ihm Geld gegeben, ich weiß es ja."

Als nächstes zeigte ich ihm die Mahnschreiben vom mit ca. 2000 Euro überzogenen Konto. Und wieder Telefonat, eindringliches Gespräch, angsterfüllter Blick, was alles noch kommen würd. Und es kam noch, nur Achmed ging nicht mehr ans Telefon.

Ich zeigte dem Vater die mit über 700 Euro fällige Handy–Rechnung, die nicht bezahlten Katalogbestellungen, die geforderte Autosteuer incl. Versicherung, außerdem einen Brief mit Achmeds Bild von einer Geschwindigkeitsübertretung von über 100%.
Am Ende übersetzte ich ihm den Brief, den ungenannte Mitbewohner an mich geschickt hatten. Der fasste zusammen, bestätigte seine nicht akzeptable Lebenseinstellung, zeugte von der berechtigten Ablehnung dieses Menschen, dieses Egoisten.
Der Vater schaute mich ratlos an, wollte mit Isabell telefonieren, vielleicht hoffte er noch auf ein Wunder, verständlich.
Beide telefonierten bald eine Stunde, ein Martyrium für Achmeds Vater, so viele unangenehme Wahrheiten auf einmal hören zu müssen. Ich glaube, das steckt keiner so einfach weg.
Anschließend drehte er sich zu mir, mit Tränen in den Augen: „Entschuldige, ich kann nicht mehr“, und verschwand im Schlafzimmer. Ich sah ihn nur noch kurz vor meiner Abreise, armer Mann!

Ich ging ins Wohnzimmer zu den anderen, Madihas Ehemann, Tamir, überbrückte geschickt die peinliche Situation, indem er mir in seinem Laptop Bilder der gemeinsamen Wohnung in Kairo und von der Hochzeitsreise zeigte.
„Schade, hätte Isabell nicht an so einen Ägypter geraten könnte“, dachte ich traurig. Zugleich kam mir in den Sinn, dass Tamir ein streng gläubiger Moslem, zumindest nach außen hin, ist. Obwohl, die drei Jahre Studium in den USA und das sich angelesene Wissen über Deutschland hatten ihn nachdenklich gestimmt. Seine Fragen, über meine Art zu leben, nahmen kein Ende. Sicher interessierte ihn unser Leben, vielleicht gefiel es ihm sogar, aber wer aus Familie und Umwelt würde so etwas tolerieren?
Sein „Wenigstens mein Sohn soll anders aufwachsen, am besten so wie Karim“, unterbrachen meine Gedankengänge. Und ich erzählte ihm vom Alltag meines kleinen Lieblings, versprach beiden, vor allem Babykosmetik und Spielsachen aus Deutschland mitzubringen.

Trotz des unschönen Anlasses meines Aufenthaltes in Alexandria verbrachten Tamir, Madiha und ich erlebnisreiche Stunden, die viel zu schnell vergingen.
Beide ließen es sich nicht nehmen, mich zum Bahnhof zu bringen, Hauptbegründung dafür war: „Allein schaffst du es nicht, so kurzfristig eine Fahrkarte nach Kairo zu bekommen.“ Tamir wusste außerdem, wann der First–Class–Zug, das Beste im ägyptischen Zugverkehr, nach Kairo fahren würde.
Na, dann mal los. Das hatte ich noch nie gesehen, mehr Leute als Bahnhof. Menschenschlangen drängten sich vor den vermutlich provisorisch aufgebauten Schaltern. Geschickt wand sich Tamir durch die unübersichtliche Menschenmenge. Mit den Worten: „Für den Zug gibt es keine Tickets mehr, also los, auf den Bahnsteig!“, spornte er uns zum Laufen an, da der Zug durch Lautsprecher bereits angekündigt wurde.
Das war aber leichter gesagt, als getan. Wir schafften es noch rechtzeitig, und Tamir konnte Kontakt zu den Mitreisenden aufnehmen, besser, mich ihnen anvertrauen.
In all dem Trubel kamen mir Gedanken wie: „Hätte ich mich nur nicht zum länger Bleiben überreden lassen und den Bus nach Kairo genommen.“
Aber dazu war es zu spät, der Zug fuhr ein und alle Mann in den Zug. Wie angewurzelt schaute ich dem Treiben zu, Madiha drückte mich liebevoll, Tamir packte mich und erstaunlich schnell saß ich dann auf einem Fensterplatz.
„Rühr dich nicht vom Platz, der Zug hält bis Kairo sowieso nicht. Ich informiere den Schaffner“, raunte mir Tamir zum Abschied zu. „Vermutlich musst du einen Zuschlag zahlen.“ Ich sah ihn mit dem Zugpersonal reden, die Handbewegung in meine Richtung, der Schaffner nickte mir freundlich zu. Ein kurzes Winken von Tamir und der Zug setzte sich in Bewegung.
Mit Wehmut erinnere ich mich an diese letzte Begegnung mit Tamir, Madiha und dem Kleinen. Es würde wohl nicht angehen, Kontakt zu so einer wie mir, die nach moslemischer Auffassung letztendlich Unheil über die Familie gebracht hatte, aufrechtzuerhalten. Denn jede Mail an Tamir blieb bis heute unbeantwortet, schade.

Zurück zum Fensterplatz im Zug von Alexandria nach Kairo.
Es dauerte nicht lange, ich erhielt meine Fahrkarte mit Zuschlag, unfassbar, für umgerechnet nur sieben Euro, inklusive eines kleinen Snacks und Tee.
Allerdings, das Innere des Waggons zu beschreiben, verbietet mir mein Taktgefühl, nur so viel, ich bin sicher in Kairo angekommen. Und jeder Mitreisende versuchte, mir zu helfen, wo er nur konnte. So gaben sich die Fahrgäste große Mühe, mich zu unterhalten und natürlich über Deutschland auszufragen. Es entspann sich eine nette Unterhaltung. Handy–Nummern wurden ausgetauscht, mir das Versprechen abgenommen, mich beim nächsten Besuch mal zu melden. Ich versprach es...

In Kairo angekommen, wurde beim Rechtsanwalt nach einem kurzen klärenden Gespräch der Vertrag über die neue Villa perfekt gemacht.
Gegen 24:00 Uhr dann zum Bus, und – schlafen, was sonst, hatte ich doch sechs Stunden Zeit bis Hurghada. Dort erwartete mich auch schon mein Arbeitsteam.
Villa aufgeschlossen und – Schock. Uns begrüßten kleine eklige Tiere, Schmutz überall, defektes Mobiliar, es gab weder Licht noch Wasser. Jammern half nicht, denn in ungefähr 12 Stunden würden die Gäste anreisen.
Also Kopf nach unten und geputzt, repariert, Neues eingekauft, zwischendurch mal einen Whisky, natürlich unter Protest meiner getreuen Helfer. Ab und an störten uns Anrufe von Achmed, der wissen wollte, wann er das Geld bekommen könnte. Dann würde er auch die Urlauber vom Flugplatz abholen. Meine Antwort lautete auf alle unverschämten Angebote und Forderungen: „Vergiss es!"
Eine halbe Stunde vor Ankunft der beiden Ehepaare hatten wir die Villa wohnlich gemacht, waren stolz auf uns.

Frohgelaunt trafen gegen neun Uhr abends die Gäste ein, nahmen die Villa in Augenschein und stellten fest: „Wir haben eure Website im Internet gefunden. Der Garten sah aber um vieles gepflegter aus. Sag mal, ist das eine andere Villa?"

Was sollte ich tun, letztendlich informierte ich sie in groben Zügen über den Stand der Dinge und forderte sie auf, die Villa in Augenschein zu nehmen und mir mitzuteilen, ob sie bleiben wollten oder nicht.
Sie nahmen an, stellten nur eine Bedingung: „In Deutschland sprechen wir dann mit Isabell und erwarten eine Preisminderung von 10,00 Euro pro Tag." Ich überschlug schnell die Summe - 210,00 Euro, das müsste zu regeln sein.
Ich war einverstanden und beging einen schwerwiegenden Fehler. Ich vertraute den beiden Ehepaaren und sah von einer schriftlichen Bestätigung ab.
Die Gäste verbrachten ihren gesamten Urlaub bei uns, wurden unentgeltlich betreut, erhielten Badekarten für ein Fünf–Sterne–Hotel, dazu auf jede Mahlzeit 20% Rabatt.
Jedoch, kurz nach ihrem Urlaub in Deutschland angekommen, nahmen sie sich Rechtsanwälte und verklagten uns nach allen Regeln der Kunst. Die Angelegenheit ging vor Gericht, es kam zum Vergleich und wir mussten ca. die Hälfte des Reisepreises rückerstatten.
In der Verhandlung wurde uns immer deutlicher, die beiden Familien hatten nur ein Ziel, sich das Geld für den kommenden Urlaub zu ergaunern.
Auch die Wahl unseres Rechtsanwaltes war nicht optimal gewesen. Wichtige Schreiben gingen angeblich auf dem Postweg verloren, so dass wir in Zahlungsverzug gekommen waren, Mahnbescheide über uns ergehen lassen mussten.

So mussten wir uns von unserem Traum, Individualurlaub in Ägypten anzubieten, Schritt für Schritt verabschieden.
Mit Wirkung vom 30. September 2007 beendeten wir unser sorgfältig und liebevoll geplantes Reiseunternehmen. Denn an der Seite eines geldgierigen und arbeitsscheuen Ägypters ließ sich eben keine Firma nach deutschem Standard erfolgreich führen.
So dachten wir damals. Heute ist uns voll bewusst, wir hatten, wie es im Volksmund heißt „aufs falsche Pferd gesetzt".

Etliche ordentliche und fleißige Ägypter hätten mit uns liebend gern zusammengearbeitet, dieser Nobody Achmed hatte damals jeglichen Kontakt verhindert, machte uns schlecht, wo er nur konnte. Uns gegenüber gab er vor, der beste Partner zu sein, weit geschäftstüchtiger als alle anderen, die nur auf unsere Firma und unser Geld spekulieren würden.

Genugtuung für mich war und ist nur eine Tatsache, Isabell hat in Deutschland wieder Fuß gefasst, endlich verinnerlicht, dass Achmed das Schlechteste war und ist, was ihr im Leben passieren konnte. Sie hatte jegliches Gefühl für ihn verloren, zumindest gedanklich. Sie nahm wieder Kontakt zu ihren Freunden von früher auf, ging mit ihnen feiern, verbrachte viel Zeit mit Laura.

Neujahrsgrüße, verbunden mit Wünschen für 2008 und Bilder von jungen Russinnen, die uns Achmed per SMS zukommen ließ, erheiterten uns. Isabel reagierte auf keine SMS. Das aber verärgerte Achmed.

Also legte er zu, beschimpfte Isabell und mich aufs Übelste, schrieb von Heirat mit einer superreichen Schweizerin und drohte, Karim entführen zu lassen.

Diese Mitteilung beunruhigte uns schon, wir reagierten aber nicht. Hinzu kam, dass uns in der Folgezeit öfters Telefonate ohne Nummer und Sprache nervös werden ließen. Später gesellten sich sogar noch Anrufe aus Ägypten mit uns unbekannten Nummern dazu.

Irgendetwas musste geschehen, schließlich konnte man Telefonate aus Ägypten nicht ständig mit „Hallo, hallo, ich verstehe nichts, die Leitung rauscht. Ich lege auf!“ aus der Welt schaffen.

So rief ich zwei gute Bekannte, Kleo und Bob an, um die Lage zu erkunden. Erfreuliches, natürlich auch Schlimmes musste ich mir anhören. Mein Entschluss stand fest: Also zurück nach Ägypten, der nächstmögliche Flug war meiner.

Und so landete ich nach knapp einem halben Jahr wieder in Hurghada. Irgendwie war es schon komisch, wusste ich doch überhaupt nicht, was mich erwarten würde.

Doch schon beim Verlassen des Flughafengebäudes spürte ich wieder die Schönheit dieses Landes, Wärme, Sonne, blauer Himmel, die mir vertrauten Laute dieser anderen Sprache.
Schon von weitem sah ich Kleo und Bob, die auf mich zugestürmt kamen, mich herzlich umarmten. Ich war wieder angekommen.
In meiner Wohnung, bei einem deutschen Abendbrot sitzend, berieten wir, was alles in den 10 Tagen zu erledigen war.
Als erstes war natürlich ein Strandtag angesagt, denn ich brauchte die Wärme, das Salzwasser auf meiner Haut.
Am darauf folgenden Tag wollte ich mich einfach nur in Hurghada zeigen, bekunden, dass ich wieder da war, glücklich, optimistisch, niemand sollte erkennen, dass ich total traurig war, unsere Villen unendlich vermisste. Außerdem wollte ich testen, wie die alten Bekannten auf mich reagieren würden, Achmed hatte ihnen bestimmt die Story von „Mein Reisebüro, meine Gäste, meine Villen, mein BMW..." vorgeschwärmt.
Das „Abarbeitungsprogramm" stand fest.

Gegen 11 Uhr verließ ich die Wohnung, um mein Lieblingsrestaurant aufzusuchen. Die Kellner erblickten mich, helle Begeisterung – und peinlich – einer kam mir entgegengeschwebt, umarmte mich herzlich, sich natürlich sofort entschuldigend, da in Ägypten so ein Verhalten unschicklich und für die Frau entwürdigend ist: „Sorry Madame, aber wir sind alle so froh, dich wiederzusehen. Du bist heute unser Gast, iss und trink, was du willst"
Und schon stand ein teuflisch gut schmeckender Cocktail vor mir. Natürlich wollte ich eine Platte „Egyptian Food" essen.
Sie hatten gehört, dass Achmed sich aufspielte, aber alles verloren hatte, beendeten aber meine Fragen mit: „Lass uns von etwas Schönem reden."

Die zweite Etappe meines „Hallo, hier bin ich"-Planes begann verhalten. Durch Zufall traf ich Hamid, einen von Achmeds besten Freunden. Er besaß in Hurghada einen Riesenshop für Textilien und Souvenirs aller Art.

Kleinlaut begrüßte er mich: „Hallo, ich hab dich lang nicht gesehen, warst in Kairo oder Alex?“ - „Nein, ich weilte die ganze Zeit in Deutschland. Hat dir Achmed nichts erzählt?“
Ich erfuhr, dass der eine Unmenge Schulden bei Hamid hatte. Aufgefordert, diese endlich mal zu bezahlen, beschimpfte und verleumdete er seinen angeblich besten Freund. Die Erzählung beendete Hamid: „Den kenne ich nicht mehr. Und das Beste ist, du machst es wie ich.“
Nachdem ich von meinen Erlebnissen mit dem Gauner berichtet hatte, war jegliche Distanz zwischen uns verschwunden, vereinigt durch den gemeinsamen Gegner.

Nächstes Ziel, das Hotel, mit dem wir jahrelang einen Nutzungsvertrag hatten. Kurz nach meiner Abreise, damals im Mai, ließ mir Achmed telefonisch mitteilen, dass das Hotel mir in Zukunft den Zutritt verwehren würde.
„Wir werden sehen“, flüsterte ich vor mich hin und ging auf die Eingangsposten zu. Bevor ich irgendetwas sagen konnte, hörte ich laut meinen Namen rufen, Staffo, der Chef der Security rannte wie besessen hinter mir her: „Endlich, wir dachten schon, du kommst überhaupt nicht mehr wieder“
So herzlich begrüßt und von fast allen willkommen geheißen, verbrachte ich den gesamten Tag im Hotel.
Während dieser Zeit erfuhr ich Schlimmes, musste mir anhören, wie er sich benommen hatte, da ich nach ägyptischer Auffassung als Schwiegermutter irgendwie verantwortlich für ihn sei.
Die „Mitteiler“ nahmen kein Ende. Fast jedem schuldete er noch Geld, im Restaurant aß er, ohne zu bezahlen, verwies auf mich, die dann alles begleichen würde. Sogar die Urlauberinnen macht er auf unanständige Weise auf sich aufmerksam. Ergebnis seines Treibens, er durfte das Hotel nicht mehr betreten.
Interessant für mich die einheitliche Meinung, dass es richtig sei, ihm die Villa erst wieder zu öffnen, wenn er die Miete für das vergangene Jahr bezahlt habe.
„Hört, hört“, frohlockte ich in mich hinein und laut zu den anderen: „Was, Achmed wohnt nicht mehr in der Villa, wer betreut denn seine

Gäste?“ Weiteres konnte ich nicht fragen, sie hätten es eh nicht gehört, denn schallendes Gelächter umgab mich.
Ich musste laut werden: „Schluss, ausgelacht, Erzählt mir mal, was passiert ist!“
Die Musik in meinen Ohren begann: „Also, hör gut zu, aber ich lass dir zuerst mal ein Glas Wein bringen. Nachdem du im vergangenen Mai abgereist warst, hat er dich und Isabell übelst beschimpft. Ihr hättet keine Ahnung, eine Firma zu leiten, deshalb hätte er euch nach Hause geschickt und alles selbst übernommen. Allen bot er die Villen an, und alle fragten nach Madame Kristin und Isabell. Ohne euch beide wollte keiner seinen Urlaub hier verbringen. Lediglich eine Familie aus Dubai lebte ca. drei Wochen hier. Anschließend stand sie mal leer, mal beherbergte sie junge Ägypter und ältere Europäerinnen. Oft stand das Auto der Vermieterin vor der Villa, er ließ sie nicht eintreten, bezahlte weder Wasser- noch Stromgeld.

Eines Tages war dann wieder Leben in der Villa, eine Familie, ich glaube, der Mann arbeitet als Manager in einem Hotel, war eingezogen und Achmed zog aus, wohin wissen wir nicht. Er war dann noch ein paar Mal hier, vermutlich um Geld zu kassieren. Nach ungefähr einem Monat zog diese Familie wieder aus, warum, wissen wir auch nicht. Aber, und jetzt kommt der Hammer. Es gab großes Geschrei, Ärger, denn Achmed hatte von der Familie massenhaft Geld gefordert und auch erhalten. Er erleichterte sie um dreimal Deposit und sechs Monate Miete, insgesamt um ca. 4000 Euro und bezahlte keine Miete an Madame. Weiter muss ich wohl dazu nichts sagen. Achmed bekam Villenverbot und die Auflage, schnellstens die Miete zu begleichen. Bis dahin ist die Villa dicht. Traurig an der Sache ist nur, auch ihr bekommt die Villa nur zurück, wenn ihr Achmeds Schulden bezahlt habt. Dann...“
Ehab fiel ihm ins Wort: „Mach das ja nicht, denn Achmed hat mit seinen Gespielinnen die Häuser heruntergewirtschaftet, hat einige Klos in den Garten gebaut, Geschirr und Bettwäsche weggebracht. Also, tu dir das nicht an. Wir finden schöne Villen für euch. Sag Bescheid, ab wann du sie brauchst.“
Ich sagte nichts dazu, versprach lediglich wiederzukommen.

Es schmerzte, machte mich aber zufrieden, dass Achmed alles verloren hatte, auch das Geld war sicher schon verjubelt.
Gut gelaunt lud ich meine Freunde zum Abendessen ein. Und hier eröffneten sie mir, ich solle am folgenden Tag mit ihnen Villen besichtigen, die sie bereits vorreserviert hatten.
Schwer, sehr schwer fiel es mir, allen die Wahrheit mitzuteilen, nämlich, dass sich das Kapitel Ägypten für mich erledigt habe.
Mit Tränen in den Augen gestand ich: „Unser Reisebüro, das war einmal. Dieser ägyptische Strandläufer hat uns diese schöne Arbeit vermiest. Ich werde auch meine Wohnung aufgeben. Urlaub findet für mich nur noch im Hotel statt. Außerdem steht jetzt Karim an erster Stelle. Um ihn kümmere ich mich in Zukunft. Mit ihm nach Ägypten zu kommen, so vielleicht von November bis März, traue ich mich nicht. Denn Achmed hat überall verkündet, dass wir Karim entführt haben und er sich seinen Sohn schon bei nächster Gelegenheit holen wird."
„Das ist ja eine Unverschämtheit", empörte sich Bob. „Zahlt überhaupt nichts für Karim, glaubt sogar noch, das in Deutschland gezahlte Kindergeld stehe ihm zu. Ich bin entsetzt. Was ist das nur für ein Ägypter? Er beschmutzt unser Volk." Kopfschütteln, Empörung in der gesamten Runde.
Ich versuchte, alle zu beruhigen und verabredete mit ihnen, den nächsten Tag in einem Spitzenhotel mit phantastischem Hausriff in Makadi Bay zu verbringen.
Auch hier fand ein herzliches Willkommen statt, ich wurde aufs Feinste verwöhnt.

In der ersten Woche schwebte ich auf Wolke sieben, nichts zu spüren von Achmeds vorausgesagtem Hass Isabell und mir gegenüber. Das einzige Gefühl, was außer Freude aufkam, war Traurigkeit darüber, dass wir unsere abgebrochenen Zelte nie wieder aufbauen wollten, vielleicht auch nicht konnten, bedeutete es doch: Nie wieder zurück nach Ägypten.
Am Morgen des vorvorletzten Tages störte das Telefon unser aller Frühstück – Achmed. Also hatte er doch mitbekommen, dass ich in Hurghada war. Schnell das Radio etwas lauter gestellt,

Stimmengewirr und fröhliches Lachen von meinen Freunden „bestellt“ und das grüne Telefon auf dem Handy gedrückt.
Nach meinem unbekümmerten: „Hallo, was gibt‘s so früh am Morgen?“ hörte ich es am anderen Ende jammern: „Hi Kristin, ich bin‘s, Achmed. Hast du meine Nummer nicht erkannt, hast sie schon vergessen?“
Mit undefinierbarer Stimmlage wollte ich ihn abspeisen: „Genau so ist das. Wozu brauche ich deine Telefonnummer? Wozu soll ich...“
„Bitte, bitte Mam, leg nicht auf. Ich hab erfahren, dass du wieder in Hurghada bist. Das könnte meine Rettung sein. Ich bin am Ende, hilf mir. Ich muss dringend mit dir reden.“
Natürlich legte ich auf, wollte in Ruhe überlegen, was zu tun sei; sollte ich für ihn unerreichbar sein oder sollte ich ihn mal zu Wort kommen lassen. Denn, interessiert hätte es mich schon, was er auf Lager hatte.
Ich kam nicht zum Überlegen, mein Handy störte wieder – diesmal war es Isabell, also hatte Achmed schon über meine ablehnende Haltung seinen Problemen gegenüber geklagt.
„Und, was gibt‘s so wichtiges, dass du heute schon zum 2. Mal anrufst?“
„Mutti, Achmed hat gerade angerufen. Ihm geht es gesundheitlich sehr schlecht. Du möchtest dich unbedingt mit ihm treffen. Das war sein Wunsch, nicht meiner. Ich hab‘s dir gesagt, entscheide selbst.
Ehrlich zugegeben, ich wüsste nicht, ob ich ihn sehen wollte. Er hat mir und Karim zu viel angetan. Ich versuche, mein Leben bestens in den Griff zu bekommen, und zwar ohne ihn. Aber auf der anderen Seite ist er Karims biologischer Vater. Also, handle so oder so, mir ist es mittlerweile egal.“
Solche Worte aus dem Mund meiner Tochter gefielen mir schon. Trotz allem, so recht glauben wollte ich ihr noch immer nicht. Ihr Verstand war auf meiner Seite, aber ihr Herz…?
Die Neugierde, Rachegedanken, das Gefühl als Sieger einem Verlierer zu begegnen, ihm seine Worte vom Mai 2007 aus meiner Sicht sagen zu können, beflügelten mich, dem Treffen zuzustimmen.

Wie immer überschlief ich meine Entscheidung. Am nächsten Morgen begann ich meinen geplanten Rachefeldzug telefonisch einzuläuten.
„Guten Morgen Achmed, gut geschlafen?“, begrüßte ich ihn fröhlich. „Wann soll ich in die Villa kommen?“
„Können wir uns nicht bei dir treffen?“, stammelte er schlaftrunken.
„Wieso denn, wieder mal nicht aufgeräumt?“, stachelte ich ihn zur Wahrheit an.
„Nein, viel schlimmer. Ich darf nicht mehr in die Villa. Du kennst doch Madame N., diese falsche Schlange.“
„Dass sie hinterhältig und gemein handelt, ist mir bekannt. Aber du hast doch immer erwähnt, dass sie dich über alles liebt. Nur mich und Isabell hasst sie. Warum der Sinneswandel, oder hast du wieder mal die Miete für dein Vergnügen ausgegeben?“
„Genau darüber und über meine schwere Krankheit wollte ich...“
Ich fiel ihm ins Wort: „Was für eine Krankheit, Aids oder so? Ist das ansteckend?“ Mir wurde klar, dass ich ihn in meiner Wohnung nicht treffen würde.
„Nein, hab keine Angst. Meine Krankheit ist nicht ansteckend, ich hab nur wahnsinnige Schmerzen“, sagte er und heulte als Beweis laut ins Handy. „Und ich muss ein weiteres Mal operiert werden. Also bitte sag, wohin soll ich kommen.“
Ja, wohin? Ich wollte ja auch nicht unbedingt mit dem gesehen werden. Da kam mir die rettende Idee. Ein guter Bekannter arbeitete an der Rezeption in einem Mittelklassehotel, unweit meiner Wohnung.
Dort wohnten keine Urlauber, sondern Bau- und Hilfsarbeiter. Ich hatte einige Male mit ihnen gefrühstückt, wollte das einfache Frühstück für Schwerstarbeiter kennen lernen. Dabei waren wir ins Gespräch gekommen. Erschütternd, sie arbeiten hart für wenig Geld, das die Familie dringend braucht.
Da sie nur Übernachtung und Frühstück kostenlos vom Arbeitgeber erhielten, verließen sie spätestens sieben Uhr das Hotel. Dann war der Frühstücksraum leer.
„Achmed, wir treffen uns in ca. einer Stunde im Carohotel.“ Er war damit einverstanden.

Ich hatte mich auf dieses Treffen nicht nur geistig gut vorbereitet, sondern wollte ihm auch mit viel Goldschmuck, Markenklamotten Abstand demonstrieren. Ich erblickte ihn und wusste, ich handelte richtig. Denn er gab ein Bild des Grauens ab, abgewrackt und schäbig aussehend, schmerzverzerrtes Gesicht, leicht hinkend oder war das seine Taktik?

Ich ließ die Begrüßung ausfallen. „Setz dich, mach‘s kurz. Ich habe wenig Zeit.“

Die, so vermutete ich richtig, von der Wahrheit weit entfernte Jammergeschichte begann er mit einem schmerzhaften Aufschrei, um danach wirkungsvoll, wie er glaubte, mich zur Hilfe zu bewegen: „Ich habe eine schlimme Zeit hinter mir. Ihr habt mir keine Gäste geschickt, die ukrainischen Urlauber haben kaum was bezahlt, gegessen haben sie im Hotel, für Ausflüge haben sie sich nicht interessiert. Ich konnte das Geld für die Miete nicht aufbringen. Du hast hier so gefehlt. Bitte, Mam, lass uns wieder zusammenarbeiten. Ich mache auch, was du willst. Vergiss bitte den 13. Mai“, flehte er.

„Gut, dass du dich daran erinnerst, da kannst du meine Erwiderung sicher besser verstehen. Ich hab mir seit deinem Anruf Gedanken gemacht und bin zu dem Ergebnis gekommen, dass eine Zusammenarbeit zwischen uns beiden aus intellektuellen und finanziellen Gründen schier unmöglich ist. Denn du bist pleite und unfähig, so ein Unternehmen erfolgreich zu leiten. Dir fehlen die Ausbildung und der Arbeitswille dafür. Wenn du das Sagen hast, geht das beste Reisebüro zugrunde. Du kannst machen, was du willst, aber ohne mich“, schmetterte ich ihn ab.

Natürlich bereitete ihm meine Absage wieder Schmerzen und er krümmte sich, wimmerte erbärmlich vor sich hin.

„Hör auf mit diesem Theater, es interessiert mich nicht.“ Und weiter fügte ich hinzu: „Hast noch was auf dem Herzen?“

Mit „Ja, Mam“ stand er auf. Ich glaubte, meinen Augen nicht zu trauen, er zog Hemd und Hose aus, um mir seine schmerzhaften Stellen auf Rücken und im Genitalbereich zu zeigen. Ich konnte zwar nicht viel sehen, da die sogenannten Wunden unsachgemäß verbunden waren. Trotzdem, der Anblick war unangenehm,

Jammergestalt Achmed ohne Hemd und mit heruntergelassenen Hosen. Das musste ich mir nicht antun.
Ich ging mit dem Hinweis: „Ruf mich an, wenn du nüchtern bist. Ich spreche nur mit deinem behandelten Arzt, dann sehen wir weiter."

Achmed rief nicht an, dafür sein Vater: „Hi Kristin, schön, dass du wieder in Hurghada bist. Hast du auch Zeit, uns zu besuchen? Wir würden uns freuen... *bla, bla, bla, komm endlich zur Sache...* Achmed hat uns angerufen und gesagt, dass du ihm helfen willst... *So, so, will ich das wirklich, hab doch kein Wort davon gesagt ...* Wir danken dir. Mahida macht sich Sorgen. Er ist doch so krank, hat Schmerzen. Was ihm fehlt, wissen wir nicht. Achmed sagt uns immer, dass es ihm peinlich sei, mit uns darüber zu reden... *Ach nee, mit den Eltern kann er nicht darüber reden, aber mir will er alles zeigen. Da stimmt doch was nicht...* Aber du willst mit ihm zum Arzt gehen, das beste Krankenhaus in Hurghada aussuchen... *Da hat wohl Achmed was arg missverstanden...* Wir wissen gar nicht, wie wir dir danken sollen, dass du ihn anschließend mit nach Deutschland nehmen willst, um ihn fachärztlich weiter behandeln zu lassen... *Das schlägt doch dem Fass den Boden aus, dieser miese Lügner spannt auch noch die Eltern in seine dreckigen Geldgewinnung ein...* Du hast ein großes Herz, das haben wir schon immer gewusst..."
Ich unterbrach mit: „Hallo, hallo, ich hör dich nicht mehr. Hallo, ich lege auf."
Das musste ich erst mal sickern lassen, war sprachlos, konnte nur unentwegt mit dem Kopf schütteln.
Ich entschloss mich zum Anruf, wollte mir die Show beim Arzt nicht entgehen lassen. Denn nach dem Telefonat mit den Eltern war mir klar geworden, dass Achmed überhaupt nicht krank war. Es sollte wohl ein Plan für die Gesundung seines Portemonnaies sein.

Gegen Abend holte Achmed mich dann ab, im Privatkrankenhaus wurden wir bereits erwartet. Was dort ablief war bühnenreif,

es wurden alle Register gezogen, um mich vorzuführen und anschließend abzuzocken.
Zuerst wurden wir ins Beratungszimmer gebeten.
Kaum dort Platz genommen, sollte meine Bewirtung losgehen. Erster Punkt des Planes – mittels essen und trinken mich ablenken und gefügig machen, denn Achmed und der Arzt unterhielten sich leise auf Arabisch. Dabei vergaß Achmed die Schmerzensschreie.
Ich musste eingreifen: „Halt mal, wenn hier gesprochen wird, dann in Englisch, ansonsten gehe ich sofort."
„Entschuldigung", flötete der Arzt, ein junger unsympathischer Typ, „was kann ich für euch tun?"
Komisch, nach Achmeds Aussagen wusste der Arzt doch Bescheid. Ich hatte eher den Eindruck, dass ich was tun sollte, war auf den weiteren Ablauf gespannt. Achmed schilderte in Englisch meine sogenannte Hilfsaktion, ich stimmte erst mal zu.
Auf einmal wusste der Arzt, dass Achmeds Gesundheit stark angeschlagen war, kam zum Ergebnis: „Achmed muss dringend operiert werden."
Und zum Beweis setzte der wieder sein Jammergesicht auf, schrie verhalten.
„Ja und, was hab ich damit zu tun?", fragte ich verwundert, fügte scherzhaft hinzu: „Soll ich ihn etwa operieren?"
Falsche Heiterkeit beim Arzt, dann: „Nein, nein, das erledigen wir schon selber. Das Problem ist nur, wir sind das beste aber eben auch das teuerste Krankenhaus am Ort. Und Achmed hat kein Geld für die Operation."
„Was soll mich denn der Spaß kosten?", fragte ich unbekümmert.
Der Arzt überlegte, zählte leise mit Hilfe der Finger das nötige Geld zusammen und kam zu Ergebnis: „250 Euro müssten reichen, die Nachpflege würde dann die Familie übernehmen."
Ich ließ nicht locker: „Ich hab da mal noch zwei Fragen. Was wird überhaupt operiert? Und wie soll das mit der Bezahlung vor sich gehen?"
Die erste Frage hatte der geschäftstüchtige Arzt glatt überhört, dafür versuchte er, die Bezahlung dringend zu gestalten: „In ägyptischen Krankenhäuser ist es wie folgt: Du gibst mir heute die 300 Euro...

Schau an, mit der Zeit steigt der Preis... dann können wir morgen schon operieren..."
Ich unterbrach ihn: „Ich bekomme das Geld von meiner Kasse, nachdem ich die Arztrechnung eingereicht habe, dann kann ich, so in vierzehn Tagen, es über Western Union schicken und ihr könnt loslegen."
Nun wurde Achmed ungehalten: „Mam, die Behandlung ist dringend, ich halte es vor Schmerzen bald nicht mehr aus. Ich brauche das Geld heute."
„Recht hat er", bestätigte der Arzt. „Jeder Tag Verzögerung kann Komplikationen mit sich bringen.
Vierzehn Tage können wir auf gar keinen Fall mehr warten, dann ist es sicher zu spät."
All das Geschwätz beeindruckte mich wenig: „Es bleibt, wie ich gefordert habe: eine Arztrechnung mit Stempel vom Krankenhaus, OP–Bericht und Unterschrift des behandelten Arztes."
Ich bemerkte, wie sich beide etwas verunsichert ansahen, Achmed gleich einen Schmerzenschrei hervorstieß, sich krümmte. Hatte das Portemonnaie zugeschlagen?
Als erster hatte der Arzt die Sprache wieder gefunden: „Das geht so nicht. Ich muss den Direktor anrufen und ihn fragen, ob er diese Art der Bezahlung erlaubt."
Punkt 2 des Planes wurde in Angriff genommen, mir Exaktheit und Kompetenz vorspielend.
Der Arzt wählte eine Nummer, welche es auch immer war, die vom Direktor des Krankenhauses mit Sicherheit nicht. Der Name Achmed kam zwar oft vor, aber es fand kein Arzt–Arzt–Gespräch statt. So viel Arabisch hatte ich mir inzwischen angeeignet, dass ich den Inhalt des Gesagten in etwa verstehen konnte.
„Ja der Direktor ist mit deinem Vorschlag nicht einverstanden. Er besteht darauf, erst das Geld, dann die Behandlung. Ich soll dir von ihm auch die Dringlichkeit dieser Operation nochmals verdeutlichen", wollte er mich verklapsen.
Während er mir das alles zugemutet hatte, erschien ein junger Mann im viel zu großen Arztkittel, auch unsympathisch.
Wie ein Blitz durchschoss mich ein Gedanke: Den hast du schon mal

gesehen, aber noch nie im Krankenhaus, der sah auch nicht wie ein ordentlicher Arzt aus. Ich weiß, wovon ich rede, habe viele ägyptische Superärzte kennen gelernt. Das waren andere Erscheinungen.
Diese Figur hatte höchstwahrscheinlich Punkt 3 des Planes einzuleiten. Er zog sich einen Stuhl zu mir heran, verwickelte mich sofort in ein Gespräch über Achmeds katastrophalen Gesundheitszustand und dass ich ihm doch als Schwiegermutter helfen müsse, redete lautstark, und das in schlechtem Englisch auf mich ein. Das geht gar nicht, ägyptische Ärzte sprechen nämlich ein astreines Englisch.
Aha, der Grund war vermutlich eine Lagebesprechung zwischen Achmed und dem Arzt, leise, aber aufgeregt in Arabisch, ich sollte wohl nicht verstehen, worum es ging. Wie dumm war das denn eingefädelt!
Jetzt galt es, aktiv zu werden.
„Ich werd hier bestimmt nicht mehr gebraucht. Ihr habt sicher noch was zu besprechen“, wandte ich mich an die beiden und wollte gehen.
„Nein Mam, das siehst du falsch, wir haben uns leise unterhalten, um euer Gespräch nicht zu stören.“
Bevor ich Achmed erwidern konnte, erschien ein weiterer Mitarbeiter, der aber des Englischen überhaupt nicht kundig war. So mussten alle in Arabisch sprechen.
Der Arzt entschuldigte sich dafür bei mir, musste aber noch mal telefonieren. Und richtig, es ging nur ums Geld.
Aufgelegt und mich mit Dienstmiene anschauend: „Also, wir müssen das jetzt zu Ende bringen, ich habe gleich Visite.“
Mein aufmunterndes Nicken ließ ihn total übers Ziel schießen. Er nahm Zettel und Kuli, setzte sich neben mich und zum Endspurt an: „Ich wurde soeben informiert, dass meine Rechnung unvollständig sei... *Also wollen die noch mehr Geld, denken, ich bin blöd, können sich halt einfach nicht vorstellen, dass eine deutsche Frau denken kann, das Gegenüber durchschaut, noch dazu, wenn es so einfältig agiert...* Ich versuche, dir das mal zu erklären. Die Endsumme setzt sich nämlich anders zusammen. 350 Euro sind lediglich die Kosten für die Operation... *wird ja immer teurer,...* Achmed muss mindestens

eine Woche im Krankenhaus bleiben. Es entstehen somit Kosten für Übernachtung und Verpflegung, sind nochmals 400 Euro... *komisch, kurze Zeit zuvor konnte das noch die Familie übernehmen...* Hinzu kommen Medikamente, Verbandsmaterial, Pflegedienste, das sind nochmals 200 Euro, zusammengerechnet...",flink sauste sein Kuli übers Papier „ sind das dann 950 Euro. Ich darf dir Rabatt geben, die Komplett-Behandlung von Achmed kostet dich somit 900 Euro."
Zufrieden schaute er auf seinen Zettel, dann mich auffordernd an.
Ich schaute zurück, ohne etwas zu antworten. Die Anwesenden wurden unruhig. Ich blickte nochmals von einem zum anderen, sah Dollarzeichen in erwartungsfrohen Augen. Meine Gedanken hatten nur eine Richtung: Die werden sich wundern, jetzt kam mein Beitrag: „Kurz gesagt, ich spiel da nicht mit, weiß weder, was Achmed fehlt, noch erhalte ich die von mir geforderte Rechnung. Ihr wollt das Geld ohne jegliche Gegenleistung. Die Sache ist mir zu heiß. Verbindet mich zuerst mit dem Direktor, dann mit dem operierenden Arzt und dem Anästhesisten. Danach entscheide ich."
Ich lehnte mich seelenruhig zurück und harrte der Dinge, die da kommen würden.
Und sie kamen. Alle redeten auf einmal auf mich ein, unterstützt von Achmeds Schmerzensschreien. Ich hatte ins Schwarze getroffen, versuchte krampfhaft, mein Lachen zu unterdrücken.
Der Arzt verschaffte sich Gehör: „Deine Haltung ist für Achmed verletzend. Er hat mit deiner Hilfe gerechnet. Ich hoffe, du kannst das verantworten. Telefonieren kann ich jetzt nicht, unser Direktor hat seinen wohlverdienten Feierabend und möchten nicht gestört werden.
Und mit falscher Heiterkeit startete er noch einen Versuch:
„Deine Entscheidung – ja oder ja?"
Meine alle entgeisternde Antwort hatte nur vier Buchstaben:
„NEIN!"
Ich stand auf, musste hier raus, sollten sie ihre Farce allein weiterspielen. Keiner hinderte mich am Gehen, keiner kam mir hinterhergelaufen. Schlimm, so eine Niederlage zu verkraften; schön, so einen Sieg genießen zu können.

Kleo und ich feierten den Abend noch in einem phantastischen Thai–Restaurant. Das Telefon störte an diesem Abend nicht mehr. Gut gelaunt begab ich um Mitternacht in meine Wohnung. Wer stand vor der Tür? Jammergestalt Achmed.
Ich ließ ihn nichts erklären, demütigte ihn mit einem schadenfrohen Lächeln und: „Dumm gelaufen, was willst du noch?“
„Bitte, bitte, verzeih, aber mir geht es wirklich nicht gut. Kannst du mir wenigstens 100 Euro geben?“, flehte er mich an.
„Ok, morgen auf dem Flughafen bekommst du das Geld, nachdem du mich gegen 11 Uhr von der Wohnung abgeholt hast. Und jetzt lass mich in Ruhe.“
Pünktlich lieferte er mich am Flughafen ab und erhielt die versprochenen Euro.

Entsetzen in Isabells Gesicht, als ich gleich auf dem Flughafen kurz das mit Achmed Erlebte zum Besten gab.
Ein weiteres Mal glaubten wir, die Probleme wären gelöst, und wir hätten endlich Ruhe vor diesem Strandläufer.
Aber so leicht ließ sich halt ein arbeitsscheues Element nicht abschütteln, wenn es Geld für sich erhoffte.
Ehemals gute Bekannte, die Familie Müller, wollten nach Hurghada reisen, brauchten eine Unterkunft. Wir mussten ihnen verdeutlichen, dass in der Villa nichts mehr ging. Daraufhin buchten sie ein Hotel in Makadi Bay: 14 Tage im Februar 2008.
Was dort im Einzelnen ablief, werden wir wohl nie erfahren. Eins ist aber gewiss. Entweder kurz vor dem Urlaub oder während der 14 Tage hatten sie nichts Wichtigeres zu tun, als sich mit Achmed abzusprechen, ein Treffen zu vereinbaren.
Sicher waren wir, besonders Isabell, Gesprächsgegenstand, wir wurden vermutlich von Familie Müller verleumdet. Denn in der Folgezeit beschimpfte Achmed Isabell mittels SMS als Ehebrecherin, Schlampe, Kindesentführerin, schlechte Mutter.
Isabell konnte es nicht begreifen. Was hatte Familie Müller alles zusammengelogen, obwohl sie wusste, dass Isabell ihrer Arbeit nachging, allein für Karim aufkommen musste, mein Mann und ich uns rührend um Karim kümmerten.

Außerdem teilte Achmed Isabell telefonisch mit, dass er all das Handeln seiner Ehefrau nicht dulden und sie bestrafen müsste und würde. Sie wischte diese Drohung mit einem Lachen weg, die Sache war für sie erledigt, seine Chancen gleich Null.
Ich betrachtete die Ausraster im März 2008 nicht als Lacher, als Wunschträume eines armen Irren.
Spürte ich die Gefahr, die von ihm ausging, befürchtete, dass er sich das Geld, was ihm seiner Meinung nach zustand, von Isabell in Deutschland holen wollte.
Also meldete ich mich im Ausländeramt zum Gespräch an, um zu erfahren, ob eine Einreise von Achmed nach Deutschland möglich sei. Die Mitarbeiter durchforsteten das Regelwerk von vorn nach hinten und zurück und kamen zur Ansicht, dass seine Aufenthaltsgenehmigung bereits im vergangenen Oktober erloschen war. Er hatte die sogenannte Sechs-Monate-Regel verletzt, den Aufenthaltstitel verloren. Das bedeutete, wenn er einreisen würde, würde er kein Arbeitslosengeld, keine Arbeitserlaubnis erhalten, könnte abgeschoben werden.
Meinen zweifelnden Gesichtsausdruck richtig deutend, riet mir ein junger Mitarbeiter: „Das Sicherste ist aber, wenn sich Ihre Tochter schnellstens scheiden lassen und das alleinige Sorgerecht für Karim beantragen würde. Dann besteht für eine Einreise nach Deutschland überhaupt kein Grund mehr.“
Die Behörden teilten mir allerhand Positives mit, meine Angst konnten sie mir nicht nehmen.

Zum Glück hatte meine Tochter nichts gegen Scheidung und alleiniges Sorgerecht einzuwenden. Ab ging‘s zum Rechtsanwalt, der es richten sollte. Ich hatte den Eindruck, so richtig beherrschte er dieses Metier nicht, tat aber so.
Ich, kein Rechtsanwalt, war der Ansicht, dass eine Ehe nur dort geschieden werden könne, wo sie einst geschlossen worden war. Er, der Rechtsanwalt, widersprach und meinte, er würde die Angelegenheit schon zum erfolgreichen Abschluss bringen. Ich dachte: „Erfolgreich für wen?“, denn wenn eine Scheidung in Deutschland nicht durchführbar und der Rechtsanwalt gewieft ist,

könnte der gut Geld verdienen und Isabell ewig der Scheidung hinterherrennen.
Leider war ich die Einzige, die meinen Gedanken Glauben schenkte, ein fataler Fehler.
Das Projekt „Scheidung und alleiniges Sorgerecht" nahm seinen unrühmlichen Lauf, ins Laufen kam auch das Geld meiner Tochter, in Richtung Rechtsanwalt.

Trotz dieses Ärgers zog wieder Ruhe in unser Leben ein, Karim entwickelte sich prächtig, meine Tochter hatte Erfolg auf der Arbeit. Und da stand der 1. April 2008 auf dem Kalender, ein Tag, an dem man sich allgemein scherzhaft in den April schickt. Das glaubten wir auch, als Isabell bei uns auftauchte und stammelte: „Achmed ist in der Stadt, heute Nacht über den Flughafen Stuttgart eingereist."
„April, April", scherzte ich ihr gegenüber.
Ganz ernst und versteinert: „Nein, Mutti, es ist kein Aprilscherz. Ich hab mich eben selbst davon überzeugt. Er wohnt bei Familie Müller. Er sagte mir, dass er Karim sehen wolle und dann wolle er ab in die Schweiz."
Das pure Entsetzen stand in meinem Gesicht. Mir schossen tausend Gedanken durch den Kopf, ich fragte sie laut: „Was will der in der Schweiz? Hat er erfahren, dass Isabell bei der Bank schön Geld verdient, er einen Teil davon haben will? Wird er deshalb auf Unterhalt klagen? Ist mir entgangen, dass er mit Isabell und Karim zusammenleben will, so als nicht arbeitender Hausmann? Will er Karim wegnehmen? Sollte er ..."
„Stop, Mutti, ich vermute, dass er in Ägypten den Gläubigern und der Polizei nicht mehr wegrennen konnte, so ist er eben abgehauen, war doch bisher immer eine erfolgreiche Strategie von ihm", versuchte Isabell, Achmeds Erscheinen zu verharmlosen,
„Nichts da", entschied ich. „Die Lage ist ernst. In Deutschland erwartet ihn doch auch nichts Schönes.
Denk an das mit über 2000 Euro überzogene Bankkonto, an die hohen Schulden bei seinem Handyanbieter, an die gebührenpflichtige Geschwindigkeitsübertretung und vieles mehr. Ich vermute, er hat mit Familie Müller seinen Aufenthalt geplant, wer weiß, was uns

noch alles bevorsteht. Deshalb, müssen wir Maßnahmen besprechen. Als erstes wird morgen der Kindergarten informiert. Nur Oma, Mutti und Schwester dürfen Karim abholen, kein Mann, das ist auch für die Erzieherinnen überschaubarer.
Gleich morgen Vormittag informiere ich unseren Rechtsanwalt, die Ausländerbehörde und das Jugendamt. Habt ihr noch Ideen?“ Ich schaute in ernste und geschockte Gesichter.
Mein Mann fügte hinzu: „Das Wichtigste ist, sehr gut auf Karim aufzupassen, wir dürfen ihn keinen Moment aus den Augen lassen.“
„Ok, das müsste vorerst genügen. Ich fahre zur Polizei und lass mir erklären, wieso Achmed nach Deutschland einreisen konnte, ohne Aufenthaltstitel und so.“
Auf dem Weg dahin hatte ich noch ein unschönes Telefonat mit Andrea Müller, die mir vorwarf, die kleine Familie zerstören zu wollen. Denn, extra wegen Isabell und Karim sei Achmed unter den schwierigsten Bedingungen hierhergekommen, wusste nun endlich, was er wollte. Er hätte sogar mit seinen Eltern gebrochen...
Ich legte einfach auf, fragte mich aber, welchen Nutzen diese Familie von Achmeds Anwesenheit haben könnte. Auf der Polizeiwache angekommen, trug ich mein Anliegen vor, bemerkte betretene Gesichter.
Trotzdem wurde eine Streife zur Ausweiskontrolle vorbeigeschickt, erfolglos – für uns. Die Angelegenheit schien kompliziert zu sein, für mich ein Widerspruch: Er habe zwar keinen Aufenthaltstitel mehr, um in Deutschland leben zu dürfen, aber er sei mit einer Deutschen verheiratet und habe einen Sohn. Beide dürfe er besuchen.
Unverrichteter Dinge fuhr ich nach Hause, sah meiner Familie die Enttäuschung an. Am selben Abend gestalteten wir unser Haus zu einer „Festung“ um.

Gleich am Morgen des nächsten Tages telefonierte ich mit dem Ausländeramt. Die waren selber sprachlos, erklärten mir aber, Isabell und Karim seien vermutlich der Grund, dass er einreisen durfte.
Weiter versuchten sie, mich zu beruhigen: „Herr Aalen hat aus den Ihnen bekannten Gründen den Aufenthaltstitel in Deutschland verloren, aber nicht sein Visum.“

Ich war außer mir, es half aber nichts.
Wütender machte mich noch die Bemerkung, die ich meiner Tochter bestimmt schon hundert Mal an den Kopf geworfen hatte, dass man sich als deutsche Frau überlegen sollte, ob man die Ehe mit einem Moslem aushalten könne, da sich die deutsche und die ägyptische Tradition in keinem Punkt treffen würde. Fast hatte ich den Eindruck, dass man Achmeds Verhalten entschuldigen wollte.
Das Ende unseres Gespräches stimmte mich dann wieder versöhnlich, da man mir versprach, sich intensiv um diese Angelegenheit zu kümmern, vielleicht sogar Strafantrag zu stellen.
Das Gespräch mit dem Anwalt brachte außer sinnlosen Worten, die uns beruhigen sollten, nichts weiter als „Das Verfahren läuft, wir sind auf dem richtigen Weg."
Der dritte fehlgeschlagene Versuch hörte sich vom Jugendamt wie Hohn an: „Dieser Herr ist schließlich der leibliche Vater, hat ein Recht auf seinen Sohn, ob er nun Unterhalt zahlt oder nicht."
„Ok, die erste Runde ging nicht an uns. Aber jeder Kampf hat mehrere Runden. Ich gebe nicht auf", versprach ich meiner entnervten Familie.

Das, was auf mich zukam, war aber vorerst kein Kampf, sondern Verteidigung.
Denn auch Familie Müller wurde aktiv, zog ihren Plan mit Achmed ohne Rücksicht auf Verluste durch.
Sie klapperten mit mehr oder weniger Erfolg Behörden ab, um Achmed für sich nützlich einsetzen zu können.
Im Ausländeramt konnte die Familie Müller die Mitarbeiter nicht so richtig von der Notwendigkeit, dass Achmed in Deutschland um seine Familie kämpfen wolle, überzeugen. Ein Mitarbeiter teilte ihnen den Sachverhalt mit, Achmed habe keinen Aufenthaltstitel, da er sich laut Gesetz länger als sechs Monate im Ausland aufgehalten habe, allerdings habe er aber Besuchsrecht für kurze Zeit.
Eine Abfuhr erhielten Achmed und Familie Müller auch beim Arbeitsamt, das bedeutete keine Arbeitsbescheinigung und kein Arbeitslosengeld.

Voller Erfolg dagegen beim Einwohnermeldeamt. Sie erlaubten den Mietvertrag für eine Wohnung im Haus der Familie Müller. Ich erhielt auf meine Frage: „Wieso genehmigen Sie so was? Er hat keinen Aufenthaltstitel!“, eine mich verblüffende Antwort: „Herr Aalen ist seit August 2006 bei uns gemeldet. Bis heute liegt von keiner Seite eine Abmeldung vor.“
Auch das Jugendamt arbeitete anfangs gegen uns. Es dauerte einige Zeit, bis sie Achmeds Show durchschaut hatten.
Wir konsultierten wieder unseren Rechtsanwalt. Er versprach, die Angelegenheit Scheidung und elterliche Sorge vorrangig zu behandeln.

Und dann kam die Entscheidung zum erbitterten Kampf gegen diesen Strandläufer. Isabell und ich erhielten vom Polizeirevier ein Strafverfahren zugesandt, verbunden mit der Auflage, uns zur Anzeige schriftlich zu äußern. Weiter wurde uns mitgeteilt, wenn wir nicht bis zum vorgeschriebenen Termin Stellung bezogen hätten, würde der Vorgang an die Verfolgungsbehörde weitergeleitet.
Irgendwie wollten wir das alles nicht glauben. Dieser Unmensch hatte Isabell beschuldigt, ihn am 01.04.verbal genötigt und bedroht zu haben, dass sie, wenn er nicht schleunigst Deutschland verließe, ihm große Probleme bereiten würde.
Die Anzeige gegen mich las sich noch bedrohlicher. Ich hätte, natürlich auch am 01.04., telefonische Morddrohungen gegen ihn ausgesprochen, falls er nicht sofort verschwinden würde.
Dabei hatte ich seit dem ominösen Arztbesuch nur noch ein paar Worte mit ihm auf dem Flughafen gewechselt, ihm die hundert Euro gegeben, vielleicht hatte er diese Situation als bedrohlich empfunden, weil es zu wenig Geld war.
Isabell und ich schrieben keine Stellungnahme, wir tauchten im Doppelpack bei der Polizei auf, kurzum, dort hätte niemand freiwillig Polizist sein wollen.
So nicht, vor allem nicht mit uns, wir holten zum Gegenschlag aus.

An Ort und Stelle informierten wir die Behörden gleich noch, dass besagte Person ohne Kenntnis der Straßenverkehrsordnung und mit

ungültiger Fahrerlaubnis die Autos von Familie Müller fahre. Die Polizeibeamten versprachen, sich umgehend darum zu kümmern.
Als nächstes informierten wir das Straßenverkehrsamt einer norddeutschen Kleinstadt, dass die Person, die ein Bußgeldverfahren wegen Geschwindigkeit von 100 km/h in einer geschlossenen Ortschaft zugesandt bekommen hatte, sich wieder in Deutschland aufhielt.
Die Bank und der Mobilfunkkonzern nahmen unseren Hinweis zur Kenntnis, mehr aber nicht, weil es verjährt sei.
Auch im Jugendamt wurde ich nochmals vorstellig. Sie schlugen eine Aussprache zwischen Isabell und Achmed vor, dem wurde unsererseits nicht zugestimmt. Isabell gab ihre Erklärung schriftlich ab. Die Mitarbeiterin sah sich daraufhin veranlasst, Achmed auf seine Versäumnisse Karim gegenüber sehr energisch hinzuweisen.

Natürlich unternahm Achmed in der Folge sinnlose Aktionen gegen uns. Er schrieb Isabell unverschämte SMS, lauerte ihr auf, um sie zu beschimpfen, verleumdete meinen Mann und mich in unserer Heimatstadt.
So versuchte er, den Menschen glaubhaft zu vermitteln, dass ich wegen begangener Verbrechen von der ägyptischen Polizei gesucht würde. Ich hätte keine Erlaubnis, je wieder nach Ägypten fliegen zu können. Bereits am Flughafen würde ich verhaftet werden. Den größten Lacher brachte mir aber ein guter Bekannter. Kurz nach der Begrüßung bat er mich mit todernstem Gesicht: „Leihst du mir bitte 50.000 Euro, wird dir ja nicht schwerfallen."
Ungläubig fragte ich ihn: „Bist du überzeugt, dass du nicht unter einer mysteriösen Krankheit leidest?"
„Nein, ich bin gut drauf, noch dazu in Erwartung des vielen...", am Weiterreden hinderte ihn ein Lachanfall, der seinesgleichen sucht.
Mein Gesicht hätte ich in dem Moment nicht sehen wollen, denn sobald er sich etwas erholt und mich angeschaut hatte, bog er sich erneut vor Lachen.
Etwas beruhigt, löste er das Geldrätsel auf: „Also, dein Schwiegersohn erzählt allen Leuten, ob sie's hören wollen oder nicht, dass du dich in Ägypten unmöglich benommen hättest, fortwährend straffällig

geworden seist und er dich einige Male vor dem Gefängnis gerettet hätte. Fluchtartig musstest du im März das Land verlassen, weil du dem ägyptischen Volk 350.000 LE gestohlen hast. Das kann er beschwören. Ich habe ihn gefragt, wie du das eingefädelt hättest. Darauf konnte er nicht antworten. Ich versicherte ihm, dass ich mit dir reden werde, um zu erfahren, wie man so was anstellt. Wenn ich es denn wüsste, würde ich sofort nach Ägypten fliegen. Ich brauche nämlich auch Geld. Er lächelte mich blöd an und wünschte mir eine gute Reise. Spaß beiseite, ist der Typ noch normal?"
Ich antwortete nicht, schüttelte nur mit dem Kopf.

Im Ergebnis all dieser Widrigkeiten wurde meine Tochter erneut bei der Polizei vorstellig. Sie nahmen die Anzeige auf, teilten ihr mit, dass sie bereits Kontakt zur Ausländerbehörde aufgenommen hätten. Die Abschiebung würde vorbereitet werden.
Unseren Rechtsanwalt spornten wir zu extremer Aktivität an, daraufhin verlangte er als erste Handlung gleich mal einen Gerichtskostenvorschuss von über 200 Euro, bestimmt hatte er auch von meinem „Geldsegen" gehört.
Aufhorchen ließ mich dann eine Mitteilung von einem „bekannten Unbekannten", auch als Detektiv bezeichnet, dass sich die Familie Müller gemeinsam mit Achmed um einen Rechtsanwalt bemühen würde. Einfach soll sich das nicht gestaltet haben. Wir waren schließlich in unserer Stadt und der Umgebung als rechtschaffene, ehrliche und hilfsbereite Leute bekannt. Das machte es schwer, einen Rechtsanwalt zu finden, der einen zwielichtigen Mandanten gegen uns vertrat. Ein renommiertes Anwaltsbüro empfahl ihm dann Herrn Nobodow aus der benachbarten Großstadt.

Dessen Aktivität ließ nicht lange auf sich warten, wir erhielten Post in Sachen Umgangsrecht, inhaltlich ein Lacher, aber trotzdem unverschämt und anmaßend.
Sein Brief wurde durch eine totale Falschschreibung des Komplettnamens von Achmed eingeleitet. Daraufhin folgten haltlose Forderungen zur Herausgabe des Kindes, zur Wahrnehmung der rechtlichen Interessen des Vaters hieß es darin: „(...) Umgang zu

gewähren, Ab den jeweils geraden Wochenenden in der Zeit von freitags 17:00 Uhr bis sonntags 17:00 Uhr... *vielleicht Geld und Verpflegung mitschicken, eine junge Nanny besorgen und, und,* und... An den jeweils zweiten hohen Feiertagen von 10:00 Uhr bis 17:00 Uhr (...) *was war das denn, welcher russischer Pope wurde hier zu Rat gezogen...* In den Ferien eine zusammenhängende Zeit in der Sommerferien von 3 Wochen... *armer Karim, keine Angst, das darf dir keiner antun...* sowie in den Winterferien je eine halbe Woche, in den Osterferien je eine halbe Woche, in den Pfingstferien jeweils eine halbe Woche... *wer muss den Anwalt da beraten haben, denn es gibt zu Pfingsten nur zwei unterrichtsfreie Tage...*" Stellte sich abschließend noch die Frage: „Bei wem hat dieser Mensch die deutsche Sprache erlernt?"
Wir reagierten auf dieses Schreiben gar nicht, faxten es aber, verbunden mit unserer Meinung unserem Rechtsanwalt. Isabell informierte ihn darin unter anderem, dass diesem Schreiben keine Vollmacht beilag, der Name falsch geschrieben sei. Sie fragte weiterhin an, ob einem ägyptischen Staatsbürger, der seinen Aufenthaltstitel verloren hat, die von Herrn Nobody aufgestellten Forderungen, ohne Gerichtsbeschluss, überhaupt zuständen und bat um schnellstmögliche Klärung des Sachverhaltes.
Ich machte mich währenddessen im Internet über Herrn Nobodow kundig und erfuhr, dass er Kooperationspartner in einer großen Kanzlei mit den Bereichen Zollrecht und Niederlassungsrecht, das heißt, Recht der wirtschaftlichen Betätigung ausländischer natürlicher und juristischer Personen sei. Da stand nichts von Familienrecht, oder wollte Achmed gar Karim vermarkten, um an Geld zu kommen?

Wir warteten und warteten, keine Seite meldete sich, nur Achmed trieb in unserer Heimatstadt sein Unwesen unbehelligt weiter.
So setzten wir dann zum alles entscheidenden Schritt an. Isabell setzte ein Schreiben an den Herrn Landrat auf, in dem sie ihm mitteilte: *„(...) die Sorge um meinen Sohn, resultierend aus den verbalen Angriffen, Bedrohungen und Verleumdungen seitens des Kindesvaters, Herrn Achmed Aalen, gegen meine Familie, veranlassen mich, Sie über die*

vermutlich nicht korrekte Arbeitsweise der Ausländerbeauftragten (...) zu informieren und zugleich Beschwerde einzureichen.
Von Geburt an bis heute hat sich Herr Achmed Aalen nicht um seinen Sohn gekümmert, habe ich weder finanzielle noch erzieherische Unterstützung erhalten.
In den vergangenen Jahren weilte Herr Achmed Aalen nur kurzzeitig jeweils zur Verlängerung seines Visums in Deutschland.
Am 14.04.2007 hat er Deutschland aus einem nicht nur vorübergehenden Grund und länger als sechs Monate verlassen, teilte mir mit, dass er ein neues Leben, ohne Frau und Sohn, aber mit einer Schweizerin, beginnen wird.
Über das Verlassen informierte ich die Ausländerbehörde mündlich und schriftlich, der Eingang meines Schreibens wurde mir bestätigt, Hilfe zugesagt.
Am 14.03.2008 beauftragte ich das Anwaltsbüro (...) beim zuständigem Familiengericht das alleinige Sorgerecht für meinen Sohn zu beantragen, im Anschluss daran auch meine Scheidung, die ich, bereits Juli 2007 in Ägypten in Auftrag gegeben habe, leider ohne Erfolg.
Nachdem sich Herr Achmed Aalen in Hurghada/Ägypten jegliche Existenzmöglichkeiten infolge seiner arbeitsscheuen Lebenseinstellung selbst genommen hatte, beschloss er, nach Deutschland zu kommen, um vermutlich auf Kosten des Staates zu leben. Der Kindesunterhalt, ebenfalls im Juli 2007 beantragt, wird vom Landratsamt getragen.
Vorsorglich wandte sich meine Mutter an die Ausländerbehörde. Dort teilte man ihr mit, dass Herr Achmed Aalen nicht auf legalen Weg nach Deutschland kommen könnte, da er seinen Aufenthaltstitel für Deutschland mit Wirkung vom 15.10.2007 verloren hat. Diese Information erhielt ich auch am 02.04.2008 im Polizeirevier.
Diese Informationen waren für mich nachvollziehbar, da ich das auf den Hinweisen gemäß § 82 des AufenthG nachlesen konnte.
Am 31.03.2008 reiste Herr Achmed Aalen über den Flughafen Stuttgart ein (...) meldete sich bei mir telefonisch (...) stellte unwahre Strafanzeigen gegen meine Mutter und mich, befahl mir, ihm sofort seinen Sohn zuzuführen (...) verschaffte sich eine Geburtsurkunde

von Karim, meldete sich mittels Mietvertrag an, wurde beim Ausländeramt und beim Jugendamt vorstellig (...) beantragte Hartz IV.
Daraus kann man seine Überzeugung, Deutschland nicht verlassen zu müssen, vermuten.
Ich befürchte, dass er meinen Sohn entführen will, er kämpft um das Umgangsrecht.
All das teilte ich den Ausländerbeauftragten mit. Sie wollen alles gründlich überprüfen, dürfen während der laufenden Ermittlungen keine Auskunft geben. Auch auf die Nachfrage unseres Rechtsanwaltes erfolgte bis heute keine Reaktion.
Ich erwarte in Anbetracht der Situation eine umgehende Prüfung."
Das Schreiben wurde abgeschickt am 23.04.2008.

Diesmal wurde vermutlich sehr schnell reagiert, denn unser „bekannter Unbekannter" hatte herausgefunden, dass Achmed wenige Tage später behördliche Post erhalten habe. Darin sei ihm mitgeteilt worden, dass seine Einreise unerlaubt erfolgt sei, er von der Ausländerbehörde zur Ausreise aufgefordert worden wäre, die Strafanzeige gegen ihn bereits der Polizei vorliege. Außerdem sei ihm angedroht worden, dass, wenn er nicht bis zum 12.05.2009 24:00 Uhr Deutschland verlassen habe, ihm die Abschiebung drohe, das Visum im Reisepass habe man bereits ungültig gestempelt.
Das Gesagte klang gut, besser aber, wenn uns diese Fakten offiziell mitgeteilt würden.
Und dann, am 30.04.2008 erhielt meine Tochter ein Schriftstück, dass ich nicht oft genug durchlesen konnte:
„(...) Hinsichtlich der Aufenthaltsangelegenheit des Herrn Achmed *Aalen teile ich Ihnen Nachfolgendes mit:*
Die vom 01.09.2006 bis 30.08.2008 erteilte Aufenthaltserlaubnis ist gemäß §(...) Aufenthaltsgesetz am 15.10.2007 erloschen. Nachweislich ist Herr Achmed Aalen länger als sechs Monate aus der Bundesrepublik Deutschland ausgereist. Durch die Ausländerbehörde wurde das Erlöschen der Aufenthaltserlaubnis dem Ausländerzentralregister angezeigt.

Die Wiedereinreise des Herrn Achmed Aalen erfolgte somit unerlaubt.
Nachdem ihm seitens der Ausländerbehörde Gelegenheit zur Anhörung gegeben wurde, erfolgte mit dem Bescheid vom 25.04.2008 die Aufforderung zur Ausreise und gleichzeitiger Androhung der Abschiebung.
Des Weiteren wurde seitens der Ausländerbehörde eine Strafanzeige wegen unerlaubter Einreise gestellt.“

Die Welt schien wieder in Ordnung zu sein. Wir bedankten uns schriftlich bei allen Behörden, die mitgeholfen hatten, unser Leben wieder lebenswert zu gestalten.

Unser neues, schönes Lebensgefühl vernichtete dieser Rechtsanwalt Nobodow mit seinen irrsinnigen Telefonaten, Beratungen und Handlungen. Denn, nachdem Achmed den Bescheid vom Ausländeramt erhalten hatte, beriet er sich mit seinem Rechtsanwalt, der sofort aktiv wurde. Er beantragte erfolgreich, wie und bei wem auch immer, eine Duldung für Achmed für 90 Tage. Vermutlich gab er ihm auch sinnlose Versprechungen, dass er die Scheidung abschmettern ließe, das Sorgerecht erkämpfen würde.
Er hatte sogar beim Familiengericht einen Termin für den 09. September, erhalten.
Bestimmt ließ es Achmed auch freudig erregt aufhorchen, als der Anwalt ihm zusicherte, dass seine nächsten Aktionen in Richtung Versorgungsausgleich gehen würden und da käme mehr rüber als von Hartz IV. Zusätzlich schlug er Achmed vor, nicht aufzugeben, sondern in jeder Beziehung aktiver zu werden.

In der Erwartung eines Geldsegens benahm sich Achmed in der Folgezeit noch perverser als vorher. Er lauerte Isabell überall auf, verfolgte sie auf Schritt und Tritt, versuchte, sie ständig unsittlich zu berühren. Er störte infolge ständiger Telefonate und SMS den normalen Bankbetrieb.
Dann, auf einmal Taktikwechsel, was hatte er nun schon wieder geplant? Er entschuldigte sich für all seine Schandtaten, forderte

einen Neuanfang mit Isabell und Karim, da er sein Eigentum, also Frau und Sohn, überhaupt nicht hergeben würde, versuchte sogar, ihr den Umgang mit jeglicher männlicher Person zu verbieten. Sie sollte nie vergessen, dass sie die Ehefrau eines Moslems sei und er sie laut Koran bestrafen müsste. Akzeptiere sie sein Angebot nicht, sei gar widerspenstig, drohe ihr und Karim großer Ärger. Er gab ihr noch kurze Hinweise zur Bedenkzeit und eilte davon.
Nachdem sie sich von dem Schock erholt hatte, teilte sie mir kurz den Sachverhalt mit. Schnelles Reagieren war angesagt. Ich entschied: „Karim kann vorläufig nicht mehr in den Kindergarten gehen und wohnt bei uns. Du Isabell passt gut auf dich auf, möglicherweise musst auch du für einige Zeit bei uns einziehen. Vati kümmert sich um deinen Arbeitsweg. Gibt's was Neues, ruf sofort an."

Der nächste Tag brachte Isabell anfangs völlige Ruhe, gar nichts passierte, leider nur bis gegen 16:00 Uhr. Dann schellte das Telefon – Achmed: „Ich höre deine Entscheidung", klang es mit eiskalter Stimme. Er ließ Isabell ihr klares „Nein" kaum begründen, hasserfüllt schrie es an ihrem Ohr: „Du hast eine Entscheidung getroffen, die ich niemals akzeptieren werde. Karim gehört mir, es ist mein Junge und ich werde ihn mir holen. Von dieser Minute an beginnt der Krieg, ok", und legte auf. Ab diesem Moment hatten wir alle wahnsinnige Angst um Isabell und Karim, fühlten uns massiv bedroht, kannten wir doch Achmeds Wutausbrüche, Unberechenbarkeit und Gefährlichkeit.

Oft genug hatte er mir gegenüber sein Eingreifen damit begründet, dass er sich dem Koran verpflichtet fühle und seinen Gegner, Partner, Freunde auch Eltern strafen müsste.
So half Isabell nur eins, Anzeige bei der Polizei. Achmed wurde vorgeladen und erhielt den Hinweis, eine Bannmeile zu akzeptieren, ansonsten drohe ihm Inhaftierung bis zum Gerichtstermin.

Da die Aufforderung von Herrn Nobodow, Achmed solle in jeder Beziehung aktiver werden, keinen Erfolg brachte, entschied sich dieser Rechtsanwalt dazu, weitere Maßnahmen einzuleiten, um unser schönes, sinnvolles Leben zu zerstören.

Er informierte Isabell, dass er für seinen Mandanten Unterhalt, setzte diesen bei ca. 700,00 Euro pro Monat an, gerichtlich einklagen würde. Als erstes verlangte er von ihr eine seitenlange finanzielle Selbstauskunft, um den Unterhalt exakt berechnen zu können. In anmaßender Art und Weise teilte er ihr weiterhin mit, dass sie selbst schuld sei, da sie mit ihrem Ehemann nicht zusammenleben möchte, führte weitere Unverschämtheiten auf.
In einem Gespräch mit unserem Rechtsanwalt spürten wir sehr schnell, Hilfe konnten wir von dieser Seite nicht erwarten.
Also galt es: „Hilf dir selbst“. Uns blieb nur ein Weg, die Probleme zu lösen, für kurze Zeit: zurück nach Ägypten.

So, von allen allein gelassen, beschlossen meine Tochter und ich, nach Ägypten zu fliegen, um die noch bestehende Ehe annullieren zu können.
Von dieser Reise erfuhr natürlich nur die Familie, es sollte keine unliebsamen Zwischenfälle geben.
Am 19. Juni ging‘s los, Karim sicher in der Obhut von Opa und Schwester wissend.
Ich merkte Isabell die Aufregung an, resultierend aus der Tatsache, dass sie über ein Jahr nicht in ihrer zweiten Heimat gewesen war. Problemlos kamen wir in meine Wohnung, telefonierten kurz mit den Menschen, denen wir vertrauen konnten, verabredeten die Treffs.
Ich stellte Aufatmen und Freude bei Isabell fest. Denn jeder wäre am liebsten noch an diesem Abend zu uns gekommen, alle hatten meine Tochter zu sehr vermisst.
Am nächsten Tag dann der wichtigste Termin, Father Gabriel und sein Rechtsanwalt nahmen sich unserer Problematik an, stellten einen zum Sieg führenden Plan auf, wie sie meinten.
Schnell waren die Grundlagen für eine erfolgreiche Scheidung gelegt, mit den Eltern von Achmed telefoniert, auf jegliche finanzielle Unterstützung verzichtet.

Strahlend kam am Abend der Rechtsanwalt zu Isabell: „Ich habe alles eingeleitet, Mandat und Eintragung im Scharlakari vorgenommen,

die Scheidung in Kairo eingereicht. In ca. einem Monat weiß ich Bescheid, teile dir das Ergebnis mit. Vermutlich musst du dann noch mal nach Ägypten kommen. Als Vorschuss bekomme ich 200 Euro."
Das war also der Grund seines Strahlens. Schon wollte ich ihn mir wütend zur Brust nehmen, bemerkte im letzten Moment, dass er noch was auf dem Herzen hatte: „Ach, und eins noch will ich dir nicht verheimlichen. Unser Plan geht nur auf, wenn Achmed der Scheidung zustimmen wird, und..."
Barsch unterbrach ich ihn: „Was soll das denn? Ich denke, du hast alles schon geregelt, es ist nur noch reine Formsache, Unterschrift, Übersetzung und so."
Eine zufriedenstellende Antwort konnte er mir nicht geben, versprach, sich zu bemühen, hatte es auf einmal sehr eilig.
Wir waren enttäuscht, nervlich am Ende, brauchten Abstand, verließen die Wohnung und buchten drei Tage mein Lieblingshotel in Makadi Bay.

Eine herrliche Zeit, nur der letzte Tag brachte Ärger. Gegen 09:00 Uhr klingelte meine Telefon – eine deutsche Nummer? Eine Mitarbeiterin des Jugendamtes unserer Stadt reglementierte mich im unfreundlichen Ton: „Vor mir sitzt Herr Achmed Aalen. Er ist entsetzt und empört. Sein Sohn ist hier in Deutschland allein, zum Teil bei fremden Leuten und Sie sind mit ihrer Tochter in den Urlaub gefahren. Können Sie das verantworten?"
Ich zwang mich zur Ruhe, holte tief Luft und in ruhigem aber bestimmtem Ton teilte ich ihr mit, warum wir in Ägypten weilten, dass Karim beim meinem Mann und Laura bestens betreut würde. Zum Abschluss des Gesprächs versprach ich, sofort nach Ankunft in Deutschland im Jugendamt zu einer Aussprache zu erscheinen.
Was nun? Wir mussten mit Ergebnissen zurückkehren, den Rechtsanwalt zu Eile anspornen – Fehlschlag.
An diesem und auch am nächsten Tag war dieser Anwalt für uns nicht erreichbar. Father Gabriel entschuldigte sich für dessen Verhalten, das half uns aber auch nicht weiter.
Hier half nur eins, unsere besten Freunde eingeladen und „Kriegsrat" gehalten.

So saßen wir am Abend bei einem Glas Wein in meiner Wohnung. Isabell klärte alle auf, entnervtes Kopfschütteln in der Runde. Und dann, natürlich Krankenschwester Barbara, hatte wieder einen Vorschlag: „Ich kenne einen der besten Rechtsanwälte in Hurghada. Er ist immens teuer, aber sein Geld wert. Lange Zeit, ich glaube, 15 Jahre praktizierte er in Deutschland, kennt sich somit auch im deutschen Recht aus. Seit zirka einem halben Jahr lebt er wieder in Hurghada, hat noch ein Büro in Kairo. Sucht den auf. Ich mach euch gleich einen Termin." Sie rief ihn sofort an.

Wir hatten am nächsten Tag 16:00 Uhr unseren ersten Termin mit Herrn Dr. Hamzany.
Bereits die Büroräume begeisterten uns, strahlten Vertrauen aus, vielleicht, weil sie mit europäischen Chic eingerichtet waren.
Dann kam er, ein Gentlemen von Kopf bis Sohle, schaute uns herzlich an und mit: „Wobei kann ich euch behilflich sein?", fühlte ich, dass hier Hilfe nahte.
Isabell umriss mit wenig Worten die momentane Situation, er hörte amüsiert zu, konnte ein Schmunzeln nicht unterdrücken, dann – ein Grübeln, ein angestrengtes Nachdenken kennzeichnete sein Gesicht.
„Achmed Aalen, Achmed Aalen", sinnierte er vor sich hin, „den kenn ich doch, ist das der Typ, der sich jeden Abend in der berühmt–berüchtigten Disco aufhält?" Isabell bejahte.
„Ok, ich übernehme den Fall. In ungefähr 14 Tagen kannst du die Scheidungspapiere in Kairo unterschreiben. Gib mir deine Telefonnummer, so kann ich dich erreichen, wenn ich noch Fragen zur Sache habe."
Isabell schaute mich verunsichert an, ich zuckte mit den Schultern und zum Rechtsanwalt gewandt: „Da gibt es ein Hindernis, in vier Tagen um die Zeit sitzen wir im Flugzeug nach Hause."
Unser Gegenüber runzelte die Stirn, blickte Isabell durchdringend an und entschloss sich: „Ok, dann anders. Gib mir die Nummer von Achmed, ich red mit ihm gleich."
Gewählt, angenommen, ich hörte die bekannte, verhasste Stimme. Das Gespräch dauerte nicht sehr lange.

Nachdem der Anwalt sofort zum Kern seines Anliegens gekommen war, entlud sich von der anderen Seite eine Schimpftirade, Verleumdungen und Beleidigungen, Isabell betreffend. Dr. Hamzany unterbrach diese Sinnlosigkeiten, informierte ihn, dass Noch-Ehefrau und deren Mutter ihm gegenübersitzen würden, ihn beauftragt hätten, die Scheidung schnellstmöglich vonstattengehen zu lassen. Aus diesem Grund wolle er nur kurz einige Formalitäten mit Achmed besprechen.

Anschließend teilte der Anwalt uns mit, dass Achmed der Scheidung nicht zustimmen wolle, schmunzelte wieder in sich hinein und bat Isabell: „Gib mir doch mal die Telefonnummer vom Vater."

In dem Gespräch ging es sachlich zu. Gefühle spielten dabei keine Rolle. Es ging um das Entscheidende, der finanziellen Seite der Scheidung. Irgendwie spürte ich in diesem Moment Mitleid mit dem Vater, hatte er doch alles, was in seiner Macht stand, versucht, um die Ehe zu retten, um seiner Familie die Blamage zu ersparen. Denn eine Scheidung in Ägypten, noch dazu von der Ehefrau beantragt, hatte einen anderen Stellenwert als in Deutschland.

Und da die Ehe nach ägyptischem Recht geschlossen wurde, würden dem Ehemann und dessen Familie viele Verbindlichkeiten auferlegt werden, also, außer der Schande auch noch eine finanzielle Belastung.

Denn weder Achmeds Eltern, noch seine angesehene Verwandtschaft konnten Isabell ehewidriges Verhalten nachsagen, sicherlich wollten sie das auch gar nicht.

Nachdem Isabell nochmals versichert hatte, keinerlei Ansprüche zu stellen, war der Vater mit einer Scheidung einverstanden, ergänzte, dass auch sein Sohn zustimmen werde.

Herr Rechtsanwalt Hamzany nahm sich des Falles an, orderte die notwendigen Unterlagen.

Schon zwei Tage später teilte er Isabell mit: „Ich habe alles vorbereitet. Der offizielle Scheidungstermin ist für Mitte Juli vorgesehen." Und scherzte weiter: „Du müsstest mir den morgigen Tag opfern, da wir gemeinsam einige Behörden aufsuchen müssen. Aber das erkläre ich dir alles an Ort und Stelle."

So verbrachten wir den vorletzten Tag unserer erfolgreichen Reise getrennt.
Mir war es ganz recht, konnte ich mich doch wieder mal meiner Lieblingsbeschäftigung widmen – im Straßencafé sitzen und Passanten beobachten.
Ich wählte das „For You“, genehmigte mir das phantastisch schmeckende „Makkarony Bechamel“, trank schwarzen Tee mit Nana und beobachtete das bunte Treiben auf der Sheraton Road.
Wehmut überkam mich bald: „“Wann wirst du das nächste Mal hier sitzen können? Gibt es überhaupt ein nächstes Mal?“ Ich war überzeugt, dass das Kapitel Ägypten abgeschlossen sei, bedeutete das also nie mehr zurück nach Ägypten?

So in Gedanken versunken, wurde ich auf eine Urlauberin aufmerksam. Sie war für ägyptische Verhältnisse sehr verwegen angezogen. Ich vermutete, sie suchte eine Urlaubsbekanntschaft.
Genauer betrachtet, konnte ich die streng gläubigen Moslems schon verstehen, wenn sie diese Art von Frauen als Schlampen betitelten.
Ich schätzte sie auf Ende 40, hatte sich aber aufgestylt, um jugendlich zu erscheinen.
Sie erinnerte mich an eine Belehrung von Mahmoud: „Schau, wir sind anders erzogen. Eure europäische Freiheit, vor allem auf sexuellem Gebiet, ist für uns die größte Schlamperei. Ich erinnere mich an eine Situation im Koran–Unterricht. Unser Lehrer brachte eine Tafel Schokolade mit in den Unterricht, wickelte sie aus, zeigte sie allen, brach ein Stück ab. Dann informierte er uns, dass er das Stück durch die Reihen gibt, jeder soll es in die Hände nehmen, es eingehend betrachten, daran riechen. Die Jungen stutzten, schauten sich fragend an, erledigten aber die Aufgabe. Wieder hatte der Lehrer das Stück
Schokolade in der Hand, schaute seine Schüler an und fragte: ‚Wer möchte es denn jetzt noch essen?‘ Angewidert drehten sich alle weg, niemand hatte Appetit. ‚Seht ihr‘, konstatierte der Lehrer, ‚Schokolade, die alle in der Hand hatten, will keiner mehr. Merkt euch das gut, wenn ihr eine Frau zum Heiraten aussucht.‘“
Auf eine Art hatte Mahmoud schon Recht. Aber was ist mit

den Männern, die eine „Schokoladenfrau“ nach der anderen ausprobierten? Über diese Thematik wollte kein Ägypter mit mir reden.
Sicher wäre diese meine Aufmerksamkeit erregende Dame in Mahmouds Augen auch so eine.
Ihr Rock, viel zu kurz, war an der linken Seite auch noch mit einem ca. 30 cm langen Schlitz versehen.
Das knappe Oberteil mit Spaghetti–Trägern gewährte tiefe Einblicke. So konnte man sich im Hotel zeigen, aber doch nicht in den Straßen, unter den Einheimischen.
Die Dame musste mein Interesse an ihr bemerkt haben, zum Glück nicht meine Gedanken, denn sie steuerte auf meinen Tisch zu: „Hallo, sprichst du Deutsch?“
„Na klar und das schon von Kindheit an“, antwortete ich etwas gereizt.
„Du bist aber sicher keine Urlauberin. Wohnst du hier bei deinem Freund?“ Fragend, vielleicht auch etwas Hilfe suchend schaute sie mich an.
„Willst dich zu mir setzen und deinen Kummer von der Seele reden?“, war meine Gegenfrage.
Erleichtert setzte sie sich: „Danke, ich hoffe, ich störe dich nicht allzu sehr. Aber ich habe ein Problem und möchte mich gern mit einer Deutschen beraten. Du siehst so vertrauensvoll aus.“
„Ok, erzähl mir, was dich bewegt. Vielleicht kann ich dir helfen. Alle nennen mich Kristin, ich bin Deutsche, habe ca. sechs Jahre in Hurghada gelebt und gearbeitet. Und nun muss ich dich enttäuschen, denn ich hatte nie einen ägyptischen Freund, aber viele Freunde. Ich bin glücklich verheiratet. Mein Mann kommt nicht mit nach Hurghada, da er als Handwerker die ägyptischen Verhältnisse nicht mag.“
Sie schaute mich traurig an und sagte: „Ich war auch mal glücklich verheiratet, bis mein Mann mich wegen einer Jüngeren verließ. Da riet mir eine Freundin, mal nach Hurghada zu reisen. Hier lernt man schnell einen charmanten und lieben Ägypter kennen.“
„Und du hast so einen kennen gelernt?“, orakelte ich.
„Ja“, schaute sie mich verklärt und selig lächelnd an, „ich habe seit

einem halben Jahr meinen Freund. Aber der Reihe nach. Ich heiße Monika und komme aus Frankfurt. Gleich während meines ersten Urlaubs lernte ich bei einer Shopping–Tour meinen Traummann, Sayed, kennen. Schüchtern fragte er mich damals, ob er mich zum Essen in ein typisch ägyptisches Restaurant einladen dürfe. Wir verbrachten einen wunderschönen Abend. Er war zärtlich und glücklich, endlich die Frau kennen gelernt zu haben, auf die er schon so lange gewartet hätte."
„Dann hat er dich gefragt, ob du ihn heiraten willst?", fragte ich wissend.
„Natürlich, er hatte uns eine kleine Wohnung besorgt. In der dürfen wir aber nur gemeinsam leben, wenn wir dem Vermieter die Ehepapiere vorzeigen können. Da blieb..."
„Lass mich raten", unterbrach ich sie. „Die Papiere haben ca. 1000 Pfund gekostet. Die hast du bezahlt, weil er sein sauer verdientes Geld den armen Eltern schicken muss. Die Trauung fand bei einem nur Arabisch sprechenden Rechtsanwalt statt. Anschließend hat dir dann dein „Ehemann" stolz mitgeteilt, dass er eine Versicherungssumme von ungefähr 50.000 Pfund hinterlegen musste, damit du, falls dir was passieren sollte, abgesichert seist..."
Nun unterbrach sie mich: „Woher weißt du das alles? Denn genau so lief es ab. Feiern konnten wir am Abend nicht mehr, da ihm sein Chef nicht freigegeben hat."
Entnervt schüttelte ich den Kopf und hörte mich belehren: „Wie naiv muss man nur sein? Der Chef hat ihm nicht freigegeben. Das glaubt keiner. Dein Freund hat sich mit seinen Kumpanen über dich halb tot gelacht und neue Abzockpläne geschmiedet. Anschließend haben sie die 1000 Pfund verbraten. Euren Ehevertrag nennt man in Hurghada ‚fuck paper' und ist nichts, aber auch gar nichts wert, höchstens, dass dich dein Freund, sorry, dein Ehemann nun noch schamloser ausnutzen kann. Sicher bezahlst du auch die Miete."
Ich hatte sie verunsichert, den Kopf etwas schräg haltend, setzte sie erneut an: „Das kann ich mir nicht vorstellen, denn er beteuert ständig, dass er nur mich liebt. Die schlimmste Zeit verbringt er, wenn ich in Deutschland bin. Meinetwegen hat er sich sogar mit seinen Eltern zerstritten."

„Das gibt es nun mal gar nicht“, polterte ich los. „Wenn er dich seinen Eltern nicht mal vorgestellt hat, sie nichts von eurer Heirat wissen, warum soll er sich dann deinetwegen von seiner Eltern trennen? Bist wohl einem miesen Strandläufer auf den Leim gegangen.“
Und ich erzählte ihr von den Ritualen einer ägyptischen Hochzeit, ließ keine Kleinigkeit aus und fragte sie dann, wie alt denn ihr Ägypter und wie alt sie sei.
Etwas verschämt gestand sie: „Sayed ist 27 und ich 53, aber das macht ihm gar nichts aus...“
„Auch, dass du so gekleidet aus dem Haus gehst, stört ihn nicht?“, unterbrach ich sie wieder.
Erstaunen in ihrem Gesicht: „Er mag, wenn ich sexy gekleidet bin, ist stolz, dass ich in meinem Alter noch so gut aussehe.“
„Was der mag, ist der Inhalt deines Portemonnaies. Denn, kein Ägypter, der seine Frau liebt, lässt sie so gekleidet in der Öffentlichkeit auftreten, das entwürdigt ihn nämlich. Hast du den Koran gelesen, dich mit der Tradition dieses Landes beschäftigt?“
Die Antwort hab ich nicht bekommen, ihr Handy klingelte – Sayed
Er machte sich Sorgen um seine lebende Geldbörse, fragte sie, wo und mit wem sie unterwegs sei. Monika gab bereitwillig Auskunft.
Keine zwei Minuten später stand er an unserem Tisch, musterte mich mit einem bösen Blick und nahm Monika mit. Ich habe sie auch nie wieder gesehen.
Allein gelassen, dachte ich über das Erlebte nach, wieder eine verlorene Seele. Ich konnte ihr nicht mehr helfen.

Dann kam meine Tochter, wir verbrachten noch einige Stunden im „For you“, sahen viele Frauen, die unseren Rat gebraucht hätten, aber nicht wollten.
Wir aber hatten unser Ziel erreicht, waren dem Ende unserer tragikomischen Geschichte nähergerückt.
Mit Ergebnissen im Gepäck traten wir die Heimreise an.

Hier jagte eine Überraschung die andere. Das Schärfste, ein mehrseitiges Pamphlet vom Anwalt Nobodow, der so was wie eine Vermögensoffenlegung von meiner Tochter verlangte und einer in

Ägypten stattfindenden Scheidung nicht zustimmen würde, hatte er dem Gericht übergeben.
Unser Kommentar war nur: „Wie dumm und unverschämt ist das denn? Hat der Mann überhaupt Ahnung von Rechtsprechung?“
In einem Telefonat regelte Dr. Hamzany die Angelegenheit zu unseren Gunsten.
Nun musste ich noch zum Jugendamt, unseren sogenannten Urlaub in Ägypten aufklären. Ich wurde freundlich begrüßt, mir wurde mitgeteilt, dass Herr Achmed Aalen zu Recht ausgewiesen werden würde. Er habe ein Flugticket für den 1. Juli, wolle aber noch mal seinen Sohn sehen. Ich stimmte dem zu.

Das erste Treffen fand auf neutralem Boden, bei McDonald‘s statt. Beide, Vater und Sohn, lagen sich minutenlang in den Armen. Es war eine Szene, die mich tief erschütterte. Nie hätte ich geglaubt, dass Karim seinen leiblichen Vater so vermisst, so lieb hatte. So waren wir bereit, Achmed zu erlauben, einen Nachmittag lang mit Karim auf unserem Grundstück zu verbringen.

Dabei – die dritte Überraschung. Da Achmed es überhaupt nicht für möglich gehalten hatte, dass er zu uns nach Hause dürfte, von mir freundlich empfangen und zu einem Whisky eingeladen werden würde, gab er einige Fakten preis, diesmal vielleicht nicht gelogen: „Ich habe mir den Aufenthalt hier in Deutschland anders vorgestellt. Denn in ihrem Ägyptenurlaub hatten Andy und Andrea mir viel versprochen, wenn ich für immer zu ihnen ziehen würde. Sie wollten sich um meine abgelaufene Aufenthaltsgenehmigung kümmern, mich als Hartz IV Empfänger melden, später eine Arbeitserlaubnis erwirken, einen Mietvertrag abschließen, damit ich eine eigene Wohnung haben könnte. Außerdem wollten sie versuchen, Isabell, Karim und mich wieder zusammenzubringen. In Wirklichkeit hat nichts so richtig funktioniert. Die Anzeigen bei der Polizei waren auch nicht meine Idee, weiß nicht mal so genau, was ich unterschrieben habe. Ich dachte immer, sie meinen es gut mit mir, habe ihnen vertraut, besonders Andrea. Auch die Wahl des Rechtsanwaltes fand nicht meine Zustimmung. Dann versprach der mir aber, dass er in der Lage sei, alles zu meinen Gunsten zu regeln. Dabei habe ich bis jetzt 2000,00 Euro an ihn bezahlen müssen. Und was ist der Erfolg? Ich habe kein Geld mehr, soll abgeschoben werden. Wenn ich es genau bedenke, seid ihr die Einzigen, die nett zu mir sind..."

„Lass es gut sein, du heuchelst doch wie immer", unterbrach ich seinen Redeschwall.
„Nein, lasst mich ausreden. Das Wichtigste kommt noch. Morgen Mittag fliege ich zurück, zuvor entziehe ich dem Rechtsanwalt Nobodow die Vollmacht. Und Isabell, rufe bitte die Notarin an. Ich will notariell beglaubigen, dass du für Karim das alleinige Sorgerecht übertragen bekommst."
Wir waren sprachlos, geschockt, was war passiert?
Aber schon ging's weiter: „Ich sehe, wie prächtig sich Karim entwickelt hat. Und Mam sei ehrlich. Ich hab dir schon immer gesagt, dass du das Beste für Karim bist. Er fühlt sich hier so wohl, so zu Hause. Niemals darf man ihn von hier wegreißen. Das will ich nicht.", und brach in Tränen aus.
Bestimmt hatten wir kurzfristig Mitleid mit ihm. Aber warum? Trug doch nur er allein die Schuld an seinem verkorksten Leben. Ich reichte ihm einen Whisky zur Seelenschmerzbekämpfung.
Am nächsten Tag erschien Achmed pünktlich zum Notartermin, sehr zum Ärger von Familie Müller. Während der Verlesung der Urkunde riefen sie pausenlos an. Achmed ließ Isabell mithören. Sie versuchten, Achmed umzustimmen, ihn zu motivieren, den Flug nicht anzutreten und auf gar keinen Fall die Sorgerechtentscheidung zu akzeptieren und zu unterschreiben. Es half nichts, Achmed unterschrieb und reiste nach Ägypten zurück.
Wir konnten aufatmen. Natürlich ging nun das Spiel der Gefühle per Telefon und SMS weiter, das alles konnte uns nichts mehr anhaben.

Dann bekam Isabell eine erfreuliche Nachricht: Der Termin der Scheidung war der 26. Juli. Dr. Hamzany hatte, wie versprochen, schnell und erfolgreich gearbeitet.

Der Tag der Abreise nach Kairo rückte näher, Isabell wurde immer unruhiger. Ich entdeckte Angst in ihren Augen und sprach sie an: „Sag mal, wovor fürchtest du dich? Dr. Hamzany hat doch alles im Griff. Sicher wird er dich begleiten."
„Das ist es nicht", flüsterte sie, „mir graut vor der Begegnung mit Achmed. Irgendwie tut er mir leid. Hat er doch alles verloren. Mir ist voll bewusst, dass nur er die Schuld trägt. Trotzdem, er ist der biologische Vater von Karim..."
„Ja gut, genug mit der Gefühlsduselei", fiel ich ihr ins Wort. „Der biologische Vater, ich lach mich gleich kaputt. Vater, das bedeutet, für das Kind da zu sein, es zu beschützen, zu ernähren, sich zu kümmern, dass es dem Heranwachsenden an nichts fehlt, vor allem an Liebe. Und der, der glaubt auch noch, das Kindergeld beanspruchen zu können. Vergiss es!"

In Kairo angekommen, der Schock – Dr. Hamzany konnte nicht nach Kairo kommen, hatte die Scheidungsunterlagen seiner Schwester übergeben. Isabell und Amira, so ihr Name, verstanden sich von Anfang an gut.
Allerdings dann das nicht Nachvollziehbare.
Auf die Frage meiner Tochter, warum Amira ihre Freundin mitgebracht habe , antwortete sie:
„Isabell, ich habe Jura studiert, mein Bruder hat mir auch sein Kairoer Büro anvertraut. Aber", fügte sie beschämt hinzu, „ich muss eine weitere Rechtsanwältin zur Verhandlung mitnehmen..."
„Und die muss ich dann wohl auch noch bezahlen?", empörte sich meine Tochter.
„Nein, nein, beruhige dich. Die zahlt mein Bruder. Aber in unserem Land ist das eben so. Um vor Gericht anerkannt zu sein, verlangt das Gesetz zwei Anwältinnen, die einen Mann ersetzen."
Kopfschütteln und Schweigen beendeten diese Problematik.

Von Achmed wurden sie schon erwartet. Weinend, wie ein Häufchen Unglück fanden sie ihn vor dem Gerichtssaal sitzend. Niemand hatte Mitleid mit ihm, war doch allen seine unrühmliche Vergangenheit bekannt. Wirklich niemand?

Meine Tochter gestand mir später: „Irgendwie war es schon komisch. Mir tat er schon leid. Mein Innerstes trauerte nicht um den Ehemann. Ich hatte das Gefühl, ein großes ungezogenes aber hilfebedürftiges Kind aufgegeben zu haben. Ich war froh, als alles überstanden war und Amira mich noch zum Essen einlud."
Ein Albtraum näherte sich dem Ende. Achmed für immer zurück nach Ägypten, Isabell das alleinige Sorgerecht für Karim, gerichtlich anerkannte Scheidung in Kairo, nun fehlte nur noch das x–mal abgestempelte und von der deutschen Botschaft übersetzte und beglaubigte Scheidungsurteil.
Letzteres war nicht so einfach zu erhalten. Alle Bemühungen meiner Tochter, dieses wichtige Schriftstück in Besitz nehmen zu können, scheiterten bislang. Hauptgrund: „Das Scheidungsurteil kann nicht auf dem Postweg zu Ihnen geschickt werden. Sie müssen es in Kairo persönlich abholen."
Also, noch mal nach Ägypten. Das war gut so.

Im Februar 2009 wurden dann meiner Tochter endgültig die Augen geöffnet, das Geschehen stimmte sie fassungslos. Und das kam so: Eine ihrer besten Freundinnen, Dana, war es müde, immer nur von der Schönheit dieses afrikanischen Landes zu hören. Sie wollte es hautnah erleben und bat Isabell: „Hol dir dein Scheidungsurteil doch persönlich in Kairo ab, verbinde das mit einer Woche Urlaub mit mir in Hurghada. Ich mache alles, was du willst. Organisiere ein exklusives Hotel und los geht's."
Gesagt, getan. Mit gemischten Gefühlen buchte ich für Ende Februar 2009 das Interconti, wissend, dass das schon immer ein Lieblingshotel meiner Tochter war, vom Feinsten das Fischrestaurant.
Isabell freute sich riesig, denn trotz schlechter Erfahrung war die Liebe zu Ägypten in ihr nie gestorben.

Dann, 14 Tage vor Urlaubsbeginn, der Schock, Telefonklingeln - Dana: „Isabell, entschuldige bitte, aber ich kann meinen Urlaub nicht antreten. Wir ziehen um, das kam alles sehr kurzfristig, erzähl ich dir in Ruhe."

Wir, besonders ich, waren ratlos. Isabell allein nach Hurghada, niemals, denn dieser Unmensch hat noch immer eine einnehmende Art an sich. Geschickt konnte er die größten Gemeinheiten in Liebkosungen verpacken.
Isabell sah das anders, trotzdem wollte sie nicht allein verreisen. Wir suchten und fanden Ersatz für Dana, eine hübsche, vom Leben enttäuschte Geschäftsfrau.
Unsere Freunde in Hurghada wussten Bescheid, versprachen mir, auf Isabell gut aufzupassen.

Also, der Kurzurlaub konnte beginnen. Die Scheidungsurkunde wurde gebraucht. Aber Scheidungspapiere zu erhalten, versehen mit allen notwendigen Stempeln und beglaubigter deutscher Übersetzung ist schier unmöglich. Die Odyssee geht weiter. Irgendwann wird Isabell diese notwendigen Unterlagen erhalten.
Sich erholen, Kraft schöpfen in Ägypten, nichts einfacher als das.

Im Vorfeld erkundigte ich mich bei meiner besten Freundin nach Achmed, wollte wissen wie es ihm so gehe, welcher Tätigkeit er nachgehe; kurzum, wollte herausfinden, ob er noch eine Gefahr für meine Tochter bedeuten könnte.
Das Gehörte beruhigte mich. Er hatte sich noch immer nicht verändert. Nach der Scheidung schnell nach Hurghada zurückgekehrt, vermutlich konnte ihn in Kairo und Alexandria auch niemand ertragen, stürzte er sich ins Vergnügen, was bei ihm bedeutete, Frauen anzubaggern, ihnen die große Liebe vorzuspielen, Geld abzuzocken, Isabell zu verleumden.
Eine Zeit lang gab er sich als Besitzer eines kleinen Unternehmens auf der Grand Mall aus, das Trips anbietet, war angeblich mit einer Russin, natürlich sehr reich, liiert.
Seine „nächtlichen Arbeitstreffen“ in der „Calypso“ dienten dem Großmaul dazu, allen zu erklären, dass er endlich seine Ehefrau los sei. Ständig würde sie ihn bitten, dass er ihr verzeihe und sie zurücknähme.
Sicher glaubten ihm wenige, aber es wurden mit der Zeit immer mehr, die der Heuchler für sich einnahm.

Eines Tages nahm er sich auch unseren langjährigen Freund Samir vor. Empört über das geäußerte Ansinnen gab er mir die Unterhaltung, so man dieses Wort überhaupt verwenden konnte, wieder:
„Hi Samir, ich bin in Schwierigkeiten, kannst du mir helfen? Isabell kommt demnächst nach Hurghada. Sie verfolgt nur ein Ziel, mich zurückzugewinnen. Sie will mir großen Ärger bereiten, wenn ich sie abweise."
„Ja, schön, und wie soll ich dir helfen?", zweifelte Samir an der Wahrheit seines Anliegens. „Du wolltest dich doch von Isabell nicht scheiden lassen. Sei doch froh, dass sie dir noch eine Chance gibt."
„Ich will aber keine neue Chance, ich bin glücklich mit meiner russischen Frau. Bald wird unser Kind geboren, es wird ein Junge, dann habe ich endlich einen Sohn. Das alles will ich mir von der nicht kaputt machen lassen."
„Sag mal spinnst du? Mit einer Russin ein Kind. Du hast doch einen wunderbaren Sohn, Karim. Ich verstehe dich nicht..."
Ungehalten fiel Achmed Samir ins Wort: „Wer weiß, ob Karim überhaupt von mir ist. Die schläft doch mit jedem, ist eine Schlampe. Hat sie dich noch nicht verführen wollen? Ich hab mich damals, nach Mahmouds Tod, von ihr breitschlagen lassen, bin in die Villa eingezogen, hab ihr das Geschäft aufgebaut, sie geheiratet. Und jetzt, ich kann nicht mehr..."
Mehr Unverschämtheiten konnte Samir nicht verkraften, ließ ihn stehen, nahm sich vor, Isabell zu treffen und ihr gegen diesen Heuchler zu helfen.

All unsere ägyptischen und deutschen Freunde bereiteten Isabell einen herzlichen Empfang, hatten die Urlaubstage vom Feinsten geplant, waren sich im Klaren, es würde auch eine Abrechnung mit dem Fiesling Achmed geben.
Die erste heikle Situation für Achmed begann schon damit, dass Isabell in Hurghada im Hotel eingecheckt hatte und nicht mit ihm in einer Wohnung weilte.
Er musste sich erklären, besser formuliert, neue Lügen erfinden. Das nützte Achmed wenig, denn Isabell zeigte sich jeden Tag zufrieden, glücksstrahlend, und das ohne ihn.

Und Achmed startete Abscheuliches, um sich, so glaubte er, als der große Sieger, als der, dem alle zu Füßen liegen, präsentieren zu können.
So verbreitete er kurz nach Isabells Ankunft, dass sie ein Verhältnis mit dem Rechtsanwalt hätte, der die Scheidung unproblematisch über die Bühne hatte gehen lassen. Aber, niemand sah sie in Hurghada mit ihm – kein Treffer.
Er klapperte einige unserer Freunde ab, um sie vor Isabell zu warnen, da sie hinterhältig und falsch sei, jedem absichtlich Schaden zufüge. Er sei der beste Beweis. Sie habe ihn ausgenutzt, seine Firma ruiniert, seinen Sohn gestohlen und ihn abgeschossen – Null Chance.
Auf solche Informationen hatte ich gehofft, sie erwartet, es musste doch noch Gerechtigkeit geben.
Mein „Egyptline" meldete sich wieder – Isabell: „Mutter, warum musst du immer Recht behalten? Heute hat Achmed zum Hauptschlag gegen mich ausgeholt. Lies seine E-Mail und sei überzeugt, von dem bin ich restlos geheilt. In Zukunft glaube ich nur noch dir."
Erschüttert las ich, was er meiner Tochter mit Worten angetan hatte: „Bist du zurückgekehrt zu deiner großen Liebe Samir? Das ist aber zu spät. Denn ich habe ihn kurz nach Mahmouds Tod erfolgreich von dir ferngehalten, ihm erzählt, dass du ihn nicht ausstehen kannst, nur mich liebst. Es hat wunderbar funktioniert. Er wollte mit dir das Reisebüro aufbauen, aber ich hab mir von dem nichts wegnehmen lassen. Jetzt hast du dich mir weggenommen. Das verzeih ich dir nie, werde dir schaden, wo ich kann. Und Samir hab ich unlängst von deiner heuchlerischen und schlampigen Art erzählt. Es ist zu spät, mein Glück, dein Unglück."

In der „Calypso" folgte dann die Abrechnung.
Isabell war mit Freunden unterschiedlicher Nationalität unterwegs, man lachte, tanzte, alle amüsierten sich köstlich, bis Samir auf die Idee kam: „Leute, es ist gegen Mitternacht, Wollen wir der „Calypso" einen Besuch abstatten? Dort können wir dem Großmaul zeigen, wie klein, was für ein Nobody er ist. Isabell bist du stark genug dafür?" Sie bejahte.

Was war das? Achmed saß mutterseelenallein an „Is my table“, einem Tisch, an dem gut zehn Personen Platz finden könnten. Völlig verstört registrierte er Isabells Erscheinen, mit ihren Freunden, mit Samir sich an einem großen Tisch setzend. Bekannte von Achmed blickten ebenso verdutzt drein wie er.
Bestimmt fragten sie sich: „Was ist hier passiert? Wieso verbringt Isabell den Abend nicht an Achmeds Seite? Sie macht nicht mal die leisesten Andeutungen, dass sie sich nach ihm verzehrt. Sie benimmt sich unbeschwert, fröhlich, ausgelassen, nimmt Achmed gar nicht wahr, tanzt sogar. Warum starrt Achmed sie dauernd nur an, geht nicht zu ihr?“
Auch Isabells Bekannte sahen, dass Achmed sie ununterbrochen durchdringend, wie hypnotisiert, anschaute. Samir machte dem Spuk ein Ende, ging zu Achmed, wechselte ein paar Worte mit ihm. Nach kurzer Zeit war Achmed verschwunden.
Auch seine penetranten SMS erschienen nicht mehr auf Isabells Display, dafür eine alles erklärende Antwort von Samir: „Ich habe mit einem vor Angst schlotternden Achmed eindeutig die Fronten geklärt. Du wirst niemals mehr von dem belästigt.“
Recht hat Samir, kein Anruf, keine SMS.

Heute wirkt meine Tochter nervlich gefestigt. Die sie früher quälenden Fragen kann sich Isabell heute selbst beantworten. Sie hat erkannt, dass sie betrogen, hintergangen, ausgenutzt wurde. Isabell sollte das willige Opfer eines der vielen arbeitsscheuen Strandläufer werden. Mit Unterstützung der Familie und ihrer Freunde wurde sie letztendlich doch nicht fürs „Geschäft mit der Liebe“ missbraucht. Damit ist das Kapitel Achmed Aalen abgeschlossen.

Aber was wird mit dem Kapitel Ägypten, der zweiten Heimat von Isabell und Karim?
Mit Sehnsucht spricht sie von diesem Land, das sie durch Mahmoud und die vielen anderen ehrlichen Moslems lieben und achten gelernt hat.
Ein Gefühl von Traurigkeit, von nicht verstanden werden, überkommt Isabell jedes Mal, wenn Bekannte und Freunde sich abfällig über

den Schmuck, einer Sure aus dem Koran, äußern: „Wieso hängst du dir so was ins Auto, nach all dem, was du durchmachen musstest, wie dich Muslime behandelt haben. Wir begreifen das nicht.“
Sie versucht, sie dann zu überzeugen: „Glaubt mir, ich habe lang genug mit Muslimen zusammengelebt, dabei erkannt, dass es solche und solche, aber sehr viele ordentliche, anständige darunter, gibt. Man kann deren und unsere Religion nicht vergleichen. Ich denke, wichtig ist, dass jeder offen und ehrlich seine Religion lebt und die andere akzeptiert. Außerdem habe ich diesen Auszug aus dem Koran von Mahmoud bekommen. Er soll mich in jeder Situation beschützen. Und“, fügt sie immer sehr überzeugend hinzu, „wenn Karim und ich im Auto fahren, den Koran sehen und hören, fühlen wir unsere zweite Heimat.“

ROMANE UND ERZÄHLUNGEN – wie sie spannender und schöner nicht sein könnten.

Evelyne Kern - ISBN 978-3-939478-03-4 **€ 18.00**

Atemlos ins Nichts

Hier ist die bittersüße Liebesgeschichte Julias, die alles verliert, was sie liebt. Tapfer erträgt sie alle Schicksalsschläge, bis sie eines Tages völlig ausrastet ...
Dieser Roman geht durch Mark und Bein. Ungemein romantisch, aber auch unendlich traurig spricht er all die Personen an, die gerne mal ihren Tränen freien Lauf lassen. Zum Heulen schön, aber auch irre romantisch und zugleich anregend spannend verspricht diese Geschichte eine außergewöhnliche Unterhaltung ...

Evelyne Kern - ISBN 978-3-939478-09-6 **€ 16.90**

Inzu und das Gold der Inkas

Unmittelbar nach der dramatischen Notlandung im schier undurchdringbaren Dschungel gerät eine kleine Gruppe amerikanischer Geschäftsleute in ein ungewolltes Abenteuer, das keine noch so erschreckende Überraschung auslässt. Nach der Begegnung mit einem furchterregenden Kopfjäger-Stamm erfahren sie durch Zufall von einer alten Inka-Kultstätte. Beseelt von dem Glauben an das Inka-Gold, das dort verborgen liegen soll, lassen Sie sich auf das Wagnis ein..

Christoph Hinkel - ISBN 978-3-939478-13-3 **€ 19.80**

Für Amadeo

"Für Amadeo" ist eine Hommage an den vermeintlich imaginären Freund, der den Protagonisten Seduco über viele Jahre hinweg begleitet. Mit ihm taucht er in das Reich irrationaler Träume ein, in das man nur mit einer gehörigen Portion Vorstellungsvermögen vorzustoßen vermag. Pubertäre Fantasien werden wachgerüttelt und an die Grenzen des schier Unerträglichen katapultiert...

Dieter Janz - ISBN 978-3-939478-14-0 **€ 18.90**

Schatten über Adlig-Linkunen

"Schatten über Adlig-Linkunen" ist eine spannende und erlebnisreiche Zeitreise in die Masuren des 19. Jahrhunderts. Sehr detailliert und präzise schildert der Autor die erschreckenden Ereignisse auf dem Gutshof Adlig-Linkunen und lässt die Protagonisten der Geschichte dabei lebendig werden...

Elke de Witt - ISBN 978-3-939478-18-8 **€ 19.80**

Vorsicht - bissige Frau!

Die Freundschaft von Astrid und Ingrun droht an geheimnisvollen und längst verdrängten schrecklichen Erinnerungen aus Kindertagen zu zerbrechen. In ihrer ungewöhnlichen Lebensgemeinschaft ziehen sie gemeinsam Astrids Tochter auf. Ihre Nähe zueinander, der Umstand, dass sie beide denselben Mann lieben, mysteriöse Vorfälle und kriminelle Begebenheiten, die einen niemals ausgesprochenen Verdacht bestätigen, treiben sie schließlich dazu, einer grausamen Wahrheit ins Auge zu sehen...

ie unter: www.verlag-kern.de

BIOGRAFIEN –
wie sie nur das Leben schreibt.

Uwe Klöckner-Draga - ISBN 978-3-939478-01-0 **€ 24.90**

Renate Müller - Ihr Leben ein Drahtseilakt
Ein deutscher Filmstar, der keinen Juden lieben durfte

Die Biographie des UFA-Stars Renate Müller zeichnet den schicksalhaften Lebensweg der couragierten Künstlerin in einer unterhaltsamen und zugleich spannend geschriebenen Story bis zu ihrem ersten internationalen Erfolg in „Die Privatsekretärin" (1931) nach. Uwe Klöckner-Draga beschert dem Leser einen tiefen Einblick in das leider viel zu kurze Leben des großen deutschen Filmstars, deren misteriöser Tod bis heute ein Rätsel bleibt...

RATGEBER –
auf die man nicht verzichten kann.

Dr. Yvonne Arnhold **€ 17.90**
ISBN 978-3-939478-05-8

Das Prinz - Charles - Syndrom

Die Autorin glaubt fest daran, dass eigentlich jeder ein „Erbe" ist, der von seinen Altvordern zumindest immer wieder mit irgendwelchen Weltanschauungen, Glaubenssätzen und oft geheimen Lebensaufgaben bedacht wird.

Alex Mazur **€ 18.90**
ISBN 978-3-939478-16-4

Mein Schicksal ist mein Schicksal

Ist wirklich jeder „seines Glückes Schmied"? „Mein Schicksal ist mein Schicksal" beantwortet diese Frage und beleuchtet Sinn und Struktur des Phänomens „Schicksal", das uns alle so sehr beschäftigt.

LYRIK –
zum Genießen und Nachdenken.

Michael Dunkel **€ 10.00**
ISBN 978-3-939478-00-3

Die zwei Gesichter des Mondes

Eine breite Reflektion auf unseren sozialen Alltag mit dem Schwerpunkt Liebe und Gefühl. Die humorvolle, aber auch kritisch nachdenkliche Art machen Dunkels Gedichte zu einem Vergnügen ...

Melanie Burghardt **€ 12.90**
ISBN 978-3-939478-12-6

Herz Stein Pflaster

Melanies Dasein ist eine Reise mit ihr und zu ihr selbst, die sie in ihren wundervollen Gedichten und Bildern gekonnt darstellt und die sie dem Leser lebendig ins Gedächtnis ruft...

Verlag Kern · Wolfsbacher Str. 19 · 95448 Bayreuth
Tel.: 09209 918278 · Fax: 09209 918335 · kern@verlag-kern.de